"과거의 생명은 이미 죽었다.

나는 이 죽음이 너무 좋다.

나는 이를 빌어 이것이 과거에는 살았었던 것임을 알기 때문이다.

죽어버린 생명은 이미 부패했다.

나는 이 부패가 너무 좋다.

나는 이를 빌어 이것이 공허하지 않음을 알기 때문이다."

-『들풀^{野草}』머리글

다시
루쉰에게 길을 묻다

탈식민주의와 풍자정신

魯迅

김태만 지음

김 태 만

1961년, 충남 천안에서 출생했다. 1996년, 중국 베이징대학 대학원 중문학과에서 『20세기 전반기 중국 지식인 소설과 풍자정신^{20世紀前半期中國知識分子小說與諷刺精神}』이라는 제목의 논문으로 박사학위를 받았다. 1998년부터 지금까지 한국해양대학교 동아시아 학과에서 중국문학과 문화, 해양문화 등을 가르치며 동아시아 인문지성의 공감나눔을 추구하고 있다.

『변화와 생존의 경계에 선 중국지식인』(2004), 『내 안의 타자 : 부산 차이니스 디 아스포라』(2009), 『쉽게 이해하는 중국문화』(2011), 『중국영화로 만나는 현대중국』 (2012), 『중국에게 묻다』(2012) 등 저서와 현대꽁트집 『미형^{微形}소설선』(2004), 해양문 화개론서 『바다가 어떻게 문화가 되는가 - 21세기 중국의 해양문화 전략』(2008), 중국 현대시인선집 『파미르의 밤』(2011), 현대미술평론집 『홀로 문을 두드리다 : 오늘의 중 국 문화와 예술 들여다 보기』(2012) 등의 역서가 있다.

출
간
에

앞
서

지난 겨울은 무척 뜨거웠다. 정유라, 최순실 게이트가 국민적 분노를 불러일으켰고, 국민의 보편적 정서를 배반한 이명박, 박근혜 정권의 통치는 촛불 저항에 맞닥뜨려야 했다. 국민들 가슴 속 깊이 내재화했던 절망과 분노는 연속 20주에 걸쳐 1,500만 국민이 참여한 주말 촛불집회로 이어졌다. 마침내 국민 85%의 찬성여론에 힘입어 대통령 박근혜는 헌재의 지리한 재판 끝에 결국 파면되고 말았다. 세계사에도 그 유례가 드문 일이다. 제 손으로 뽑은 대통령을 탄핵시킨 국가와 국민이 결코 유쾌해할 수만은 없는 사건이었다. 하지만, 묘하게도 박근혜의 파면에 국민들은 통쾌하고 행복해했다. 참으로 서글픈, 그러나 큰 기쁨이었다. 국민들의 꿈을 저버린 채, 귀막고 눈감은 정치권력의 끝이 어떠한 지 똑똑히 보았다. 동서고금의 역사에도 유례가 없는 파렴치한 권력의 민낯과 이를 끌어내린 아름다운 촛불의 힘이었다. 사필귀정이라 할까.

그러나, 국민을 내팽개친 부패 권력의 붕괴 조짐은 진작부터 전조가 있었다. 국민들 99%를 개돼지로 여긴 교육부 고위 공직자의 철없는 '생각'은 이미 혁명의 불씨를 피우기 충분했고, 권력과 언론과 검찰의 먹이사슬을 파헤친 영화『내부자들』의 상영도 시의적절했다. 국민들 모두가 아는 것을 1%의 '개돼지 아닌 것들'만 몰랐다고나 할까.

『논어·안연편論語·顔淵篇』에 "군군신신부부자자君君臣臣父父子子"라는 구절이 있다. 제齊 나라 경공景公이 공자孔子에게 정치에 관해 한 수 가르침을 청하는 대목이다. 사람들은 이 구절을 "군주는 군주답고, 신하는 신하답고, 아버지는 아버지답고, 자식은 자식답다."라고들 해석한다. 참으로 물색物色없는 번역이다. 이 구절은 신분관계에 따른 역동적인 상호작용을 더 크게 부각해야 제 맛을 느낄 수 있다. 그래서 나는 다음과 같이 번역한다. 즉, "군주가 군주다울 때 신하가 신하노릇을 제대로 할 수 있고, 애비가 애비다울 때 자식도 자식으로서의 도리를 제대로 할 수 있다." 라고. 이렇게 해야 참 정치의 다이내미즘이

제대로 구현될 수 있기 때문이다. 이에 경공이 답했다. "훌륭한 말씀이외다. 군주가 군주답지 못한데 신하가 어이 신하다울 수 있고, 애비가 애비답지 못한데 자식이 어이 자식다울 수 있으리오. 그런 상황이라면 비록 곡식이 있다 하더라도 내 어찌 먹을 수 있으리오." 라고.

세상 모든 이치가 자기 자리의 도리와 이치를 다해야 한다는 말이 아닐까? 그러나, 지난 세월 동안 이른바 4대강 댐 공사로 인해 한반도의 모든 물줄기가 잘리고 막히는 상황에서도, 깔깔거리며 수학여행을 떠나던 고2 학생들이 아무런 이유도 잘못도 없이 깊은 바닷물 속에 수장당해도, 국민적 합의 없이 야반 반입된 사드THAAD가 한반도를 더욱 뜨거운 화약고로 만들고 있는데도, 정치 지도자의 독선과 아집 그리고 '우주의 기운'에 기댄 비정상적인 통치는 끊이지 않았었다.

나의 눈과 귀를 의심하는 한 장면을 떠올린다. 지난 3월 10일, 탄핵된 박근혜가 삼성동 사저로 퇴거되고, 그 추종 세력들이 연일 '태극기 시위'를 하는 중이었다. 60대 중후반으로 보이는 여성이 택시에서 내리자마자 부리나케 사저 쪽으로 종종걸음 쳐 가다가 경찰의 제지를 받고는 그 자리에 털썩 무릎 꿇고 엎드려 비명같은 외마디 소리를 내질렀다. "마마~! 이럴 수는 없습니다!" TV로 뉴스를 보던 나는 얼어붙어 버렸다. 조선 왕조가 끝난 지 100년이 넘었거늘, 대통령을 봉건군주로 여기며 '마마'라 부르는 것도 희한한 일이겠거니와, 민주주의 선거제도에 입각해 제 손으로 투표해서 뽑은 5년 임기의 정치 대리자를 절대군주로 모시고 살아온 저 여인의 영혼을 도무지 이해할 수 없는 노릇이었다. 저게 '아Q'가 아니고 무엇이란 말인가? 그리고 저 태극기 무리들은 또 무엇인가? 정치적 의사표현에 관해서 말하려는 것이 아니라, 저 마비된 영혼의 맹목성에 놀랄 따름이다. 우리는 도대체 얼마나 더 많은 세월을 '아Q'처럼 살아야 하는가?

사실, 촛불집회는 스스로의 주권을 인식한 깨어있는 시민이 절대권력에 맞서 싸운 무혈혁명에 다름아니다. 대통령이란 국민으로부터 권력을 위임받은 한시적 대리자일 뿐, 모든 권력은 결국 국민으로부터 나온다는 상식을 확인시켜 준 경우이다. 권력자들이 권력의 단맛에 눈멀어 희희낙락하는 동안 국민들은 깨어 있었다. 국민들은 촛불을 피워 올렸고, 촛불은 민주혁명을 이끌었다. 유치원 아이들의 손을 잡은 젊은 부부에서 백발이 성성한 노인들에 이르기까지 촛불광장은 민주주의를 확인하고 실천하는 거대한 토요 야간 자율학교에 다름아니었다. 국민을 버린 권력은 국민으로부터 버림받는다는 상식을 일깨워 준 촛불혁명은 인류역사에 길이 남을 소중한 경험이자 자산이 아닐 수 없다.

새로운 세상에 대한 희망은 국민을 배반하지 않았다. 5월 9일, 마침내 새로운 대통령이 탄생했고, 국민들의 표정은 더 없이 밝아졌다. '새 시대의 첫 차'에 함께 탑승한 우리는 얼마나 행복한 승객들인가!

그렇게 정신없이 세월이 흘러가던 중이었다. 5월 초, 난데없는 부음을 들었다. 오랜 폐암투병을 하던 베이징北京사범대 중문과 왕푸런王富仁(1941~2017) 교수의 운명殞命 소식이었다. 향년 76세다. 1990년, 내가 베이징 땅을 밟은 뒤 가장 먼저 알게 됐던 학자였고, 그래서 그는 나의 박사 지도교수가 될 뻔하기도 했었다. 내가 박사시험을 준비할 당시 그가 '박사생 지도교수博導' 자격을 정식으로 비준받은 상태였더라면, 나는 베이징대 손위스孫玉石 교수에게로 가지 않았을 지도 모른다. 운명이었다. 사실 이러한 세세한 사정을 모르는 친구들은 내가 베이징사범대가 아니라 베이징대로 진학한 것을 두고 오래 동안 수근대기도 했었다.

그는 학문적 '흙수저'로 시작해 마침내 루쉰魯迅 연구계의 큰 별이 되었다. 싼둥山東대학을 졸업해 고교교사 생활을 하다가 다시 시베이西北대학에서 석사를 하고, 베이징사범대학에서 박사를 받은 후 사범대학에 잔류해 교수가 되었다. 전국의 모든 학교가 10년 동안 문을 닫았다가 문화대혁명이 끝나고 난 이후 새로 시작된 학제에 따라, 신중국 최초의 박사학위를 수여한 자라는 칭호에 손색없이 열정적으로 학문을 연마했다. 왕푸런은 중국현대문학 연구계에서도 독보적인 족적을 남겼다. 『선구자의 형상^{先驅者的形象}』이나 『영혼의 발버둥^{靈魂的掙扎}』, 『역사의 깊은 사색^{歷史的沈思}』, 『중국 루쉰 연구의 역사와 현상^{中國魯迅研究的歷史與現狀}』 등은 루쉰연구자들의 교과서였다. 그의 박사논문이 『중국 반봉건사상혁명의 거울-「외침」, 「방황」 종론^{中國反封建思想革命的一面鏡子-「吶喊」, 「彷徨」綜論}』이라는 제목으로 출간되자, 친필로 서명해 나에게 선물한 기억도 또렷하다.

그는 학문적으로는 매우 엄정하고 까다로운 학자였지만, 인간적으로는 매우 푸근하고 자상한 형님같은 사람이기도 했다. 그를 만날 때면 늘 베이징사범대학 교수아파트로 찾아가야 했다. 20여 평이나 될까하는 좁아 빠진 아파트의 주방에서, 런닝 바람으로 젊고 아름다운 그의 아내와 함께 장만한 '집에서 먹는 일상 밥상^{家常菜}'에 콩푸쟈 주^{孔俯家酒}를 차려 놓고 기다리곤 했다. 나는 으레 담배 두 보루를 사가지고 가야 했다. 그가 지독한 애연가라는 사실은 천하가 알고 있었고, 그에게 최초의 한국청년(?)학자였던 내가 맨 손으로 갈 수는 없었기 때문이었다. 그런 그도 취향이 있었다. 그는 독한 양담배, 그 중에서도 '힐튼^{Hilton}'을 가장 좋아했다. 그의 아파트로 들어서기 전, 캠퍼스 구석에 있는 작은 가게에 들러 양담배를 사는 것은 그에 대한 최소한의 경의였다. 그러나, 지금 생각해 보니, 나는 그의 죽음에 일조한 방조자였다는 생각을 떨칠 수 없다. 루쉰^{魯迅}이 일평생 입에서 담배를 떼지 않고 살다가 마침내 폐암으로 세상을 떴다는 기억에 뜬금없이 루쉰연구와 골초와의 상관성을 떠올린다.

30년 전인 1997년 3월, 그는 고려대학에 교환교수로 서울에 와 있었다. 그때 내 모친이 돌아가셨고, 소식을 들은 그도 모친상에 다녀갔다. 중국과 한국의 매우 다른 장례풍습에도 불구하고, 한국인들과 마찬가지로 망자의 제단에 무릎 굽혀 하는 새배^{再拜}를 나나하지 않았나. 그의 뒤뚱거리고 어색한 새배 모습에 상주 주제인 나도 모르게 잠시 웃음을 흘렸던 것이 기억난다.

그 후로 그가 산토우^{汕頭}대학으로 내려갔다는 소식을 마지막으로 다시 만나지 못했다. 내가 유학에서 돌아온 후 이런저런 허드렛 일에 매몰되어 학문적으로 피폐해져 가는 동안 루쉰을 까맣게 잊고 있었듯이, 사실 나는 그를 잊고 있었다. 우연인지 모르겠다. 마침 며칠전 모 신문사에서 요청한 무슨 칼럼을 쓰다가 내가 오래전에 써두었던 루쉰 관련 글을 다시 읽게 되었다. 아직 미공개 원고였다. 나는 나에게 이런 원고가 있었다는 사실조차 망각한 채 살고 있었다. 시간을 내어 조금만 손보면 정식 출간해도 될 듯하다는 생각이 들었다. 나는 너무 게으르게 살아왔다. 내 청춘의 소중한 학문적 자산들을 이렇게 많이 놓치거나 버리고 살고 있었다. 왕푸런의 운명 소식에 게으르고 난잡했던 지난 세월의 기억들이 한꺼번에 화들짝 깨어나는 듯했다. 5월 6일(토) 아침에 빠바오산^{八寶山} 장례식장에서 거행된 영결식에 나는 참석하지 못했다. 대신 그날 밤, 집에서 홀로 콩푸쟈 주를 마시며 고인의 명복을 빌었고, 깊은 상념에 빠졌다.

왕푸런의 운명은 나의 추억들 속에서 많은 것들을 다시 길어올려 주었다. 1993년, 내가 베이징으로 공부하기로 유학을 떠나던 모습, 자전거를 타고 강의실과 식당, 도서관을 누비던 베이징 대학 교정과 기숙사 생활들. 1996년에 학위를 받고 1997년에 귀국해 돌아 와 1년간 시간강사 생활을 하다가, 1998년 한국해양대학교에 자리를 잡은 일 등등. 어림잡아 세어 보아도 학위를 받은 지 올해로 21년이나 되었고 대학에 자리를 잡은 지도 19년이나 되었다. 너무나 많은 세월을 허송스레 흘려보냈다는 자각에 회환이 든다.

만약에, 만약에 …… 를 상상해 보지만, '만약'은 있을 수 없고 모든 것은 내가 지은 대로의 결과일 뿐이다. 유가지식인, 해국도지, 동아시아연대, 문화 연구, 상해학, 부산학, 한류, 중국몽, 일대일로의 문화전략, 디아스포라 영화,

다산즈大冊子 등등 학술논문 30여편을 썼고, 중국영화나 중국문화 관련 교재, 『변화와 생존의 경계에 선 중국지식인』, 『내 안의 타자-부산차이니스 디아스포라』, 『중국에게 묻다』, 『철학이 있는 도시, 영혼이 있는 기업』, 『해양문화컨텐츠와 스토리텔링』 등의 저술과 『호남 흑차』, 『파미르의 밤』, 『홀로 문을 두드리다 : 오늘의 중국 문화와 예술 들여다 보기』 등의 번역까지 총 37종의 서적을 출간했고, 20여 편의 연구용역 보고서, 100여 건의 학술발표나 강연 그리고 30~40차례의 신문칼럼연재나 20여 차례의 방송 출연 등이 내 지금까지의 이력이라면 이력이다. 그러나, 참담한 것은 저술이나 번역도 논문이나 강연도 딱히 '이것이다!' 하고 손에 잡히는 것이 없다. 뿐만 아니라, 한눈에 봐도 산만하고 난삽하기 이를 데 없다. 이게 내 학문의 궤적인가 싶을 정도다. 지난 20여 년의 학문 생활이 시류쫓기에 급급한 부박하기 짝이 없는 '생계형 연구'에 불과했던 것은 아닐까! 그렇다고 '도리만천하桃李滿天下'라 할 만큼 제자가 도처에 깔려 있어, 가는 곳마다 은사대접 받을 처지도 아니다. 한국해양대학교라는 특수목적 대학에서 '동아시아학' 특히 '중국학'이란 것이 얼마나 미미한 마이너리티 학문인가를 여실히 확인하고도 남는다. 이곳에 키울만한 제자가 들어올 리도 없겠거니와 계속 학문을 할 친구 역시 극소수에 불과하기 때문이다. 제자가 없다는 것이 연구를 게을리해도 된다는 변명이 될 수는 없다. 박사 학위 논문을 썼음에도 고구마줄기처럼 캐면 캘수록 또 다른 연구범주와 학문영역이 확산되어 평생 연구에 파묻힐 팔자도 아니다. 학자로서도 교수로서도 성공과는 거리가 먼 인생이다. 그렇다고 지식운동가로서 시민사회운동이나 세상바꾸기에 혁혁한 공을 세우지도 못했다. 필요할 때 서명이나 하고 역할이 주어지면 그 소임을 다했을 뿐, 지식인의 사명 운운할 처지도 못된다.

이제 대학에 있을 시간도 10년이 채 남지 않았다. 지금까지 한국해양대학교에 자리 잡게 되면서 자의반타의반으로 '해양이다', '지역학이다', '동아시아학'이다 라고 휩쓸려왔던 것이 다 부질없이 여겨지는 것은 무엇 때문일까? 너무 에돌아 온 학문이자 인생은 아니었던가? 이제는 돌아 와 좌정하고 내 안을 들여다본다. 이제, "무엇을 할 것인가?" 나는 루쉰 연구자였지 않던가? 박사 논문이 그러했고, 그 후 줄곧 루쉰을 손에서 놓지는 않아 왔었지만, 나 스스로 루쉰연구자라는 사실을 너무 오래 망각하고 있었다. 내가 그럴진데, 언감생심 나를 루쉰 연구자라 여겨주지 않는다고 남 탓을 할 처지는 더더구 나 아니다. 어쩌면 내가 '아Q'인지도 모른다. 왕푸런의 운명이 나를 망각에 서 일깨웠듯이, 나는 이제 내 학문의 시작으로 돌아가고자 한다. 들리는 소문 에 의하면 지난 10여년 동안 작업해 온 『루쉰전집』 한국어 번역본 완결판이 연내로 출간된다고 한다. 일본 문학가인 나쓰메 소세키 전집에 비하면 많이 늦은 감이 있지만, 루쉰연구(학)계의 뜨거운 성과가 아닐 수 없다. 사실 박사 논문을 정리해 출간할 몇 번의 계기가 없었던 것은 아니었다. 하지만, 그때마 다 무슨 이유에선지 진행되지 못했었다. 이제 박사논문에서 다루었던 내용과 그 이후 이곳저곳에서 썼던 루쉰 관련 글들을 엮어 여러 번 읽고 줄이고 고쳐 써서 한권의 책으로 출간하려 한다. 어쩌면 지난 촛불혁명의 승리에도 불구 하고 우리 안에 들어 앉아 있을 수많은 '아Q'들을 상상하며, 아둔한 용기를 낸다. 강호제현의 질정을 바란다.

2017년 8월 10일
김태만 씀

목차

1 · 시인의 꿈

꿈을 꿀 수 있었던 시대는 얼마나 아름다웠던가. 그리하여 그 꿈으로 미래를 내다볼 수 있었던 시대는 얼마나 찬란했었던가. 이상과 현실이 화해하고, 이성과 실천이 조화로울 수 있었던 시대는 얼마나 행복했었던가. 역사시대의 원시와 문명시대의 야만에 대립하지 않고 살 수 있었던 시대는 얼마나 평화로웠던가. 과학과 풍요의 언저리에 거짓과 음모가 숨어 있지 않고, 민주와 자유의 구호 속에 폭력과 억압이 깃들어 있지 않았던 시대는 그 얼마나 신명났었던가. 소유를 위해 목숨 바칠 필요가 없었던, 그래서 욕망과 소유가 항상 일치할 수 있었던 시대는 그 얼마나 풍요로웠던가.

아름다웠던 것들은 돌아오지 않고, 행복했던 시절은 사라져 버렸다. 희망은 절망에게, 이상은 현실에게, 광명은 어둠에게, 정신은 물질에게 정복당해 버린 시대. 가악추假惡醜는 여전히 기세등등하고, 진선미眞善美는 더 이상 우리 곁에 있지 않다. '능력에 따라 일하고, 필요에 따라 분배받는 세상'은 깨져버린 꿈이었던가. '이제, 여기'에는 절망과 좌절, 위선과 추악, 부도덕과 몰가치들만 남았다. 질식할 듯한 고독감으로 부정과 회의와 절망에 맞선다. 사라진 것들이 남긴 거대한 공허 속에 깊은 절망이 움트고, 절망의 그 끝에 비극이 존재한다. 세계는 여전히 비극의 시대이다.

신화시대의 시인은 자아와 세계의 대립을 느끼지 않아도 되었다. 세계는 '신神'의 이름 아래 완전성과 통일성을 유지하고 있었다. 세계에 대한 비전이 시인 내부의 희열과 일치할 수 있었기 때문에, 시인은 자기 가슴속에 세계를 담을 수 있었고, 자기 내부에서 유토피아를 꿈꿀 수 있었다. 그러나, 자아와 세계가 분열되기 시작한 '현대'에 이르러 세계는 더 이상 시인의 희열과 일치하지 않았다. 세계는 투쟁을 통한 극복의 대상이 되었고, 시인은 그 투쟁을 실현하는 '전사'가 될 수밖에 없었다. 이로부터 시인의 비극은 시작되었다. 자아와 세계가 분열되어버린 비극의 시대. 그 시대를 사는 시인의 삶은 그 자체가 비극이거나 또는 희극이다. 그는 새로운 것과 낡은 것 중 하나를 선택하도록 요구받았다. 그 요구에 대해 시인은, 폭력적 현실의 잔혹함에 맞서 항거함으로써 시대정신을 영도하거나, 또는 미쳐버린 세상에 아부영합함으로써 시대의 야유와 조롱거리가 되기도 했다. 시인은 세계와 대립한다. 시인과 세계의 관계에서 중요한 것은 시인의 '입장'이 아니라 '태도'이다. 세계는 누구에게나 동등하게 주어지지만, 시인이 취하는 태도는 매 시인마다 다를 수밖에 없기 때문이다.

중국의 20세기는 한마디로 반제반봉건의 과제와 치열하게 싸우는 격동의 시대였다. 19세기 중엽, 서구열강의 침략에서부터 2천년 봉건역사와의 투쟁에서 실패한 '신해혁명', 사회주의 혁명의 실현과 사회주의 국가 건설 과정의 역경과 질곡, 20세기 말 전지구적 대변혁이라는 세기말적 신국면의 도래 등에 이르기까지 격랑의 대해^{大海}를 지나왔거나 지나고 있다. 어떤 시대 어떤 사회에 있어서도, 격동의 시대를 맞이하게 되면 다른 어느 계층보다 지식인 계층의 역할과 임무가 전에 없이 중요해진다. 꿈과 좌절, 희망과 비애의 교차점 위에서 지식인들, 특히 시인들은 내외부적으로 모순과 갈등을 겪어야 했다. 그 결과 중국의 현대문학사는 피로 쓴 고통의 역사가 되고 말았다. 여기에 중국현대문학이 동시대 여타 세계의 문학과 차별적일 수밖에 없는 특수성이 존재한다.

혁명은 문학을 필요로 했고, 문학은 혁명에 복무했다. 혁명시대의 문학은 문학자체의 '구조와 형식'보다 '사상과 내용'에 치중할 수밖에 없었고, 혁명시대의 시인은 '어떻게' 쓸 것인가보다 '무엇을' 쓸 것인가를 고민해야 했다. 때문에, 중국현대문학은 심미구조물로서 자기존재 가치를 승인받는 것이 아니라, 현실변혁에 복무하는 정치적 '공구^{公具}'로서 가치를 평가받았다. 혁명시대의 시인은 자기자신의 문학적 위치에 대한 고려에 앞서, 정치사회적 역할과 임무에 대한 인식이 더욱 절실했다. 즉, 현실의 '모방' 뿐만 아니라 혁명시대의 현실적 '효용'이라는 측면을 깊이 고려해야 했다. 문제는 시인이 세계를 어떻게 인식하고, 세계에 대해 어떤 태도를 취하는가 하는 것이었다. 시인은 세련된 언어학적(수사학적) 재능보다 투철한 세계관 문제를 고민해야 했다. '예술을 위한 예술爲藝術而藝術'과 '인생을 위한 예술爲人生而藝術' 사이의 논쟁은 그 하나의 예다. 중국현대문학사에서 발생했던 거의 모든 문학논쟁의 주제가 세계관 문제이거나 적어도 그것에 관련된 문제였던 것도 이러한 역사적 배경과 결코 무관하지 않다.

인류의 영혼이 고향을 떠나 끝없는 여행을 시작한 이래, 시인은 항상 귀향의 꿈을 꾸며 현실과 맞서 싸워 왔다. '존재Sein'는 '당위Solen'와 모순되고, 시인의 '자아'는 '세계'와 대립했다. 그 혼돈과 모색의 한가운데서 시인은 '존재하는 현실'과 '존재해야 할 현실' 사이에 발생하는 모순충돌을 목도하며 분노해야 했다. 어느 시대건 시인은 '바람보다 먼저 눕고, 바람보다 먼저 일어서는 들풀'처럼 시대를 앓는 존재이다. 비틀린 현실에 맞서 분노하는 시인은 그것을 건강한 현실로 바꾸려 한다. 시인은 자신이 목도한 현실을 '작품 속의 현실'로 변형창조한다. 변형창조는 단순한 현실의 '모사模寫'와는 다르다. 시인이 지니는 '심미審美문화 구조'에 기인한 것으로서, 시인의 세계관과 심미수양 정도에 대단히 밀접한 관련을 맺고 있다. 혁명시대의 시인은 사회현실 속에서 겪게 되는 이러한 갈등의 해소를 위해 우선 사회역사 발전의 일반적 원리 및 전망을 지녀야 함은 물론이고, 동시에 보다 높은 도덕적 수준을 견지해야 한다. 그리고, 왜곡된 현실을 진단하고 징벌함으로써 보다 나은 세계로의 전환을 위한 전망을 제시할 수 있어야 한다. 시인은 그러한 목적을 위해 여러 가지 예술수법을 동원할 것이다. 현실은 비극의 시대이지만 다가올 미래의 '희극의 시대'를 준비하기 위해 시인 스스로는 비극에 빠져 있지 않아야 했다. 그러한 의미에서, 1917년 러시아혁명의 성공으로부터 빛을 발한 '러시아의 서광瑞光'은 무엇보다도 든든한 하나의 전망임에 틀림없었다. 그것은 중국에서 혁명의 가능성을 예견하게 해주는 중요한 본보기였다. 하지만, 2천년 봉건역사는 스스로의 사망을 인정하지 않고, 세기적 신기운은 아직 힘을 확보하지 못하고 있었다. 분명한 것은 낡은 것과 새로운 것 사이의 모순이 첨예화해 갔고, 시인은 낡아빠진 '봉건잔재'에게 새로운 세계의 가능성을 보여주기 위해 '어떻게 해야 할 것인가'를 고민해야 했다. 혁명은 문학이라는 무기를 필요로 했고, 문학은 낡은 세계에 대한 비판과 부정, 그리고 새로운 세계에 대한 전망의 제시를 위해 적절한 도구가 필요했다. 낡은 것들에 대한 진압과 혁명적 현실의 수요에 대응하기 위해 혁명시대의 지식인들, 특히 시인들은 예술적 폭력을 동원하지 않을 수 없었다. 그 예술적 폭력의 한 형태로 '풍자'가 채택된 것은 대단히 자연스런 일이다.

『다시 루쉰魯迅에게 길을 묻다 : 탈식민주의와 풍자정신』은 20세기 전반기 중국의 대표적 풍자작가인 루쉰의 작품에 나타난 '풍자정신'을 '탈식민주의' 관점에서 서술하고 있다. 반제·반봉건을 기본 축으로 해 전개된 중국의 근대화운동(혁명)에 있어서, 루쉰이라는 '지식인'이 어떻게 역사와 현실을 인식하고 그것을 문학적으로 실천해왔는가를 밝혀내고 있다.

탈脫식민주의란 원래 제국주의 지배 상황과 식민지담론을 전제하지 않고서는 성립될 수 없는 개념이다. 때문에 탈식민주의는 주로 서양의 침탈에 의한 동양의 주변화와 그것에 대한 동양의 해방과 저항이 주를 이룬다. 서구의 중국 지배 과정에서 노정된 식민의식과의 상관성을 발굴해 내는 작업은 매우 정교하면서도 신중하게 다루어져야 한다. 루쉰이 해결하지 않으면 안 될 중국의 과제는 반제반봉건이었다. 제국의 침탈에 의해 정치적, 문화적, 경제적 억압과 왜곡으로 신음했고, 봉건질서에 의한 질곡도 감내해야 했다. 루쉰의 작품에서 다루어지는 내용의 절대다수가 반제反帝보다는 반봉건反封建에 치중해 있고, 반식민지 투쟁보다는 반봉건 계몽의식이 강하게 나타나고 있는 것은 사실이다. 그럼에도 불구하고 루쉰에게 '탈식민주의'를 명명한 것은 물질적 식민지 상황보다 훨씬 깊고 짙은 정신적 식민 상황이 작동하고 있다는 점을 주목하고, 정신적 식민상황에 대한 반대, 저항, 극복의 희구를 드러내고자 했기 때문이다. 그런 측면에서 탈식민주의와 관련해 다양한 논자들의 주장들 중에서도 프로이트나 라깡 식의 정신분석을 계승한 호미 바바^{Homi Bhabha}(1945~)가 말한 선/악, 문명/야만, 이성/감성이라는 서구 대 비서구를 구분하는 이원대립형 '고정성' 개념을 차용해 중국적 차원에서의 식민성을 부각시키고 이에 대한 저항 극복의 정신을 탈식민주의로 이해할 수 있을 것이다. 루쉰의 작품에서 보여주고 있는 이성과 자유의지, 주체의식 등을 담지한 합리적 상식을 배제당한 마비된 민중들의 삶 속에 녹아 있는 뿌리 깊은 봉건의식을 어떻게 타파하고 각성된 민중으로 되살려 낼 것인가에 대한 투철한 투쟁의 과정에서 탈식민주의를 발견할 수 있다. 즉, 루쉰은 제도로서의 식민주의보다는 중국인들의 사상의식 속에 뿌리박힌 식민성을 어떻게 탈각시켜 주체적 민중으로 일으켜 세울 수 있을까를 고뇌했다. 제국주의가 중국을 침탈해 오면서 이식한 식민주의가 아니더라도 봉건 2천년 역사 속에 내장된 유습의 탈피가 얼마나 지난한 과정이었던지는 중국의 현대사가 입증하고도 남기 때문이었다. 신식 서구교육을 받은 지식인 계층이 봉건유습을 벗고, 반제·반봉건 운동 및 혁명과정에 투신하면서 보여준 사상의식의 성장과 전변과정은 그대로 하나의 지성사로 여겨질 수도 있을 것이다.

루쉰은 제국주의의 식민지 쟁탈과정에서 노정된 물리적 폭력에 대한 저항을 넘어 중국인의 영혼에 깃들어 있는 봉건성과 식민성을 깨치고 나와 '영혼의 식민성'을 탈피하고자 하지 않았을까? 그러나, 이것이 단순히 사상사나 지성사의 한 자료로 제공되는 것은 아니다. 작가로서의 개인이 어떻게 현실에 대응하고 작품창작을 실천해 가는가를 파악함으로써 작가와 작품이 지닌 내재적 힘의 근원을 찾아내는 단초로 제공되고 있다. 이를 위해 우선 지식인 작가가 지식인을 주인공으로 채택한 작품 중 '풍자성'이 농후한 작품을 주요 연구 대상으로 한정하고, 이들 작품에서의 주제의식과 풍자양상을 통해 작가

자신의 자기인식 및 현실사회에서의 지식인의 위상과 역할을 검토해야 한다. 왜냐하면, 일반적으로 작가들은 지식인을 주인공으로 설정함으로써 그를 매개로 자신들이 처한 비극적 상황을 고발할 수도 있고, 또는 당시 현실의 참모습을 그려 낼 수도 있기 때문이다.

『다시 루쉰魯迅에게 길을 묻다 : 탈식민주의와 풍자정신』의 저술에 차용된 텍스트는 1981년에 인민문학출판사人民文學出版社에서 출간된 『루쉰전집魯迅全集』을 중심으로, 그의 『외침吶喊』(1923), 『방황彷徨』(1926), 『들풀野草』(1927), 『아침 꽃 저녁에 줍다朝花夕拾』(1927), 『옛 이야기 다시 엮다故事新編』(1936) 등에 수록된 소설 및 잡문雜文들이다. 풍자정신을 분석하면서 우선 루쉰의 근대인식 과정을 검토하고 나서, 풍자소설의 이론적 기초가 되는 풍자론을 재구성하고, 마지막에 루쉰 작품에 등장하는 인물형상 분석을 통해 루쉰의 풍자정신을 도출할 것이다. 이를 통해 루쉰의 풍자가 어떻게 구현되고 있고, 그 대상과 태도는 어떠한 지를 확인할 것이다. 이러한 분석은 루쉰이 지닌 풍자정신의 전모와 풍자특질을 개괄해줄 수 있을뿐더러, 1920~30년대 루쉰 풍자소설의 특징을 밝혀낼 수 있게 할 것이다.

『다시 루쉰魯迅에게 길을 묻다 : 탈식민주의와 풍자정신』은 다음과 같은 서술 구조를 갖는다. 우선 제2장에서는 루쉰이 살았던 시공간에 있어서의 근대성의 의미를 되짚어 본다. 이를 통해 루쉰의 근대의식과 현실인식의 단초를 규명한다. 제3장에서는 3단계로 전변하고 있는 루쉰의 사상의식의 철학적 기초를 단계적으로 분석한다. 일반적으로 난징南京으로 신식 학문을 찾아 집을 떠난 이후 일본 유학과 귀국 및 신해혁명(1911)을 거쳐 '5·4'(1919)까지를 초기(1881~1918), '5·4'이후 베이징 생활을 마감하고 샤먼廈門을 거쳐 광조우廣州로 '남행南行'하기 이전까지를 전기(1918~1927)라 구분한다. 이 시기의 '초기 근대의식'과 '전기 현실인식'에 관해 심층 분석하기로 한다. 그리고, 소설보다는 잡감문을 통한 직접적인 투쟁에 적극적으로 참여하던 후기

(1927~1936) 시기와 관련해서는 제4장에서 다루기로 한다. 왜냐하면 '초기 근대인식'과 '전기 현실인식'을 바탕으로 후기에 들어와서 루쉰은 중국인의 국민성을 '열근성'이라고 개괄하면서 아울러 '국민성 개조'를 위한 치열한 현장투쟁으로 몰입해 간다. 이에 맞는 장르 역시 소설보다는 잡문에 집중하는 특징을 보인다. 여기서 방법으로서의 풍자를 위해 루쉰이 서구를 어떻게 수용했는지와 루쉰이 어떻게 풍자를 이해하고 활용했는지는 매우 중요한 문제가 될 수 있기 때문이다. 제5장에서는 루쉰의 작품에 살아 숨쉬는 인물형상을 통해 다양한 풍자의 특징을 검토한다. 중국문학사상 최고의 인물형상이라 할 아Q와 '정신계의 전사로서의 상징성을 지닌 '광인' 형상을 통해 루쉰이 치열하게 투쟁했던 봉건과 식민성에 대해 드러낸다. 마지막 제6장에서 중국의 20세기 전반기에 출현했던 다양한 풍자작가와의 비교를 통해 루쉰 풍자정신의 특징을 규명한다. 마지막의 제7장에서는 '민족혼'의 상징으로서 평생을 국민성 개조에 헌신하면서 투쟁으로 일관해 왔던 마지막 삶을 로망한다. 이상의 과정을 통해, 루쉰이 의도했던 탈식민주의와 풍자정신의 특징을 두드러지게 부각시켜 낼 수 있을 것이라 판단한다.

2. 20세기 전반기, 중국 지식인의 초상

"젊은 날 나는 수많은 꿈을 꾸었으나, 자라면서 대부분을 잊어먹었다. 하지만, 그렇게 서운하다고 생각지는 않는다. 추억이란, 사람을 즐겁게 하는 것이라고도 하지만, 때로 사람을 적막하게 하기도 한다. 정신의 실타래가 이미 사라져버린 적막의 시간을 얽어 묶는다 한들 무슨 의미가 있으랴. 나는 오히려 깡그리 잊지 못하는 것이 고통스러울 뿐이다. 이처럼 깡그리 잊지 못한 조각들이 지금에 이르러 『외침內喊』이 된 까닭이다." [1]

　　루쉰의 글들은 마치 고대인의 잠언箴言들처럼 수많은 의문들을 불러일으킨다. 루쉰이 젊은 시절에 꾸었던 꿈은 과연 어떤 꿈이었을까? 그리고 루쉰에게 그 꿈 속의 시절은 왜 '적막寂寞'으로 회상되었을까? 우리가 만약 루쉰이 살았던 19세기 말에서 20세기 초의 시대로 돌아갈 수 있다면 우리들은 과연 어떤 꿈을 꿀 것이고 또 그 꿈은 어떤 색깔일까?

　　루쉰(1881~1936)은 19세기 말, 봉건 지식인이 신식교육을 통해 신식의 '표준 지식인'으로 변모해 가는 일반적인 경로를 걸었다. 우선 서구의 충격에 위기감을 느낀 대부분 지식인들이 그러했듯이 일단 서구를 학습했다. 서구의 힘은 곧 '과학'이라는 몸체와 '민주'라는 정신으로부터 탄생함을 깨달은 신식 지식인들은 과학과 민주를 학습하려 노력했다. 그리고 그들은 전통 사대부들이 그러했듯이 그들의 역량을 국가와 민족을 위해 헌신하려 했다. 그래서 그들은 자신들이 헌신할 근대적 국가를 건설하고자 했고, 또 그 국가가 부강해지기를 기원했다. 다행스런 것은 그들은 '근대 국가'의 건설이 전통적인 봉건 황제의 힘이 아니라 민중들의 각성에 의해 성취될 수 있다는 믿음을 갖고 있었다. 그래서 그들은 2천년 봉건역사의 폐해 속에 잠들어 있는 민중

---

1) 루쉰, 「외침 머리말 『內喊』 目序」, 『루쉰전집魯迅全集』제1집 p415, 인민문학출판사, 1981. 이후 루쉰의 작품은 작품집명과 『루쉰전집』의 권수와 페이지만 '00-000' 형태로 밝히기로 한다. 그리고 이 책에 인용된 루쉰의 작품은 모두 1981년 인민문학출판사에서 출판된 『루쉰전집』에 근거함을 밝혀둔다.

을 일깨워 각성시키고자 했다. 이를 위해서 무엇보다도 '문학'이 훌륭한 도구가 될 수 있음을 인지했다. 그 결과, 19세기 말에서 20세기초에 이르는 시기의 '표준 지식인'들 중 다수는 공통적으로 '문학이 지니는 힘'에 관심을 가졌다. 뿐만 아니라, 문학에 관한 새로운 이론과 구호를 제창하면서 거기에 걸맞는 창작에 참여했다. 예를 들어, 량치차오梁啓超(1873~1929)는 '신소설'을 주장하면서, 중국의 소설이 통속적 오락물에서 개혁과 교육의 기능을 갖춘 엄숙한 지식적 수단으로 승화되기를 희망했다. 그는 소설이 사회를 개조하고 중국의 정치제도를 개혁하기를 바랐다. 천두슈陳獨秀(1879~1942)나 후쓰胡適(1891~1962) 등이 제창했던 신문학운동 역시 '5·4' 지식인들이 문학창작의 중요성을 인식했음을 말해 주는 것이다. 이밖에도 많은 작가들이 이러한 공통적인 경험과 과정을 거쳐 문학으로 전념해 들어갔던 사실은 제국에 의해 봉건왕조가 깨져 나가던 동아시아 신생국의 공통적 경험일 뿐만 아니라, 근내화 과정에 필연적으로 따르는 지식인의 고뇌와 실천의 결과라 여겨진다.

가. 중국에서 '근대'의 의미

'근대^{modern}' 또는 '근대성^{modernity}'은 라틴어의 'modo'에서 파생되어 나온 말로서, '지금, 여기'라는 의미를 내포한다. 서구에 있어서 이는 본질적으로 고대 또는 중세와 구별되는 the Modern Age의 일부이고 다만 좀 더 가까운 시기가 '근대'이기 때문에 일반적으로 '근대(성)라고 한다. 이에 대해 마샬 버먼^{Marshall Berman}은 'modernity'를 근대사회 전세계의 모든 사람들이 함께 하는 생생한 경험 즉, 공간과 시간의 경험, 자아와 타자^{他者}의 경험, 삶의 가능성과 모험의 경험 등의 방식이라고 정의한다. …… 원래 'modernity'는 계몽주의 이래 서구역사의 진로를 규정해 온 이론적 청사진^{modernity project}이었다. 이성에 기반해 인간 주체가 자기 바깥 세계를 합리적으로 파악해 역사를 진보 발전시킨다는 논리, 이것이 바로 근대 서구의 '근대 사회'라는 집의 설계도면이었다.'[2] 이렇게 함으로써 고대, 중세, 근대라는 시대 구분이 보다 분명해질 수 있을 것이다.

그러나, 이른바 근대성이라는 개념은 단순히 근대라는 시기를 뜻할 수도 있으나 추상명사로는 근대의 '근대다운 특성'을 의미하는 것이라고 보아야 옳을 것이다. 왜냐하면, '근대성'이란 시간적 개념일뿐더러 가치의 개념이기 때문이다. 서구에서의 근대성의 의미는 '신의 죽음' 즉, 그때까지 서구 사회를 지배해 오던 모든 질서를 정당화할 수 있는 가치가 더 이상 존재하지 않는다는 니체^{Friedrich Wilhelm Nietzsche}(1844~1900)의 선언에서 찾아질 수 있다. 또한 그에 앞서 '계몽'을 인류가 미숙기에서 성년기를 향해가는 과정이자 과제로 이해한 칸트^{Immanuel Kant}(1724~1804)의 시대 인식 및 비판 철학자로서의 사명감은 곧 '근대성'이 지니는 특유의 태도라고 이해된다. 보다 근

---

2) 마샬 버먼, 『The Experience of Modernity : All That Is Solid Melts Into Air』, p12, 윤호병 등 역, 현대미학사, 1994, 서울.

27

본적인 출발은 베이컨$^{Francis Bacon}$(1561~1626)의 경험주의나 데카르트$^{René Des-}$
^{cartes}(1596~1650)의 합리주의 그리고 죤 로크$^{John Locke}$(1632~1704)의 개인
주의 등 16세기 사상에서 그 이론적 단초를 마련하고, 17~8세기 계몽주의
를 거치면서 확립되어 왔다고 해야 할 것이다. 우선, 합리적이고 경험적인 지
식의 누적이 사물의 자연 질서를 밝혀내고 이를 통해 사물의 발전 경로를 지
배·통제할 수 있다는 신념이 싹텄다. 그리고 이러한 신념은 근대적 진보 개
념의 밑바탕을 구성했다. 게다가 근대적 진보 개념은 지식이나 예술의 영역
으로부터 더 일반적인 사회적 삶의 영역에까지 확대되었으며 이로부터 사회
적 삶의 재조직화를 통한 '인간 해방'의 성취라는 근대 사회과학의 오랜 지향
이 그 틀을 잡았다. 나아가, 계몽주의, 진보, 이성, 과학을 모토로 내세우면서
전통적 권위에 대한 도전과 비판을 감행함으로써 편견과 미신의 폐지, 지식
의 확대에 근거한 자연지배 그리고 물질적 진보와 번영이라는 새로운 시대의
개막을 알리는 사상운동으로 물결치기에 이르렀다.

이런 뜻에서 근대 기획$^{modernity project}$이란 19세기와 20세기에 걸쳐 모든 사
회적 삶의 분석이나 미래 전망과 관련한 기본 틀이었다. R.슈페만$^{Spaemann, Rob-}$
^{ert}은 「근대성의 종언」이라는 글에서 '근대성'의 개념과 관련해 다음 일곱 가
지로 요약해서 제시한 바가 있다. 즉 해방으로서의 자유에 대한 이해, 무한하
고 필연적인 발전^{Fortschritt}에 대한 신화, 진보적 자연지배, 객관주의, 경험의 동
질화, 가설화^{Hypothetisierung}, 자연적 보편론 등이다.[3] 이를 짧게 요약하면, 이성
의 능력에 대한 믿음과 자연의 수량화 그리고 진보에 대한 믿음을 뜻한다고
할 수 있다. 15세기 이래 서구에서 '근대적'이란 말은 줄곧 기술적으로 앞서
있고, 물질적으로 부유하며 사회적, 종교적 권위라는 미망에서 자유로운 삶
을 상징했다. 그리고 이것은 무엇보다도 인간 이성에 대한 굳은 믿음과 더불
어 삶이 전반적으로 합리화되어 간다는 것을 뜻했다.

---

3) R.슈패만, 박상선 편역, 『포스트모던의 예술과 철학』, p181~192, 열음사, 1992.

중국의 경우 '근대'는 '세계 자본주의'가 중국을 침탈해 들어오기 시작한 19세기 중엽으로부터 시작되었다고 할 수 있을 것이다. 왜냐하면 '근대성'이 '근대답게 하는 특성'을 내포하는 개념이라고 할 때, 중국에서 진정한 의미의 '근대'는 중국자체의 자발적인 근대화 과정에 서구로부터 강제된 근대화의 과정이 병행됨으로써 완성되기 때문이다. 즉, 아편전쟁 이후 민주주의를 기치로 한 봉건철폐운동과 반反제국주의를 향한 애국구망愛國救亡 운동, 서구과학의 힘에 충격 받아 시작된 양무洋務운동 등의 부국강병운동, 그리고 사상과 생활에서의 거대한 변혁의 물꼬를 트는 여러 가지 '신新' 운동들의 교합이 19세기 중엽에서 20세기 초엽까지 중국 근대화의 거대한 흐름이었다. 그에 관해 페이산裵山은 「신구사상의 결투가 시작되다新舊思潮之開始決鬪」라는 논설에서 지적한 바 있다. '5·4'시기를 대표하는 지식인 중 하나인 페이산은 봉건전통에 대한 강렬한 부정의식을 노정하면서 다음과 같이 언급했다. "내 생각에는 신구사상의 결투가 시작된 것일 뿐이다. 이후 피차 결투할 일이 한 두 가지가 아니다. 내 주장은 중국이 지니고 있던 잘못된 사상, 완고한 사상, 퇴행적 사상을 혁신해야 하고, 나아가 남겨두어야 할 사상은 남겨 두되 서구의 사상에 녹여 넣어 중국 인민들에게 적합한 실용적 사상을 만들어야 한다는데 적극적으로 찬성한다." 4 쉬위徐訏 역시 중국과 서구에 있어서 철학사상의 근본적 차이를 비교하면서 서구문물의 우수성을 설파한 바 있다. "서구의 문화는 유리唯理에서 유물唯物로 온 반면 중국의 문화는 유륜唯倫에서 유심唯心으로 왔을 뿐이다. 이는 마치 두 가닥의 선이 교차를 이루는 듯 보이지만 그 간발의 차이로 인해 천리나 멀어져 버렸다. 유구한 중국의 봉건 사회는 이와 관계가 있다. 지금까지 줄곧 중국 사회의 법리질서는 여전히 윤리와 관련되지 논리에 관련되지는 않는다. 반면 서구는 논리에 기초해 도덕질서가 마련된다. 이는 두 가

---

4) 페이산裵山, 「신구사상의 결투가 시작되다新舊思潮之開始決鬪」, 『매주평론每周評論』 제17기, 1919년 4월 13일.

지 문화의 차이가 정신과 물질로 구분될 수 없음을 말한다. 또한 이 두 가지 문화의 차이는 결코 어느 측면에서 보건 항목에 관한 문제에 불과한 것이 아니라, 성숙도나 조직력, 민족성 등에서 드러나는 문제이다. 즉, 서구문명이 중국보다 진보된 것이 과학만 아니라 모든 분야의 학문에 있어서 중국보다 정밀하고 정돈됐을 뿐 아니라 위대하고 풍부하다는 사실을 사상, 철학, 문예, 회화나 음악 등에서 흔히 확인할 수 있음은 사실이다. 이러한 사실에도 불구하고 우리 동방문화가 지닌 특수성이나 독특성을 부인할 수는 없다손 치더라도, 결코 이러한 특수성이나 독특함이 총체적 정신문화 체계의 총화로 서구문화와 대립할 수는 없다." [5]

20세기 초에는 다양한 형태의 신문화운동들이 번성했다. '소설계 혁명' 등을 주장한 량치차오 등의 신문학운동과 '5·4' 초기 『신청년新青年』 등 잡지운동에서 모두 '신新'이라는 형용사로써 낡은 것舊에 대한 대비와 비판 및 부정을 강조한 점을 간과해서는 인된다. 중국의 근대화라는 측면에서 보더라도 『신청년』의 역할이나 의미는 매우 중요했다. 『신청년』은 1915년 9월, 상하이에서 창간된 종합 월간잡지로 천두슈가 책임편집을 맡았다. 원래는 『청년잡지青年雜志』라 명명했었으나 제2권부터 『신청년』으로 개칭했다. 1916년말, 편집부가 베이징으로 옮겨갔다. 리따자오李大釗(1888~1927), 루쉰, 첸셴퉁錢玄同(1887~1939), 류반농劉半農(1891~1934), 후쓰, 우위吳虞(1872~1949) 등이 그 주요 맴버로 참여했다. 1917년부터 『신청년』은 정식으로 '문학혁명'의 기치를 내걸고는 생기라곤 찾아볼 수 없으리만치 경직된 '봉건 구문학'을 반대하면서 '민주주의 사상을 지닌' 신문학을 제창했다. 문언문을 반대하고 백화문을 제창하면서, 당시 날로 고조되어 가고 있던 민주혁명 운동에 적극적인 추동작용을 했다. 1919년 '5·4' 운동에서 1921년에 이르는 동안 『신청년』은 점차 마르크스주의를 선전하는 기관지로 변해갔다. 이때 리따자오는 『신청

5 쉬위徐訏, 「중서문화를 논함談中西文化」, 『우주풍宇宙風』 43기, 1937년 6월 16일.

년』의 적극적인 투고자이면서 동시에 편집위원 중 일인이 되었다. 루쉰의 소설 「광인일기狂人日記」, 「콩이지孔乙己」, 「약藥」 등도 모두 『신청년』에서 발표되었다. 『신청년』은 제4권 제4호부터 '수상록隨想錄'이라는 제목의 사회와 시사에 대한 단평을 발표하기 시작했다. 루쉰은 수상록 전체의 20%에 달하는 총 27편의 수상록을 발표했다. 그 밖에 「나의 절렬관我之節烈觀」, 「우리는 지금 어떻게 아버지노릇을 할 것인가我們現在怎樣做父親」 등도 『신청년』에 발표됐었다.

『신청년』의 활약에서 확인할 수 있듯이, 중국이라는 맥락에서 '근대화modernization'는 특히 이 시기의 중국 지식인들이 공통적으로 열망한 거대한 근대 기획이었다. 동시에, 중국에서의 '근대화'는 세계 산업자본주의의 분류奔流 속에서 기존의 모든 봉건적, 가부장적, 목가적 관계를 허물어버렸으며, 종교적 열정이나 속물적 감상주의는 이기적 계산의 차디찬 물 속에 잠겨버리고 말았다. 또 그것은 시민사회를 기초로 하는 근대적 의미의 국민국가 확립을 향한 발걸음을 가속시켰다. 특히, 전세계에 걸쳐 문화와 관습의 낡은 관계를 쓸어내면서 모든 해묵은 제약, 봉건적 속박, 사회적 경직성, 편협한 전통 등을 해체시켜 나간 서구의 산업 자본주의는 중국에서도 그 위력을 유감없이 발휘하면서 중국 근대지식인들을 위기로 몰아넣었다. 이것이 중국 근대지식인들이 19세기 중엽에서 20세기 초엽에 맞닥뜨린 '새로운 현실'이었다. 일반적으로 '근대화'는 '서구화' 혹은 '자본주의화'를 뜻하는 것으로 통용되기도 한다. 때문에 '근대화'의 주요 전략적 목표로서 물질에 대한 강조가 빈번히 등장하는 원인도 여기에 기인한다. 바이리百里는 「신사상의 기원과 배경新思潮之來源與背景」에서 서구의 '근대'를 수용하는데 있어서 특히 물질적인 면을 강조하고 있다. "유교는 욕심을 덜라하고, 불교는 욕심을 버리라 하고, 예수교는 금욕하라 한다. 그러나, 오늘날 유럽의 사조는 내가 감히 이르건대 욕망에 맡기라는 것으로 보인다. 중등의 욕망이건 하등의 욕망이건 지극한 정성이 있어야 아름답고 옳은 것이다. 눈에 들어 와 색을 이룰 때 비로소 그림이나 글이 되고,

귀에 들어 와 소리가 될 때 비로소 음악이 되므로, 소리나 색에 귀나 눈의 욕망이 따르게 마련이다. 학자들은 이를 일러 종교를 대신하고 도덕을 장려할 수 있다고 말한다. 오늘날 중국은 오히려 이를 충분히 인지하기에 너무 부족한 것이 탈이다. 비록 이를 안다 한들, 이는 오히려 사조를 일신할 근본 문제임에랴." [6]

그러나 중국의 경우 서구화 혹은 자본주의화는 곧 서구열강에 의한 식민지화를 의미한다는 점에서 '근대화'의 의미는 부정적이었다. 어떤 의미에서 볼 때, '근대' 세계는 비정한 제국주의적 경제착취와 냉담한 사회적 무관심을 특징으로 하는 '소외된 사회'를 만들어냈으며, 또한 '근대'의 도래로 말미암아 가능하게 된 문화적·정치적 가치들이 스스로 붕궤되는 결과를 가져왔다. 제국주의에 의존적인 근대화이건 또한 반제국주의적 근대화이건 결국 '전통으로서의 봉건'과 '근대지향으로서의 서구수용'을 여하히 다루어내느냐 하는 점에 있어서 엄밀한 의미에서 볼 때 둘 다 실패했음을 확인할 수 있다. 그 결과, '근대기획'에 따른 근대 '지향指向'과 동시에 근대의 부정적 현상들에 대한 거부로서의 '반反근대'가 공존하는 '세기말' 특유의 불안감을 낳았다. 근대 중국에 있어서 '서구'는 더 이상 '보편적인 것'을, 질서나 확실성의 모델을, 또는 '진보'의 패러다임을 표상하지 못하고, 마침내 중국 특색의 '근대화 기획' 즉, '혁명'을 필요로 할 수밖에 없었다. 1911년 봉건왕조 철폐를 기획했던 신해혁명辛亥革命과 1949년 근대국가로의 성장을 기획한 사회주의혁명 완수 등이 그것이었다. 그러나, 혁명의 실패나 성공에 관계없이 사회주의를 '근대'에 대한 '포스트 근대'로 시기 설정하는 논리에는 여전히 논란이 있을 수밖에 없다. 또한, '혁명'을 거치지 않고도 '근대화'를 수행할 수 있었던 서구의 많은 예를 통해 볼 때, 중국에 있어서의 혁명은 중국적 특수성에 기인하는 독특한

---

6 바이리百里, 「신사상의 기원과 배경新思潮之来源與背景」, 『개조改造(月刊)』 제3권 제1기, 1920년 9월 15일.

'근대성의 경험'이라 할 수 있다.

　문학예술에 있어서 모더니즘^{modernism}이라는 용어는 서구에서 기존의 근대 이념에 반발하는 19세기 후반 또는 20세기 초에 본격화하는 문예 실천적 흐름을 지칭하는 것으로서 즉, 예술지상주의, 인상주의, 표현주의, 초현실주의 및 기타 아방가르드 운동들을 일컫는 말이지만, 일반적으로는 근대화의 과정에 의해 생성된 근대성의 조건에 대한 미학적 반영을 일컫는 말이다. 주지하다시피, '근대성'이 자본주의적 근대의 초기로부터 오늘날까지 일관되게 통용되는 개념이자 근대인ᄉ이라면 누구나 공유하는 경험에 다름 아니라 할 때, '모더니즘'은 이러한 경험을 수용하면서도 이에 주체적으로 대응하려는 근대의 모든 예술과 사상을 통칭한다[7]고 할 수 있다. 그러한 관점에서 볼 때 이 시기 중국문학은 어떤 임무를 짊어지고 있었던가. 이 시기 중국문학은 식민지 반봉건사회의 도시를 중심으로 한 지식인들의 계몽운동과 반제·반봉건^{反帝反封建}의 애국구망^{愛國救亡} 운동을 그려내는데 주력하고 있었다. 이는 곧 봉건적 국민을 근대적인 국민^{nation}으로 전환시키려는 계몽주의를 골간으로 하는 근대성의 문학적 반영이라 할 수 있다. 20세기 중국 문학사는 '근대성의 쟁취'와 '근대의 철폐'라는 이중의 과제를 해결하려는 고투^{苦鬪}의 역사를 노정하고 있다. 이러한 노력은 타이쉬^{太虛}의 글에서 확인할 수 있다. 타이쉬는 「동양문화와 서구문화^{東洋文化與西洋文化}」라는 글에서 "오늘날 저 서구문화란 오로지 동물적 생활의 욕망을 진화라 강조하면서 퍼트린다. 물건을 만드는 기기나 도구 그리고 무엇이든 할 수 있는 지력 등을 진보라 할지는 몰라도, 정작 인류가 지닌 덕성이나 내심의 정^情이야말로 선^善으로 나아갈 수 있게 하는 것이다. 그래서 부박하고 귀에 간지러운 것들에 불과하다 하는 것이다. 따라서 오늘날 성행하는 서구문화라는 것을 한마디로 말해 '조작된 도구의 문화'라 할 수 있을

---

7) 마샬 버먼, 앞의 책 p12.

따름이다. 문제는 도구를 어떻게 잘 사용하느냐에 달려 있을 뿐"[8] 이라면서, 근대 서구문화의 부정적 측면을 예리하게 비판하고 있다. 단 이 글에서 근대 서구문화의 폐단 극복을 위한 대안으로 불교를 찬양하고 있는데, 이것이 근대극복을 위한 대안이 될 수 있는 지에 대한 근본적 회의가 들긴 하지만 여기서 당시 지식인의 '반근대'적 고민을 엿볼 수 있다. 봉건 청조^{淸朝}는 발전 도중에 있었지만 오로지 자기 역량으로 근대성을 쟁취할 수 있는 결정적 우위에는 오르지 못한 시민계급의 근본적 미성숙 단계에 처해 있었다. 서구 자본주의의 일방적 침탈 과정에서 강제로 세계 자본주의 시장에 편입됨으로써 20세기 초 중국 문학의 근대성은 순조로운 발전을 가져올 수 없었다. 이런 조건에서 러시아혁명의 성공 소식은 중국의 지식인들에게 중국의 낙후성을 일거에 또는 최단 시일 내에 뛰어넘을 수 있는 황홀한 서광으로 인식되었던 것은 당연한 사실이었다. 그러나, 식민지 침탈을 위한 제국주의의 침략과 수구세력으로서 봉건의 지속을 의미하는 국민당과의 오랜 내전 및 일제^{日帝}와의 전면 항전 등의 근대사 과정은 '중국의 근대화'를 크게 왜곡시켰다. 19세기 말에서 20세기 초의 애국구망 및 계몽운동에 참여했던 지식인들은 여전히 봉건 사대부의 '존천리, 멸인욕^{存天理滅人欲}' 즉, 과도한 개인적 욕망을 버리면 하늘의 도가 바로선다는 '극기복례^{克己復禮}'를 가장 중요한 덕목으로 여기고 있었다. 때문에 '반제·반봉건과 국민성개조'의 '혁명'을 위해 현실적이고도 정성스런 헌신과 자기희생을 감수해야 했다. 중국의 작가들은 "자신과 조국의 '민생 개선'과 '인권 재건'을 위한 투쟁 가운데에서, 비록 날로 사회적 위기가 악화되고 현실세계가 날로 저락함에 따라 고통이 이루 말할 수 없었음에도 오히려 찬란한 미래에 대한 희망을 저버리지 않았다."[9] 어쩌면 중국 근대화를 주도해온 지식인들이 느껴야 했던 위기감과 절망감의 근원이 여기에 있었

---

8) 타이쉬^{太虛},「동양문화와 서구문화^{東洋文化與西洋文化}」,『학형^{學衡}』 32권, 1924년 8월.
9) 리오우판^{李歐梵},『중서문학의 회상^{中西文學的回想}』 p12, 삼련서점홍콩분점, 1986.

을지 모른다. 즉, 거듭되는 명과 암의 반전 속에서 근대기획의 총목표에 대한 희망과 그것이 부정되는 현실에 기인한 절망이 끊임없이 교차되면서, 그들을 '외침呐喊'에서 '방황彷徨'으로 이끌 수밖에 없었기 때문이다.

중국의 모더니즘 수용 및 그 성장 과정은 매우 복잡한 형태로 나타난다. "중국 근대문학의 내용과 정신이 어찌하여 사회·정치와 이토록 극심하게 불화했던가? 어찌하여 문학의 발전이 근대 사회의 발전 단계와 동보적으로 운동해 갔던가? 어찌하여 수많은 작가들이 30년대에 자각적으로 '좌경화'하기 시작해 전면항전이 시작될 즈음 전국의 거의 대부분 작가들이 일제히 들고 일어나 문학을 통한 결사항전에 참여해 갔던가? 그리하여 40년대에 이르러 국민당의 부패한 정치에 대항해 맞서 싸우게 됐던가? 문학의 전당에서 작가들이 '광시제민匡時濟民'의 부채의식을 발현해야 했던가?" [10] 이러한 물음에 대한 대답은 중국근대화 과정의 특수성을 인정함으로써 쉽사리 얻을 수 있을 것이다. 다시 말해, 중국 근대시기의 반제·반봉건 임무와 국공내전 및 항일전면전 등 역사현실은 문학으로 하여금 그 의무를 수행하도록 요구했다. 그리고 작가들은 전통적 지식인의 사명감에 기초해 현실의 요구를 성실히 실천했다. 한편, 역사단계적으로 '근대수용'의 단계에 있던 중국은 그 속에 내재된 '서구근대의 문제점'들을 인식함과 동시에 '반反근대'를 동보적으로 수용하는 등 복잡하고도 독특한 현상을 노정했다. 즉, "서구 근대 사상가들은 이성과 과학의 흥성이 마침내 인류 경험의 고갈을 가져왔다고 여기고, 이로 인해 이성에 저항하는 대신 비이성을 주장하게 됐다. 그러나, 그들이 저항하는 서구 문예부흥 이래의 이성주의 전통은 오히려 '5·4' 작가들이 중국의 전통적 문화 이성주의에 저항하는 유력한 도구가 됐다. 서구가 이미 비이성을 주장하고 있는 시점에 '5·4' 지식인들은 어쩔 수 없이 서구의 전통적 이성주의

10) 판보췬范伯群·주동린朱東霖 주편, 『중외문학비교사中外文學比較史(상)』 p81, 쟝쑤江蘇교육출판사, 1993, 우시無錫.

에 기댈 수밖에 없었기 때문이다. 역사적 아이러니가 여기에서 발생한다. 고도로 정합적인 시계視界가 확보되는 순간에 나타난 극명한 착위錯位 현상은 서구의 전통적 이성주의와 세기 전환기 서구의 비이성 정신이 중국의 민감한 '5·4' 지식인들의 영혼 속에 투사되어 그 속에서 정합성을 확보하게 됨으로써 사유구조와 문학적 표현을 더욱 복잡하게 만들어 버렸다." [11] 결론적으로 서구의 '근대'를 수용하는 시기와 방식에서 차이가 날 수는 있지만, 근본적으로 '근대'와 '반근대'를 동시적으로 수용한다는 측면에서 동아시아 신생국들은 공통적 경험을 갖는 듯하다.

---

11) 판보췬·주동린 주편, 앞의 책 p371~373,

나. '의술'에서 '문학'으로

봉건 2천년 역사가 마감되어 가고 있던 1981년, 저장^{浙江} 성 사오싱^{紹興} 현의 한 명문세가였던 주씨^{周氏} 문중에서 태어난 루쉰, 본명은 조우수런^{周樹人}이다. 이때의 중국은 몰락하기 직전의 봉건왕조가 그나마 서구의 열강에 이리저리 얻어맞아 더 이상 회복할 수 없는 지경에 이른 상태였다. 봉건적 질서는 더 이상 중국을 지탱해나갈 '절대 권위'가 아니었고, '서구의 힘'은 중국의 붕괴를 앞당기는 결정적 충격을 가했다. 봉건왕조의 쇠잔^{衰殘}에 따라 봉건지주였던 그의 집안도 날로 몰락해 갔다. "4년여 동안, 늘 …… 거의 매일같이, 전당포와 약방을 들락거리며"(「『외침』 머리말」, 「외침^{吶喊}」, 1-415) 비싼 값을 치루고 귀한 약을 구해봤지만 아무런 효험도 없이 부친이 사망하자 가세는 더욱 기울었다. 믿어왔던 '중약^{中藥}'과 '명의^{名醫}'에게 부친을 앗기고 난 루쉰은 '전통의학'에 대해 더 이상 희망을 갖지 않기로 결심한다.(「아버지의 병^{父親的病}」, 「아침 꽃 저녁에 줍다^{朝花夕拾}」, 2-287). 그 후로는 지겨운 한문공부를 위해 삼매서옥^{三昧書屋}에 가지 않아도 됐고, 이듬해(1898) 급기야 신식교육을 찾아 난징^{南京}으로 떠난다. 그가 난징의 강남수사학당^{江南水師學堂}에 진학한 것은 곧 봉건전통과 단절하고 새로운 지식인의 행로를 시작함을 의미한다. 왜냐하면, "그 때까지만 해도 글공부를 해서 과거에 응시하는 것이 바른길이라 여겼다. 이른바 서구 학문에 힘을 쏟는 것은 사회적 출로가 막힌 놈이 외국 놈들에게 넋을 팔아먹는 짓이라고 여기면서 몹시 비웃고 배척했었다."(「『외침』 머리말」, 1-416) …… "나중에 나는 K학당에 입학하고서야 비로소, 세상에 물리며 수학이며 지리며 역사며 회화며 체육 같은 과목도 있음을 알게 됐다. 생물학을 가르치지는 않았지만 우리들은 목판으로 찍은 『전체신론^{全體新論}』이나 『화학위생론^{化學衛生論}』 따위의 책들을 읽어 보았다. 나는 내가 알고 있는 지식과 과거 의사들의 의론이나 처방을 비교해 보고 전통 한의사는 의식적이건 무의식적이건 사기꾼에 지나지 않음을 알게 됐으며 또한 전통 한의사에게 속은 환자들과 그들의 가족들에 대해 커다란 동정심을 품게 됐다.”(「『외침』 머리말」, 1-416) 여기서 K학당이란 광산채굴이나 철도부설과 관련한 학문을 가르치는 광무철로鑛務鐵路학당을 일컫는다. 이와 동시에 그는 서구의 과학과 철학사상 및 문학작품들을 접하면서 서구의 힘의 근원을 파악하기 위해 노력했다. “번역된 역사책으로부터 일본의 메이지유신이 거의 대부분 서구의학에서 발단됐다는 사실도 알게 됐다.”(「『외침』 머리말」, 1-416) 거기서 터득한 수학·해양학·광물학·지리학·진화론 등 자연과학에 대한 지식이 루쉰으로 하여금 우매와 무지와 미신으로 점철된 중국전통사회의 식민화된 영혼의 국민성을 철저하게 타파하지 않고서는 중국사회를 부강하게 개조할 수 없다는 인식에 이르게 한다. 이때의 자연과학 지식이 이후 도일(1902)해 센다이仙臺의학전문학교에서 의학을 공부하기로 결심하는 기초가 되었을까. 그러나, 그것도 잠시. 그를 충격에 빠뜨린 또 다른 하나의 사건이 발생했었다. 그를 아끼던 후지노 선생藤野先生의 강의시간에 벌어진 이른바 ‘환등기 사건’은 그를 문학가로 변신하게 만드는 결정적 계기가 되었다. 러일전쟁 후 만주를 점령한 일본군에게 스파이라는 누명으로 무고하게 총살당하는 동포의 절규를 멍하니 ‘구경하고 있는’ 중국인의 모습이 담긴 슬라이드 한 장, 그리고 그 장면을 보면서 ‘만세’를 외치는 일본학생들의 ‘애국심’에 분개했기 때문이었던가.(「후지노 선생藤野先生」, 2-306) 그는 서구의 문학사를 섭렵하면서 특히 ‘피압박민족의 작가’나 ‘통치자에 대해 저항하는 작가’들을 주목하게 됐다. 이를 통해 중국의 부국강병을 주장하면서도 속으로는 자기의 개인적 잇속을 챙기기에 급급한 양두구육羊頭狗肉의 부르주아 개량주의자들의 허위에 저항하는 힘을 배양하고 있었다. 그는 ‘입으로만 떠드는 과학’보다는 ‘실질적인 진보를 가져올 수 있는 문학의 힘’에 주목한다.

그는 「악마파 시의 힘摩羅詩力說」(1907)에서 시의 위대함이 무기를 능가한 독일의 경우를 예로 들면서 다음과 같이 주장한다. “따라서, 추론하건대, 나폴

레옹을 물리친 것은 국가도 아니요, 황제도 아니요, 무기도 아니요, 바로 국민이었다. 국민은 모두 시詩를 가지고 있었고 또 시인의 자질을 가지고 있었기 때문에 독일은 결국 망하지 않았다. 공리功利를 애써 지키고 시를 배척하며 다른 나라에서 못 쓰게 된 무기를 가져다 자신들의 의식주를 지키려는 자들은 어찌 여기까지 생각이 미칠 수 있겠는가? 그렇지만 이 역시 시의 위력을 쌀이나 소금에 비유해 다만 실리를 숭상하는 사람들을 일깨워 황금이나 흑철黑鐵이 국가를 부흥시키기에 부족하다는 것을 알게 하려는 것뿐이니, 독일과 프랑스 두 나라가 그대로 모방할 수 없는 일이다. 그 본질적인 의미를 보여 주어 약간이나마 깨달아 이해하는 바가 있기를 기대할 따름이다."(「악마파 시의 힘」, 『무덤墳』, 1-70) 계속해서 그는 문학이 지닌 힘에 대한 믿음을 줄이지 않고, "대세가 이러한데도 문학의 쓰임은 더욱 신비롭다. 그 까닭은 무엇인가? 우리의 정신과 마음을 함양할 수 있기 때문이다. 인간의 정신과 마음을 함양하는 것이 바로 문학의 직분이요 쓰임이다. …… 이 밖에 문학이 할 수 있는 일과 관련해 특수한 쓰임이 하나 더 있다. 대개 세계의 위대한 문학은 인생의 오묘한 의미를 드러낼 수 있으니 인생의 사실과 법칙을 직접적으로 말해 주는 일은 과학이 할 수 없는 바이다"(「악마파 시의 힘」, 1-71)라고 주장했다. 이처럼, 이 무렵 그는 자신의 인생행로를 바꿀 만큼 심각한 고민을 하고 있었다. 그는 "의학은 결코 중요한 것이 아니라는 사실을 깨달았기 때문이다. 우매한 국민은 몸이 아무리 성하고 튼튼해도 아무런 의의도 없는 조리돌림감이 되거나 구경꾼밖에는 될 수 없으니, 앓다가 얼마간 굶는다 해도 그것을 불행이라고 생각할 필요는 없다" 라고 인식하고는 의학에서 문학으로 전향을 결심한다. 문학을 통해 그들의 의식을 변화시켜야 하고 그들의 의식을 변화시키는 데 가장 좋은 수단은 문학예술이라고 생각하고, 문학예술 활동을 제창한다. 그해 말, 그는 마침내 센다이 의학전문학교를 자퇴(1906)해버리고 동경東京에서 만난 친구 쉬소우상許壽裳(1883~1948)에게 말했다. "나는 문예를 공부하기로 결심했다네. 중국의 바보들, 그 대바보들을 의술로 고칠 수 있을까?"[12] 의술은 육신을 낫게 하지만 그보다 중한 정신의 병은 문학의 감화로써만 낫게 할 수 있다고 확신한 것이다.

마침내 그는 문학으로의 전향을 결심하고는 친구들과 『신생新生』이라는 제명의 잡지를 창간하기로 한다. "낯선 사람들 속에서 자기 혼자 아무리 고함을 질러 봐야 그들이 찬성도 반대도 아무런 반응도 보여주지 않는다면, 그것은 거친 황야에 홀로 서 있을 때처럼 난처해 질 것이다. 그것이 얼마나 슬픈 일이겠는가! 그래서 나는 그 때 느꼈던 바를 적막이라 이름 지었다."(『외침』 머리말」, 1-417) 그러나, 『신생』창간은 불발(1906)됐고, 그에게 또 다른 절망을 안겨 주었다. 결과는 그를 극도로 무료하게 했고, 마침내 그는 경제적, 가정적, 정치적 등의 이유로 인해 일본에서의 생활을 마감하고 귀국(1909)해야 했다. 귀국 후에 그가 마주한 현실 역시 그의 열정과는 거리가 너무나 컸고 여전히 불우한 생활의 연속이었다. 마침내 이를 일러 '적막'이라 일컫게 됐다고 한다. 그럼에도 불구하고, "나는 적막감을 쫓아 버리지 않으면 안되었다. 그것이 나를 너무나도 괴롭혔기 때문이다. 그래서 나는 여러 가지 방법으로 나의 영혼을 마취시켜 나를 국민들 속으로 들어가게 했으며 '옛날'로 돌아가게 했다. 하루는 친한 벗 첸셴퉁이 찾아와 이런저런 얘기를 하다가, 쇠로 만든 방에 갇혀 숨막혀 죽어가는 사람에게 고함을 질러 적막 속을 내달리는 용사들을 조금이나마 위로해 그들로 하여금 거침없이 내달리게 해야 한다"(『외침』 머리말」, 1-419)는 생각에 미치게 됐다고 한다. 깊은 적막감은 봉건 역사의 몰락과 세기말적 위기의식 속에서 중국과 중국인의 미래에 대한 우려와 걱정 때문이었을 것이다.

---

12) 쉬소우상許壽裳, 「내가 아는 루쉰我所認識的魯迅」, 인민문학출판사人民文學出版社, 1961,

3 · 루쉰의 세계관과 근대성의 이해

가. 초기 루쉰의 근대의식

초기 루쉰의 근대의식은 루쉰의 초기 저작에 농축되어 있다. 때문에 최소한 신해혁명 이전까지의 초기 저작에 관심을 기울여야 한다. 19세기 말, 그는 신식학문을 학습하는 과정에서 '진화론' 등 서구과학과 니체 등의 계몽사상, 바이런^{G. Byron}(1788~1824)과 쉴러^{P.B. Shelley}(1792~1822) 같은 '악마파 시인'의 낭만주의 등을 수용한다. 우선 루쉰 철학사상의 기초이면서 그의 일생에 일관되게 나타나는 '저항정신'은 대부분 『무덤^墳』(1927) 등에 실려 있는 초기 저작 중에서 발견할 수 있다. 루쉰이 보여준 근대의식의 핵심에는 강렬한 '애국심'이 자리잡고 있다. 그는 동시대 다른 어떤 지식인보다도 더 조국의 근대화를 위해 깊이 사색하고 고민했음을 알 수 있다. 조국강토가 서구열강과 그들의 앞잡이인 매판자본가들의 협잡에 의해 오이껍질처럼 깎여져나가는 현실을 목도하면서 「중국지질약론^{中國地質略論}」(1903)을 쓴다.

이 글의 서두에서 '광막하고 아름답고 가장 사랑스런 중국'을 일컬어, "진실로 세계의 보고^{寶庫}이며 문명의 비조^{鼻祖}"(「중국지질약론」, 『집외집습유보편^{集外集拾遺補編}』, 8-3)라 전제하고는 서구열강이 중국에 들어와 중국의 지질을 탐사하는 궁극적 목적이 중국의 무한한 광물자원의 수탈을 위한 것이므로 이를 막아야 한다고 주장한다.

"열강의 영토 내에는 이미 석탄이 고갈되고 있어 중국이 그들의 성쇠문제를 해결할 수 있는 관건을 지니게 됐다. 열강들의 장래 공업의 성쇠는 대게 지나^{支那}를 점령할 수 있느냐 없느냐에 달려 있게 되어, 드디어 어깨를 밀치고 일어나 남이 먼저 할까 두려워한다. 그리하여, 세력 균형의 범위를 뛰어넘을 수 없기 때문에 서로 논의해 분할을 기도하면서 영토를 나누어 갖는데 혈안이 되고 탄전에 눈독을 들이고 있다. 그런데 우리는 무감각하고 아무런 생각이 없어 헤아릴 수 없

는 거대한 자원을 가지고 있으면서도 그것을 사용할 줄 모르고, 단지 미미한 이익에 기뻐하면서 스스로 국가의 도적이 된다. 그 결과 오늘은 싼시山西의 탄전을 영국에 빼앗기고, 싼동山東의 탄전을 독일에 빼앗긴다. 제국은 무리를 지어 '채굴권! 채굴권!' 하고 요구하고 있다. 아아, 10년도 지나지 않아 이토록 비옥한 중원이 더 이상 우리의 조국이 아님을 보게 될 것이며, 탄전을 소유하고 있던 옛 주인은 채탄하는 노예나 보물창고를 버린 탕자가 될 것이고, 아니 비천한 놈이라는 이름을 얻게 될 것이다. 비록 '탄전은 도적을 불러들이는 일이다'라고 말하는 사람이 있지만, 자원을 잘 지키지 못하고 그것을 이용할 줄 모르는 것은 누구의 죄인가?"(8-16)

동시에, 이를 방조하는 국내의 일부 매판자본가들의 매국적인 행동을 질타한다. "오호라, 이렇게 망해가는 나라를 애써 사랑하고 보호해야 하며 그렇게 하지 못할까 걱정해야 하는데, 오히려 어찌된 일인지 도적을 집안으로 끌어들여 서까래와 대들보를 자르는 데 협조해 더 빨리 대궐이 무너지도록 하고 있도다."(8-16) 마침내 그는 분개한 호협지사豪俠志士가 나타나 조국강토를 수호해 줄 것을 호소하면서, 「중국지질약론」을 쓴 목적이 다음에 있다고 밝힌다. "공업이 번성하고 기계를 사용해 문명의 그림자가 날마다 머리 속에 각인되어 조금씩 계속 이어진다면 드디어 좋은 결실을 잉태할 것이다. 나는 호협지사가 반드시 슬픈 생각에 잠겨 있다가 옷소매를 떨치고 일어날 것임을 알고 있다. 그렇지 않다면, 우리가 수레를 몰며 채찍을 맞을 겨를조차 없을까 염려가 되는데 어찌 이렇게 한가롭게 지질에 대해 재잘재잘 이야기할 수 있겠는가."(8-17)

서구 과학의 수용에 관해서는 「과학사교편科學史教篇」(1907)을 참고할 필요가 있다. 이 글에서 루쉰은 서구과학이 발전해온 궤적을 고찰하면서 서구가 지닌 힘의 근원을 과학의 발전에서 찾고 있는 동시에 이를 통해 중국의 과학

발전을 위한 역사적 교훈을 얻고자 한다. 루쉰은 세계를 다음과 같이 정의한다. "오늘날의 세계를 보고 놀라지 않는 사람은 몇이나 될 것인가? 자연의 힘은 이미 인간의 명령을 따르며 지휘당하고 조종당하고 있다. 마치 말을 부리듯 기계로 제어해 그것을 사용하고 있다. 교통수단은 바뀌어 이전 시대보다 편리하게 되었으며, 설령 고산대천高山大川이라 하더라도 장애가 되지 않는다. 기아와 질병의 폐해는 감소하고 교육의 효과는 완전해지고 있으니, 100년 전의 사회와 비교하건대 개혁이 지금보다 더 맹렬한 적은 없었다. 누가 이의 선구가 될 것이며, 누가 이와 더불어 나아갈 것인가? 그 겉모습을 살펴보아서는 분명하게 알기 어렵지만 그 실질은 대부분 과학의 진보에서 비롯되었다."(「과학사교편」, 『무덤』, 1-25) 현실 사회생활의 진보는 과학의 진보에 기인하므로 과학을 발전시켜야 한다는 깊은 문제의식을 제시한다. 반대로, 부국강병만 주장하고 그 근본인 과학을 발양하는 일에는 아무런 주장도 하지 않는 양무파洋務派에 대해 심각한 우려를 나타낸다. 루쉰은 '날쌘 군함과 예리한 대포堅船利炮'를 주장하는 양무파의 논리나 '입헌군주立憲君主'를 외친 변법유신파變法唯新派의 개량운동을 근본과 본질을 망각한 조급하고 천박한 논리라고 인식하고 있다. 개혁이라는 미명 아래 사리사욕과 무지함이 횡행하고 있는 것은 어제오늘의 일이 아니었다. 1차 아편전쟁(1840~1842) 이후 '5·4'까지의 70여 년간 수많은 개혁 논자들과 애국지사들의 운동이 있었음에도 불구하고, 더욱 더 부패와 황폐화의 길을 걷고 있는 중국의 현실을 목도하면서 다음과 같이 지적한다. "따라서, 다른 나라의 강대함에 놀라서 전율하듯 스스로를 위태롭게 여긴 나머지 실업을 부흥하고 군대를 진작해야 한다는 주장을 매일같이 입으로 떠들어대는 경우, 겉으로 보기에는 일순간 각성한 것 같지만, 그 실질을 따져 보면 눈앞의 사물에 현혹되었을 뿐 그 참뜻을 아직 얻지 못한 것이다. 유럽인들이 들어와서 사람들을 가장 현혹시킨 것은 앞서 예를 들었던 실업의 부흥과 군대의 진작이라는 두 가지 일만한 것이 없었다. 하지만 이 역시 뿌리에 바탕을 둔 것이 아니라, 다만 꽃잎에 지나지 않는다. 그 근원을 찾아가면 깊이가 끝간 데 없으니, 한 귀퉁이만을 배워서는 아무런 힘도 발휘하지 못하는 것이다. 그렇다고 필자가 여기서, 반드시 과학에 먼저 힘을 쓰고 그 결실이 이루어진 다음에야 비로소 군대를 진작하고 실업을 부흥시켜야 한다고 말하려는 것은 아니다. 다만 진보에는 순서가 있고 발전에는 근원이 있다는 점을 믿고 있어, 온 나라가 말단만을 추구하고 뿌리를 찾는 사람이 전혀 없다는 점을 우려하기 때문이다. 말하자면 근원을 가진 자는 날마다 성장할 것이고, 말단을 좇는 자는 전멸할 것이기 때문이다."(1-33) 서구를 학습하고 답습함에 있어서 그 일의 본말이나 선후를 제대로 파악해야 한다는 지적이다.

근본문제와 지엽적인 문제와의 차이에 대해서는 「문화편지론文化偏至論」(1907)에도 거듭 지적되고 있다. 그는 "하찮은 재주와 지혜를 가진 무리들이 다투어 군사를 운위하게 되었다. 그 후 이역에서 공부한 사람들은 가까이는 중국의 상황을 알지 못하고, 멀리는 구미의 실정을 살피지 않은 채, 주워 모은 잡동사니를 사람들 앞에 늘어놓으며 날카로운 발톱과 이빨(군사력을 비유)이야말로 국가가 가장 먼저 해야 할 일이라고 주장한다. …… 오늘날에는 힘으로 제압하는 것이 아니므로 기계가 제일이고 승패의 판가름이 곧 문명과 야만을 구분하는 것이라고 할지 모르겠다. 그렇다면 무엇으로 인지人智를 계발하고 성령性靈을 개발해 몇이며 창, 방패 따위는 기껏해야 승냥이와 호랑이를 제어하는 수단에 지나지 않는다는 것을 알게 할 것인가? …… 아아, 저들은 대개 군사에 대한 학습을 일생의 업으로 삼기 때문에 근본은 도모하지 않고, 겨우 자신이 배운 것만을 내세우며 천하에 나서고 있는 것이다. 비록 헬멧을 깊숙이 쓰고 얼굴을 감추고 있어 그 위세는 능가할 수 없을 듯하지만 벼슬을 구하고자 하는 기색이 진정 겉으로 생생하게 드러난다!"(「문화편지론」, 「무덤」, 1-45)라고 지적한다. 여기서 루쉰은 강병만으로는 부국할 수 없으며, 또한 그들이 구두선으로 '부국강병'을 외치기는 하지만, 사실은 그들의 목적이 자기 배를 채우자는 데 있음을 날카롭게 꿰뚫고 있음을 확인할 수 있다. 나아가 이들이 바로 봉건황제를 대신한 또 다른 압제자에 다름 아니라고 개탄한다. "아아, 옛날에는 백성 위에서 군림하는 자가 폭군 한 사람뿐이었지만, 오늘날에 이르러 갑자기 변해 수천수만의 무뢰한들 때문에 백성들은 목숨을 부지할 수 없게 되었으니, 국가를 부흥시키는 데 도대체 무슨 도움이 되겠는가."(1-46) 때문에, 그는 강병을 주장하더라도 중국실정에 맞고 진정한 중국의 근대화를 위한 것이 아니면 안된다고 지적한다. 그래서 그는 서구중심의 물질론物質論에 대해 "물질이라는 것과 다수라는 것은 19세기 말엽 문명의 일면이기는 하지만 지금으로서 필자는 무조건 타당하다고 생각하지는 않는다. 대개 오늘날 이루어 놓은 것을 보면, 이전 사람들이 남겨 놓은 것을 계승하지 않은 것이 하나도 없기에 문명은 반드시 시대에 따라 변하게 마련이며, 또 이전 시대의 대 조류에 저항하는 것이기도 하기에 문명 역시 편향을 지니지 않을 수 없다. 진정으로 만약 현재를 위해 계획을 세우는 것이라면 지난 일을 고려하면서 미래를 예측하고, 물질을 배척하면서 정신을 발양시키고, 개인에게 맡기는 반면 다수를 배격해야 마땅하다. 사람들이 의기가 크게 앙양되면 국가도 그에 따라 부흥할 것"(1-46)이라고 설명한다. 즉, '문명의 편향성'을 강조하면서 과학을 주장하더라도 중국의 현실에 맞게 해야 한다고 주장했다.

한편 루쉰은 근대 서구사상의 발생과 발전과정에 대해 다음과 같이 이해하면서 19세기 말에 이르러 흥성하기 시작한 유심주의唯心主義에 매우 깊은 관심을 보이고 있다.

"그렇다면 19세기 말에 이르러 사상이 변하게 된 그 원인은 어디에 있으며, 그 실제 모습은 어떠하며, 장래에 미칠 그 영향력은 또 어떠할 것인가? 그 본질을 말하자면, 바로 19세기 문명을 바로잡기 위해 생겨난 것이라 한다. 50년 동안 인간

의 지혜가 더욱 나아지면서 점차 이전을 되돌아보게 되어 이전의 통폐通弊를 깨닫
게 되었고 이전의 암흑을 통찰하게 되었다. 그리하여 새로운 사상이 크게 발흥해
그것이 모여 대 조류를 형성하면서, 그 정신은 반동과 파괴로 채워졌고, 신생의
획득을 희망으로 삼아 오로지 이전의 문명에 대해 배격하고 소탕하는 것이었다.
…… 그렇지만 이 조류는 19세기 초의 유심주의 일파(19세기 초 헤겔을 대표로
하는 유심주의 학파를 지칭)에 그 근원을 두고 있다. 19세기 말이 되자 그 조류
는 당시 현실정신으로부터 감화를 받아 다시 새로운 형식을 확립해 전대前代의 현
실에 저항했다. 이것이 바로 유심주의 일파에서 가장 최신의 것(19세기 말의 극
단적인 주관유심주의 학파를 지칭하는 것으로 니체, 쇼펜하우어를 대표로 하는
유의지론과 슈티르너를 대표로 하는 유아론唯我論 등)이다. 그 영향력의 경우 아득
히 먼 미래에 대해서는 예측하기 어렵지만, 다만 이 일파는 결코 갑자기 나타나
사람들 사이에서 풍미한 것은 아니며, 또한 갑자기 소멸해 무無로 돌아가지도 않
을 것이므로, 그것의 기초가 아주 견고하면서 함의도 매우 깊다는 것을 알겠다.
이 조류를 20세기 문화의 기초로 보는 것은 비록 경솔한 생각이지만 그것은 장
래 신사조新思潮의 조짐이며, 또한 신생활新生活의 선구라는 점은 역사적 사실에 비
추어 보아 아주 분명해 여러말하지 않아도 이해할 수 있는 일이다."(1-49)

여기서 그는 물질문명의 부정으로서 '정신'을 강조하면서 '개인'의 존중에
대해 상세히 설명한다. 이에 관해서는 서구사상 수용의 한계에 대해 설명하
는 「인간의 역사」, 『무덤』, 1-18의 주1을 참조할 필요가 있다. 「문화편지론」
에서 루쉰은 청조淸朝의 통치계급이었던 양무파洋務派에 대해 예리한 비판을 가
하면서 동시에 개량주의운동의 불철저성을 지적했다. 또한 중국은 서구의 부
르주아 문명과 제도를 맹목적으로 들여와서는 안 된다고 생각했는데, 이는
당시 더욱 현실적인 투쟁적 의미를 지닌다. 그러나 다른 한 편으로 루쉰은 서
구 부르주아 계급의 '물질문명' 맹신에 대해 비판하면서 오히려 그것과 철학

상의 유물주의를 구별해 내지 못하고 있다. 즉, 서구의 부르주아 계급과 중국의 개량파가 주장하던 이른바 다수결 원칙의 민주주의가 가지는 허위를 반대하면서 오히려 일반적인 다수의 반대라는 방향으로 나아갔던 것이다. '물질을 배척해 정신을 발양시키고 개인에게 맡기고 다수를 배격한다.'는 말은 쁘띠부르주아 계급의 급진적인 민주주의 정치의 특징을 표현하고 있다. 또한 사회적 존재와 사회적 의식관계, 군중과 개인관계 등의 문제가 사회생활과 유관하다는 근본적인 문제에서 루쉰은 당시의 과학으로는 해결할 수 없었다. 「문화편지론」에서 루쉰은 유심주의적인 사상가나 개인적 무정부주의적인 사상가를 긍정적으로 평가하고 있다. 그 중에서 특히 쇼펜하우어와 니체 같은 사람은 루쉰이 이해하고 있는 것처럼 당시 유럽사회의 새로운 생명력을 가진 그런 사상가는 결코 아니었다. 그와 반대로 그들의 학설은 당시에 이미 부패한 유럽 부르주아 계급의 반동적인 의식을 반영하고 있었다. 특히 니체의 '초인사상'은 후에 독일 파시스트의 침략전쟁과 다른 민족을 노예화하는 데 이론적 근거가 되기도 했었다. 루쉰은 당시 이러한 사상가의 본질을 인식하지 못하긴 했었지만, 니체 등과는 근본적으로 구별된다. 당시 중국은 유럽 자본주의 국가와는 서로 다른 역사적 조건 아래에 있었기 때문에 루쉰이 니체와 같은 사람들로부터 사상적인 영향을 받았다고는 하지만, 반봉건을 위한 현실적인 요구에서 출발해 개성의 발전, 사상의 자유, 구전통의 파괴라는 그의 주장은 니체와 같은 사람들의 사상과는 다른 정치적 목적과 의미를 가지고 있었다.(「인간의 역사」, 「무덤」, 1-18 참조) 고 지적한다. 즉, 루쉰이 니체와 쇼펜하우어를 인용한 것이 역사발전의 상이한 단계를 섬세하게 인식하지 못한 한계성에 따른 것임을 지적하면서도, 서구물질문명에 대한 맹신이 가져올 폐단에 대한 극심한 우려를 표명한 것임을 인정한다.

이로써 보건대, "유럽의 19세기 문명은 과거보다 뛰어나며 동아시아를 능가하고 있다는 사실을 깊이 고찰하지 않더라도 알 수 있는 일이다. 그러나

19세기 문명은 개혁으로 시작되었고 저항을 근본으로 했기 때문에 한 쪽으로 편향됨은 이치로 보아 당연한 일이다. 그 말류에 이르면 폐해가 마침내 분명해진다. 그리하여 새로운 유파가 갑자기 출현해 초심으로 되돌아가 열렬한 감정과 용맹한 행동으로써 큰 파란을 일으키며 구폐舊弊를 일거에 씻어 버렸다. 그것은 오늘날까지 이어져 더욱 확대되고 있다. 그것이 장래에 어떤 결과를 가져올지 아직 예측할 수는 없다. 그렇지만 그것은 구폐에 대한 약이 되고 신생을 위한 교량이 되어 그 흐름은 더욱 넓어지고 오래 지속될 것인 즉, 그 본질을 살피고 그 정신을 관찰해 보면 믿을 만한 근거가 있는 것이다. 아마 문화는 항상 심원함으로 나아가고 사람의 마음은 고정됨에 만족하지 않을 것이므로 20세기 문명은 당연히 심원하고 장엄해 19세기 문명과는 다른 경향을 보일 것이다."(「문화편지론」, 1-55) 여기서 루쉰은 19세기 사상에 대한 저항으로 20세기 문명이 발흥했음을 지적하면서 서구문명 수용에 있어서의 적극적 대도를 요구한다. 그래서, "일부러 중국의 낡은 것들을 칭찬하는 자들과 …… 아시아가 유럽화 하는 것을 반대하는 자들"(「등하만필燈下漫筆」, 「무덤」, 1-216)에 대해 마땅히 비난해야 할 두 종류의 인간유형으로 제시하면서, 신문화를 수입할 때 기본적으로 대담하고도 적극적으로 수용하라고 강조한다. "만일 도량을 넓혀 대담하고 두려움 없이 신문화를 마음껏 새로 흡수하지 못한다면 양광셴楊光先(1597~1669)처럼 서구의 주인 앞에서 중국의 정신문화를 숨김없이 드러내야 할 때가 아마 머지않을 것이다."(「거울을 보며 느낀 생각看鏡有感」, 「무덤」, 1-200) 양광셴은 청조의 관리로 탕뤄왕湯若望, 난화이런南懷仁 등 서양 전도사들[1]

---

1) 탕뤄왕湯若望은 원명이 요한Johann Adam Schall von Bell(1592~1666)으로 독일인이다. 로마제국의 예수회 선교사로천주교 신부이자 학자이다. 중국에서 명, 청 양대에 걸쳐 47년을 거주했고, 강희제 때는 정일품正一品인 '광록대부光祿大夫'에까지 올랐다. 그는 동서문화교류사에 있어서나 중국기독교사와 중국과기사에 있어서 빼놓을 수 없는 인물로 『주제군징主制群徵』, 『주교연기主教緣起』 등의 종교 저술을 남겼다. 난화이런南懷仁은 원명이 페르디난드Ferdinand Verbiest(1623~1688)라는 벨기에 사람으로 청 초엽인 1658년 중국에 와서 근대 서양 과학기술 지식을 중국에 전파하는 데 매우 큰 영향을 끼친 선교사 중 하나이다. 강희제의 과학 선생으로 천문력법에 정통하고 대포제작에 조예가 있어 당시 국가천문대欽天監의 최고 책임자가 되었고, 관직이 정이품正二品의 '공부시랑工部侍郞'에까지 올랐다. 향년 66세로 북경에서 죽었다. 『강희영년력법康熙永年曆法』, 『곤여도설坤輿圖說』, 『서방요기西方要記』

이 서구의 천문학 성과를 활용해 새로운 역법을 제작하자는 데《벽사론辟邪論》등의 상소를 올리면서 "설령 중국에 좋은 역법이 없을지언정, 서양인들이 살게해서는 안된다"라는 주장을 펴며 격렬히 반대한 바 있는 사람이다.

그러나, 당시 현실에서 일부의 사람들이 중국현실에 맞는지 맞지 않는 지는 고려하지도 않았다. 반면, 아무 것이나 마구 수용하는 경향에 대해서는 심각히 우려하고 있었다. "오늘날 변혁을 생각한 지는 이미 많은 세월이 지났지만, 청년들이 사유하고 있는 것을 보면 대개가 옛날의 문물에게 죄악을 덮어씌우고 심지어는 중국의 말과 글이 야만스럽다고 배척하거나 중국의 사상이 조잡하다고 경멸한다. 이러한 풍조가 왕성하게 일어나 청년들은 허둥대며 서구의 문물을 들여와 그것을 대체하려고 하는데, 앞서 언급한 19세기 말의 사조에 대해서는 조금도 주의를 기울이지 않는다. 그들의 주장은 대부분 물질에만 치중하고 있는데, 물질을 받아들이는 것은 괜찮겠지만 그 실상을 따져 보면 그들이 받아들이려고 하는 물질이란 완전히 허위에 차 있고 편향되어 있어 전혀 쓸모가 없는 것이다. 장래를 위해 계획을 세우려는 것이 아니라 단지 지금의 위기를 구제하려는 것이라 하더라도 그 방법이나 발상은 심각한 오류를 가지고 있다. 하물며 날조해 그 일을 맡고 있다는 자가 개혁이라는 이름을 빌려 몰래 사욕을 채우고 있음에랴."(「문화편지론」, 1-56) 즉, 서구문물을 수입하는데 있어서 서구문물의 폐해는 수용하지 말아야 한다고 강조한다는 점은 분명하다. 여기서 우리는 루쉰이 근대성에 대해 긍정적인 태도를 지니면서도 한편으로는 서구 근대성의 폐해에 대해서도 심각하게 인식하고 있음을 확인할 수 있다. 이 점이 바로 루쉰 근대의식이 지닌 반反근대성이라 할 수 있다.

한편, 그는 서구사상의 핵심에 '인간'이 존재함을 지적하면서 다음과 같이

등의 저서를 남겼다. 이들은 모두 근대 중국의 천문, 과학, 지리 등의 학문에 매우 지대한 영향을 끼쳤던 서양 선교사들이다. 이들의 천문과학 지식이 중국의 근대 과학발전을 이끈 것은 당연하고, 근대화의 초석이었다는 점을 주목할 필요가 있다.

주장한다. "그렇지만 구미의 열강이 모두 물질과 다수로써 세계에 빛을 드리우고 있는 것은 그 근저에 인간이 놓여 있기 때문이다. 물질이나 다수는 다만 말단적인 현상일 뿐이며, 깊은 근원은 통찰하기 어렵고 화려한 꽃은 드러나게 마련이어서 쉽게 눈에 띄는 법이다. 이 때문에 천지 사이에서 살아가면서 열강과 각축을 벌이려면 가장 중요한 것은 '사람을 확립하는 일立人'이다. 사람이 확립된 이후에는 어떤 일이라도 할 수 있다. 사람을 확립하기 위한 방법으로는 반드시 개성을 존중하고 정신을 발양해야 한다."(「문화편지론」, 1-56~57) 루쉰이 지닌 인간에 대한 확고한 애정이 드러나고 있을 뿐만 아니라, 서구가 지닌 힘의 핵심에 '인간'이 있음을 발견해낸 루쉰의 탁월함을 인식하지 않을 수 없다. 루쉰의 인간에 대한 애정은 이후 그의 일생을 관통하는 일관된 정서로서 그의 '투쟁'이 '파괴'를 위한 것이 아니라 '창조'를 위한 것임을 증명하는 근거가 된다. 루쉰은 「악마파 시의 힘」에서 "지금 중국에서 찾는다면, '정신계의 전사'가 될만한 자가 그 어디에 있을지?"라고 회의하면서 현실에 대해 깊은 우려와 함께 '정신계의 전사'의 출현을 기대한다. 그리고 그는 동시대 청년 지식인들에게 커다란 희망을 갖고서 이들에게 '신문화 전파'의 사명을 다해줄 것을 호소한다. "이제 중국에서 찾아보아, '정신계의 전사'라고 할 만한 사람은 어디에 있는가? 지극히 진실한 소리를 내어 우리를 훌륭하고 강건한 데로 이끌 사람이 있는가? 따스하고 훈훈한 소리를 내어 황폐하고 차가운 데에서 우리를 구원해 낼 사람이 있는가? 가정과 나라가 황폐해졌지만 최후의 애가哀歌를 지어 천하에 호소하고 후손에게 물려 줄 예레미야Jeremiah 2)는 아직 출생하지 않고 있다. 그런 사람이 태어나지도 않은 것이 아니라면 태어났지만 군중에게 살해되었을 것인데, 그 중의 한 경우이거나 두 경우 다였기 때문에 중국은 마침내 적막해졌다. 사람들은 오로지 껍데기의 일만 도모해 정신이 날로 황폐해졌으니, 새로운 조류가 밀려와도 마침내 그것을 지탱하지

2) BC 655년경에 출생해 눈물의 선지자로도 불렸던 히브리어 성경의 주요 예언자 가운데 한 명

못한다. 사람들은 모두 유신維新을 말하고 있는데, 이는 바로 지금까지의 역사가 죄악이었다고 하는 자백이자 '회개하라!' 라는 호소에 다름아니다. 그러나 유신이라고 했으니 희망 역시 그와 함께 시작될 것이므로 우리가 기대하는 바는 신문화를 소개할 지식인이다."(「악마파 시의 힘」, 1-100)

초기 루쉰의 근대의식을 정리하면 다음과 같다. 루쉰은 누구보다 강렬한 애국심을 지닌 지식인이었다. 중국을 침탈해 오는 제국주의 식민주의자들에 맞서 반제반봉건 투쟁의 선봉에 선 전사가 되고자 했다. 그는 깊은 우환의식의 기초 위에 중국이 현실을 극복하고 악을 타파해 근대화된 부강한 국가로 성장하기를 기원하면서, 그를 위해 말로만 떠드는 부국강병이 아니라 그것의 기초로써 과학을 주창한다. 즉, 미신과 무지를 극복하기 위해 이성에 기초한 과학만이 인간을 해방시킬 수 있다는 신념이었다. 나아가 그는 그 모든 것의 저변에 '인간'에 대한 애정이 깔려 있어야 함을 믿었다. 즉, '자아각성' 없이 '개성해방'이 있을 수 없다는 것이다. 이러한 루쉰의 근대의식은 2천년 봉건 역사의 모든 악을 타파하는 강렬한 투쟁정신의 철학적 기초가 되었다. 이러한 투쟁정신은 그의 작품에 투영되어 강렬한 현실 비판성을 띠는 풍자정신의 핵심으로 작용하게 된다.

나. 전기 루쉰의 현실인식

루쉰은 신해혁명 이후에 이르러, '어떠한 사물을 보더라도 암울하게 보일 뿐'이어서 낡은 책 속에 파묻혀 지낼 따름이었다. "신해혁명도 보았고 2차 혁명도 보았고 웬스카이袁世凱의 등극(1915)과 장쉰張勛의 복벽復辟(1917)도 보았으며, 이것저것 보다가 회의하며 실망한 나머지 몹시 소침했었다."(『「자선집」자서『自選集』自序」, 『남강북조집南腔北調集』, 4-455) 루쉰의 진술에서 현실에 대한 인식의 전변과정을 확인할 수 있다. 즉, 자신의 역사 현실에 대한 인식의 전변 과정이 '회의'-'실망'-'퇴락'의 경로를 거쳐 왔음을 진술한다. 일반적으로, '5·4' 전후 지식인들은 종법예교나 국수주의에 대해 결연히 반대하면서 여성과 청춘의 해방 그리고 백화白話문학을 주창한다. 즉, '이상적' 조류가 다시금 일기 시작했고, 혁명적 지식 청년들은 새로운 출로, 새로운 미래를 찾기 시작했다. '5·4'를 맞이하면서 루쉰에게도 역시 희망과 열정이 생겨났다. 그러나 정권탈취를 위해 백색테러리즘을 자행하는 국민당 정권의 잔혹함과 학생, 청년, 지식인들이 무고하게 처형당하는 현실을 목도하면서 그의 절망은 투쟁으로 전화한다. 상하이에서 5·30참사(1925)가 발생한 후, 늘 그랬듯이 '적색분자', '폭도' 등의 누명을 씌워 무고해 오자 그는 즉각 저항했다. 베이징에서 3·18참사(1926)가 발생하자 그는 '민국 이래 최악의 하루'라 선언하고, '피는 반드시 피로써 갚아야 하는데 상황이 길면 길어질수록 그 이자도 늘어나는 법'이라 갈파했다. 북양군벌 시대를 대표하는 봉건관료 장스짜오章士釗를 극력 반대하면서 신사紳士 학자라는 천시잉陳西瀅(1896~1970) 등과 격렬한 논전을 벌였다. 마침, 루쉰을 격노케 한 사건이 발생했다. 베이징여자사범대학의 학생들이 반동적인 양인위楊蔭榆(1884~1937) 교장을 축출하기 위해 일으킨 '양인위 축출 운동'을 지원했다. 양인위는 완고한 봉건적 노예화 교육을 시행하면서, 학생들의 정치활동을 금지시킴으로써 학생들의 저항을 불러일으켰다. 1925년 5월 9일, 양인위는 쉬광핑許廣平, 유허쩐劉和珍 등 여섯 명의 학생자치회원을 공개적으로 제명함과 동시에 신문에 이 학생들을 공격하는 기사를 게재했다. 이에 반발한 학생들이 5월 11일, 양인위를 축출할 것을 결정한다. 그 후, 8월 초 교육부 장관 장스짜오章士釗가 베이징여자사범대학의 해산을 명령한 후, 깡패와 여자 거지 등을 고용해 오히려 학생들을 학교 바깥으로 축출했다. 당시 베이징여자사범대학의 중문과에 겸임교수로 재직 중이던 루쉰은 장스짜오와 양인위의 범죄행위에 직면해 이러한 사태의 불법성을 고발하는 글을 발표함과 아울러 교권수호회에 가담한다. 이를 빌미삼아 장스짜오는 루쉰이 수행 중이던 교육부 검사직을 탈법적으로 박탈함으로 인해 교육계의 불만을 불러일으킨다. 이에 저항해 여자사범대학 측에서는 종마오宗帽 골목의 허름한 집 한채를 빌려 강의를 계속 진행했고, 루쉰 역시 강의에 참여했다. 1925년 겨울에 이르러 남방으로부터 전개된 혁명세력의 추동과 각지의 성원하에 투쟁은 승리로 끝이 나고 여사대는 다시 원래 학교로 돌아가게 되었다. 루쉰은 '여자사범대학사건' 기간 동안 창작했던 잡문과 산문 등을 『화개집華蓋集』(1926), 『화개집속편華蓋集續編』(1927), 『무덤』(1927), 『들풀』(1927), 등으로 묶어 출판했다.

대혁명의 시대에 이르러, 상하이의 '혁명문학파'들이 다시금 대대적 공격을 시작해 왔다. 루쉰은 창조사創造社와 필전을 벌여야 했지만, 천시잉 등 『현대평론』파와 벌였던 이전의 필전양상과는 판연히 달랐다. 이해를 돕기 위해 잠시 창조사를 소개하고 가기로 하자. 창조사는 '5·4'시기를 대표하는 유명한 신문학단체 중 하나다. 1921년 궈뭐뭐郭沫若(1892~1978), 위다푸郁達夫(1896~1945), 청팡우成仿吾(1897~1984) 등이 일본에서 발기하고 조직했다. 1922년 초, 상하이에서 계간지 『창조創造』를 창간했고, 이듬해 오월에 『창조주간創造周刊』 등을 발간했다. 창조사는 작가의 '내면의 요구'를 주장하는 신문학사를 대표하는 낭만주의 문학유파이다. 1928년 초, 리추리李初梨

(1900~1994), 펑캉彭康(1901~1968) 등이 가입한 이후 후기창조사로 전환해, 프롤레타리아 혁명문학운동을 제창하면서 『홍수洪水』, 『문화비판文化批判』 등을 출판했다. 1928년 창조사는 프롤레타리아 혁명운동을 제창하는 또 다른 문학단체인 태양사와 함께 루쉰을 비판하자 루쉰 역시 그들에게 반격을 가하면서 혁명문학 문제를 중심으로 하는 제1차 논쟁을 형성했다. 이는 당시 혁명문학의 발전 추동에 적극적인 역할을 했다. 하지만 창조사와 태양사太陽社의 몇몇 성원은 마르크스주의 원리를 중국혁명의 실천이나 문예영역에 활용하려 시도하면서 심각한 주관주의와 종파주의 경향을 노정하고 말았다. 그 결과 루쉰에 대한 잘못된 이해로 한동안 루쉰을 배척했으나, 나중에 기존의 입장을 바꿔서 루쉰과 함께 '중국 좌익 작가 연맹中國左翼作家联盟'을 조직했다. 현대평론파와의 필전을 위해서는 어사사語絲社가 진지역할을 했다. 『어사語絲』는 어사사가 편집해 북신서국北新書局에서 발행한 문예주간지이다. 루쉰, 순푸웬孫伏園(1894~1996), 찬다오川島(1901~1981), 조우쥐런周作人(1985~1967), 린위탕林語堂(1895~1976), 꾸지깡顧頡剛(1893~1980), 푸뉘스淦女士 일명 馮沅君(1900~1974), 리샤오펑李小峰(1897~1971) 등이 주요 필진으로 참여했다. 1927년 10월 22일에 북양군벌에 의해 편집부가 폐쇄된 이후 상하이로 옮겨 발행하게 되었고, 1927년 12월 17일부터 루쉰이 책임편집을 맡았다가 1929년 9월부터는 리샤오펑에게 책임편집이 넘어갔다. 1930년 3월에 정간됐다. 『어사』는 사회비판 또는 사상비평을 중시해 주로 잡문이나 단편 논문을 게재했다. 이 잡지는 복고나 낡은 구사회를 반대해 신문학을 제창하면서 외국 민간문학 소개에 주의를 기울였다. 아울러 유머와 풍자 문학방면에도 일정한 성과를 이루었다. 이 잡지는 북양군벌과 봉건주의사상 및 제국주의 등 반동 통치를 반대해 단호한 투쟁과 강력한 반격 및 예리한 폭로로 일관하면서, 익살스럽고 유머러스한 투쟁적 스타일을 선보였다. 이 잡지의 주요 투고자들이 중국현대문학사에서 '어사'파로 불린 것은 당연한 이치다. 이 잡

지는 중국현대문학사에 있어서 영향력 있고 진보적인 저명 잡지 중 하나였다. 루쉰의 『어사』와의 관계는 길고도 깊다. 루쉰이 『어사』의 발기에 참여했을 뿐 아니라 기획과 편집에도 참여했기 때문이다. 또한 이 잡지에 수많은 글도 발표했다. 루쉰을 필두로 하는 진보적 지식인이 '현대평론'파와 벌인 투쟁에 있어서 중요한 진지이기도 했다.

이러한 일련의 투쟁과정을 통해 인도주의에서 사회주의로, 진화론자에서 계급론자로, 공상에서 과학으로, 이론에서 실천으로 접어 들어갔음을 확인할 수 있다. 그는 외부적으로는 암흑세계에 대한 공격에 주력하면서도 내면적으로는 자신의 약점을 극복해야 한다는 사실을 잘 알고 있었다. 그는 '비혁명적 혁명급진파'와 투쟁함과 동시에, 모든 동행자들의 퇴폐적 경향과 형식주의와도 투쟁해야 했다. 그의 적이거나 그와 필전을 벌이는 사람들 중 가장 두드러진 일파가 바로 '자유주의'를 대표하는 '신월파新月派'였다. '5·4' 이후 후쓰를 대표로 하는 '신월사'(1923년)가 1928년 3월에 상하이에서 월간 『신월』을 출간하면서 탄생했다. 쉬즈모徐志摩(1897~1931)와 뤄룽지羅隆基(1896~1965) 등이 편집을 맡아 신월서국에서 발행했다. 예술지상주의를 주장하면서 프롤레타리아 혁명문학운동을 헐뜯었다. 인성론을 추켜세우긴 했었지만, 신시 형식에 대한 탐구는 긍정적인 역할을 하기도 했다. 그밖에도 프로문학 타도의 기치를 내건 민족주의 문학가들, 스스로 정치를 초탈했다고 주장하는 제3종인第三種人 그리고 제3종인이 되기를 갈망하는 '혁명소매상'들과 백화문조차 반대해야 한다고 주장하는 자칭 고상한 유머파 등등 수많은 유파들이 난립하고 있었다.

이즈음 루쉰에게 있어서 "진화론과 개성주의는 여전히 그의 기본적 사상이었다. 그는 청년들에 대한 뜨거운 희망으로, 종법 사회제도의 강시僵尸통치에 대해 준열히 저항하면서 개성의 해방을 열망했다." [3] 그리하여 자신 스스

3) 쥐츄바이瞿秋白, 「『루쉰잡감문선집』서언『魯迅雜感選集』序言」, p818, 청광서점青光書店, 1933년 7월.

로 전사가 되어 모든 허위와 악을 향해 창을 던지는 투쟁을 벌인다. 당시, 루쉰은 종종 자신의 일에 대해 '어떻게 해야 저 벽을 부술 수 있을까, 어떻게 소牛가 되어 아이들을 무등태울 수 있을까' 라고 말하곤 하면서, 마치 세상의 고민을 홀로 다 짊어진 듯 대중들의 죄를 대속하고자 했다. 프티부르주아 지식인의 나쁜 버릇은 원래는 익숙한 자기계급을 증오하면서 그것의 궤멸에 대해 조금도 안타까와하지 않는다는 것이다. 객관적 사실들을 답습한 끝에 마침내 그는 신흥 프롤레타리아들에게만이 미래가 있을 수 있다고 여기게 됐다. 루쉰은 「『삼한집』서언『三閑集』序言」에서 다음과 같이 술회하고 있다. "프레하노프의 『예술론』을 번역함으로써 진화론만 신봉하는 편협한 나—또한 다른 사람들까지—를 구원하고자 했다."(4-6) 물론 이때의 사상을 계급론에 기초한 혁명사상이라고 할 수도 있겠지만 이에 대한 이견은 매우 다양하다. 왜냐하면 사상전변 문제는 여전히 토론의 여지가 남아 있는 상태이기 때문이다. 그럼에도 불구하고, 이것이 진화론을 극복하고 계급론으로 전변한 근기가 될 수 있는 지는 판단을 유보해야 할 것이다. 어찌됐건 그는 19세기 말에서 20세기 전반기에 이르기까지 애국심에 기초한 계몽운동가에서 혁명사상가에 이르는 사상전변이 있었다고 보여지고, 그것은 그때마다 그의 창작 작품에 주제의 형태로나 제재의 형태로 반영되어 나타났다. 이러한 사상전변은 곧 루쉰문학의 고유한 풍격을 창조하는 배경이 되었다. 때문에 루쉰의 문학적 특질 중 최대요소라 할 수 있는 '풍자성'을 논함에 있어서도 그의 사상적 배경과 현실인식의 태도를 우선적으로 이해하지 않고서는 불가능하다.

한동안 루쉰은 낙관적이고 낭만적으로 '인성人性과 정신'의 발양을 호소하면서 인간과 인생의 진보와 미래에 대한 희망에 부풀었었다. 그리고 뜨거운 열정으로 부르주아 반봉건 혁명인 신해혁명을 지지 기대하기도 했었다. 그러나, 신해혁명은 실패로 끝나고 만다. 이에 절망과 좌절을 느끼면서 고독과 비량悲涼과 환멸과 허무라는 인생의 쓴 맛들을 골고루 체험하면서, 이전에 갖고 있던 희망과 열정은 싸늘히 식어 가슴 저 밑바닥에 잠겨버리고 만다. 루쉰은 기본적으로 중국의 현실을 '중국이란 다름 아닌 부자들이 누리는 인육人肉의 향연이고, 사실 부자들이 누리도록 마련된 인육의 향연을 준비하는 주방에 지나지 않는다'라고 인식한다. "우리는 지금도 친히 각양각색의 연회를 볼 수 있다. 불고기 연회가 있고, 상어 지느러미 연회가 있고, 간단한 식사 연회가 있고, 서구요리 연회가 있다. 그러나 초가집 처마 아래에는 반찬 없는 맨밥이 있고, 길가에는 먹다 남은 죽이 있고, 들에는 굶어 죽은 시체가 있다. 매일같이 불고기를 먹어대는 몸값을 매길 수조차 없는 부자들이 있는가 하면, 근당 8문文에 팔려가는 굶어 죽기 직전의 아이도 있다. 이른바 중국의 문명이란 사실 부자들이 누리도록 마련된 인육이 인육의 연회를 마련하는 주방에 지나지 않는다."(「등하만필」, 1-216) 그리고, '크고 작은 무수한 인육의 연회가 문명이 생긴 이래 지금까지 줄곧 베풀어져 왔고, 사람들은 이 연회장에서 남을 먹고 자신도 먹히'므로 '이 식인자食人者들을 소탕하고 이 연회석을 뒤집어엎고 이 주방을 파괴하는 것이 바로 오늘날 청년들의 사명이다!'라고 한다. "왜냐하면 고대부터 전해져 와서 지금까지도 여전히 존재하는 여러 가지 차별이 사람들을 각각 분리시켜 놓았고, 드디어 다른 사람의 고통을 더 이상 느낄 수 없게 만들어 놓았기 때문이다. 또한 각자 스스로 다른 사람을 노예로 부리고 다른 사람을 먹을 수 있는 희망을 가지고 있어 자기도 마찬가지로 노예로 부려지고 먹힐 가능성이 있다는 것을 망각하기 때문이다. 그리하여 크고 작은 무수한 인육의 연회가 문명이 생긴 이래 지금까지 줄곧 베풀어져 왔고, 사람들은 이 연회장에서 남을 먹고 자신도 먹혔으며, 여인과 어린 아이는 더 말할 필요도 없고 비참한 약자들의 외침을 살인자들의 어리석고 무자비한 환호로써 뒤덮어 버렸다. …… 이러한 인육의 연회는 지금도 베풀어지고 있고, 많은 사람들이 여전히 계속 베풀어 나가려 하고 있기"(「등하만필」, 1-217) 때문이다. 루쉰이 절망에서 다시 희망으로 전환하는 까닭은 중국의 과거와 오늘과 미래에 대한 철저한 통찰 끝에 투쟁의 목표를 확실하게 발견했기 때문이다.

당시 그는 서구에서 유행하고 있던 오스카 와일드^{Oscar Wilde}(1854~1900), 니체, 보들레르^{Ch. Baudelaire}(1821~1867), 안드레예프^{L. Andreev}(1871~1919) 등으로 대표되는 세기말 풍조의 영향을 깊게 받았다. 이는 '5·4' 퇴조 후 지식인 사이에 번진 보편적인 현상이었으며, 루쉰 역시 지식인의 무력감을 감지하고는 엄준, 냉혹, 음울함으로 세상을 바라보게 됐다. 당시 루쉰의 생각과 태도를 가장 가까이서 지켜봤던 쥐츄바이^{瞿秋白}(1899~1935)는 이렇게 설명했다. "당시 루쉰은 남다른 고독과 적막을 느끼지 않을 수 없었기에, 그는 '지금 중국의 어느 곳을 뒤져보더라도 정신계의 전사가 과연 있는가?' 라고 물었다. …… 신해혁명 이후, 중국의 사상계는 불가피하게 첫 번째의 '위대한 분열'을 완성했다. 군의 혁명적 정서와 계급관계의 전변^{轉變}을 반영하면서 중국의 사대부 지식계층은 분명하게 두 개의 진영으로 나뉘어진 바, 곧 국수파와 서구파가 그들이다. 당시는 '5·4'의 전야로서, 『신청년』초기의 신문화운동이 개시되던 시기이다. 당시 데모크라시 선생^{德先生}과 사이언스 선생^{賽先生}, 즉 민주주의와 과학의 연맹은 계속적으로 혁명투쟁을 펼쳐 보였다. 이는 부르주아 민권혁명의 심화이면서 동시에 현대적인 지식계층의 성장 발전의 결과이기도 했다. 루쉰의 '사상혁명' 참가는 이 시기에 시작되었다. 우리가 그의 '참가'가 개시되었다고 말하는 것은, 그 이전에는 그 누구도 참가할 수 없었으며, 그는 그저 고독한 '심사숙고'만을 할 따름이었음을 의미한다. 그리고 『신청년』이 '신문화투쟁'의 시동을 건 뒤에야 비로소 반국고파^{反國故派}의 온전한 대오가 꾸려졌던 것이다. …… 신해년이 지나자, 모두들 혁명이 실패했음을 알아차릴 수 있었다. 하지만, 지속적인 통치자가 누구인가에 대해서만큼은 개개인 모두가 깨달았던 것은 아니다. 오직 루쉰만이 그들을 가리켜 '현재의 도살자'라 일컬었다. '현재'를 죽이면 곧 '장래'도 죽이는 법이다. 장래는 자손의 시대이다. '현재'를 죽이는 것은 물론 한줌의 강시들이었다. 그 당시까지도 여전히 완전한 강시의 통치였거늘. …… 이들 강시들, 곧 봉건 군벌이나 매판 관료들은 당연하게도 모든 각종 국고國故, 이를테면 종법사회의 구도덕, 충효와 절의 그리고 썩어문드러진 냄새가 진동하는 고루한 문화를 유지하고자 전력했다."[4] 루쉰 스스로도 다음과 같은 인식을 갖고 있었다. "당시각성한 지식 청년들의 심정이란 대단히 열정적이면서도 애상적이었다. 설령 광명을 찾았다 하더라도 오히려 더욱 분명한 것은 사방에 펼쳐진 끝없는 암흑밖에 보이지 않는다는 사실이었다."(「『중국신문학대계』소설2집 서『中國新文學大系』小說二集序」, 「차개정잡문2집且介亭雜文二集」, 6-243) 루쉰은 앞에서도 언급한 바와 같이 지식인의 역할과 사명을 투철하게 인식하고 있었다. 그러나 청년들에게 걸었던 희망이 좌절되면서 이에 대한 실망과 회의를 『외침』에서 토로했었다.

"종래로 진화론을 믿어온 나는 반드시 미래가 과거를 능가하고 젊은 세대가 늙은 세대를 능가한다고 생각했으며, 청년들을 더없이 소중히 여긴 나머지 왕왕 그들이 나에게 칼질을 열 번 할 때 나는 화살 하나를 쏘았을 뿐이다. 하지만 나는 그렇게 생각한 내가 오히려 잘못이라는 것을 깨달았다. 그것은 결코 유물사관의 이론이나 혁명적 문예작품들에서 선동받은 탓이 아니었다. 나는 다 같은 청년이지만 두 개의 진영으로 갈라져서 혹자는 밀고하고 혹자는 관청에 빌붙어 사람을 체포한다는 사실을 광동에서 직접 목격했다. 이로 인해 나의 사유방법이 파멸되었으며 그 후부터는 청년들을 무조건 경외하는 대신 자주 의혹에 찬 눈으로 바라보게 되었다. 그러나 그 후에도 처음으로 출전하는 청년들을 위해서는 몇 마디씩 성원의 외침을 보내주기도 했지만 큰 도움은 없었다."(「서언序言」, 「삼한집三閑集」, 4-5) 현실상황에서 시대의식이 반드시 미래를 위해 진보하는 것만은 아님을 목도하고 실의에 빠지기도 했다.

나아가 루쉰은 특히 지식인 작가의 문학적 실천이 갖는 중요성에 대해 주

---

4) 취츄바이, 앞의 책 p818.

목했다. 마침 광조우의 황포군관학교의 초청으로 「혁명시대의 문학^{革命時代的} ^{文學}」이라는 주제의 특강(1927년 4월 8일)을 요청받고는 중국문학의 실태와 중국 근대 작가에 대해 다음과 같이 비판했다. "중국에는 이러한 두 가지 문학 즉, 낡은 제도에 대한 만가^{輓歌}와 새 제도에 대한 구가^{謳歌}가 없습니다. 그것은 중국혁명이 아직 성공하지 못했으며 바야흐로 혁명에 몰두하고 있는 시기이기 때문입니다. 그러나 낡은 문학은 아직도 무척 많아서 신문지상의 글들은 거의 모두가 구식입니다."(「혁명시대의 문학^{革命時代的文學}」, 『이이집^{而已集}』, 3-421) 당시, 중국문학의 현황을 분석하면서 문학의 효용에 대한 역설적 불만을 토로했다. "중국의 문인들도 이와 마찬가지로 만사에 눈을 감고 잠시나마 스스로 속이고 남도 속입니다. 그 방법이 바로 감춤^瞞과 속임^騙입니다."(「눈을 부릅뜨고 봄을 논함^{論睜了眼看}」, 『무덤』, 1-238) 나아가, 중국 작가들의 장기가 현실을 직시하지 못하는 태도와 자세라고 통렬히 비꼬았다. 그리고, 문학의 효용에 대해 다음과 같이 역설했다. "그것은 총으로 학생들을 쏘아죽이던 시절인지라 글에 대한 단속도 심해졌습니다. 그래서 나는 이런 생각이 들었습니다. 즉 문학, 문학하지만 그것은 가장 무용하고 무력한 인간들이 부르짖는 것입니다. 실력자들은 말없이 사람을 죽이고, 압박받는 자들은 말 몇 마디 또는 글 몇 자 때문에 살해당합니다. 설사 요행으로 살해당하지 않고 날마다 아우성을 지르고 불평을 호소한다 하더라도, 실력자들이 의연히 압박하고 학대하고 살육하는 것을 당해 낼 수 없으니 이런 문학이 사람들에게 무슨 소용이 있겠습니까?"(「혁명시대의 문학」, 3-417)

루쉰의 현실인식은 『외침』을 비롯 『방황』, 『옛 이야기 다시 엮다』 등 그의 작품에 확연히 드러난다. 루쉰은 '5·4'운동 일년 전, 반봉건 전사로 일약 문화 전장에 뛰어들었다. 『신청년』에 「광인일기^{狂人日記}」가 발표된 이후, 3년 만에 다시 중국인의 '열근성'을 비판해 공전의 걸작으로 추앙된 「아Q정전^{阿Q正} ^傳」을 발표했다. 루쉰은 『외침』의 창작동기를 다음과 같이 말했다.

"'절망의 허망함 역시 희망의 허망함과 마찬가지이다.' '문학혁명'에 대한 직접적인 열정이 아닌 이상 왜 집필하게 되었는가? 생각해보면 그것은 열정자들에 대한 공명에서 였다고 할 수 있다. 이러한 전사들은 비록 적막 속에 있기는 하지만 생각하는 바는 틀리지 않으므로 몇 마디 소리를 지르면서 그 기세를 돋우어주려고 했던 것이다. 바로 이것이 첫째 원인이다. 물론 여기에는 구사회의 병근을 폭로해 그 치료대책을 강구하도록 사람들의 주의를 환기시키려는 희망도 더러 있었다. 그러나 이 희망을 달성하자면 선구자들과 동일한 보조를 취하지 않으면 안 되었다. 그래서 나는 어두움을 지워버리고 즐거운 모습을 보여줌으로써 작품이 얼마간 밝은 빛을 띠게 했다. 그것이 바로 후에 총 14편의 단편을 묶어 출간한 『외침』이다."(「『자선집』자서 『自選集』自序」, 『남강북조집』, 4-455)

당시의 시대상을 가장 잘 반영하고 있는 몇몇 인물 형상을 예로 들어 보자. "'광인'狂人, 콩이지孔乙己, 샤위夏瑜, 아Q阿Q, 샹린 아주머니祥林嫂, 웨이롄수魏連殳, 뤼웨이푸呂緯甫 등등. 이들 대부분은 암담한 사회 현실 속에서 전전긍긍하거나 고통 받다가 마침내 파멸에 이르고 마는 사람들의 형상이지만, 그들 자신에게는 하등의 죄도 없다. 그들이 처한 신분 환경이야 각기 다르다 하더라도 하나의 공통점을 지니고 있다. 즉, 냉혹한 현실에 던져진 존재라는 점이고, 주변의 사람들은 하나같이 그들을 차갑고 잔혹하게 대하는 인정머리 없는 인간들이라는 점이다. 그들의 일생 또한 유달리 황량해 결국 그의 전반생이 '암담과 공허'라는 결론을 외치게 만들었다. …… 이것이 당시 루쉰의 참모습이었고, 중국의 진면목이었다. …… 루쉰의 소설이 당시 사회의 어두움을 반영했기에 그 속에는 과도할 정도의 암담함과 잔혹함, 심지어 절망적 분위기까지 녹아들게 됐던 것이다." [5] 이 언급에서 루쉰의 인식과 인물형상의 상호관

5   예신野心, 「시대와 루쉰의 소설時代和魯迅的小說」, 『매주문예每周文藝』(시안西安) 제2권 제7기, 1935년 10월 21일.

계성을 확인할 수 있다. 즉, 루쉰이 처한 현실에서 만나는 수많은 중국인들의 현상을 인물형상화 하고 있다는 얘기다.

루쉰이 창조한 인물형상 중에서도 아Q는 타의 추종을 불허할 정도로 가장 압권이다. 아Q의 배경이 바로 의사소통이 근본적으로 불가능한 중국 현실상황에 대한 인식을 단적으로 제시하는 것이다. "다른 사람들은 어떤지 몰라도 나 자신은 어쩐지 우리 인간과 인간 사이를 갈라놓는 큰 장벽이 가로놓여 있어서 사람들의 마음이 상통할 수 없는 사람들, 이른바 성현들이 사람들을 높고 낮음이 서로 다른 열 가지 등급으로 나누어 놓은 탓인 것이다."(「러시아어 번역본 『아Q정전』의 서문과 저자 자서 약전俄文譯本 『阿Q正傳』 序及著者自敍傳略」, 『집외집輯外集』, 7-81) 루쉰은 아Q를 통해 중국인의 정신적 면모를 해부하고자 했다. "나는 사람들의 정신면모를 포착하려고 애를 쓰기는 했으나 어쨌든 제대로 포착했다고 하기에는 좀 부족한 감을 면치 못한다. 앞으로 높은 장벽에 둘러싸여 있던 모든 사람들이 스스로 각성해 밖으로 뛰쳐나와 입을 열 때가 있으련만 지금은 그런 사람이 드물다. 그래서 나는 다만 나 자신의 관찰에 의해 어설프나마 내 눈으로 본 중국 사람의 모습을 먼저 써보기로 했다."(「러시아어 번역본 『아Q정전』의 서문과 저자 자서 약전」, 7-82) 당시의 중국 현실이란 대단히 그로테스크한 상태였고, 아Q 역시 당시의 중국 현실과 동떨어진 가상적인 인물이 아니라 그로테스크한 당시 사회의 역사 현실에 부합하는 인물이다. 이것이 바로 루쉰의 작품들이 당시 많은 호응을 얻을 수 있었던 까닭이었다. 루쉰이 리샤오펑에게 보낸 한 통의 편지는 『아Q정전』이 출판되어 나온 후 얼마나 인기가 있었던지를 알 수 있게 한다. "그것으로 자위하며 나의 '『외침』이 6~7만 권이나 팔리는 것'을 아니꼬와 하는 분풀이를 한 데 지나지 않는 것입니다."(310123, 「리샤오펑에게致李小峰」, 12-33) 당시 『외침』의 판매량이 6~7만 권에 달했고, 많은 사람들이 그것을 시기질투했다는 사실을 언급한 것이다. 오늘날의 출판 상황과 비교해보더라도 결코 적지 않은 판매량이다. 이를 통해 독자 대중의 공감이 얼마나 컸었던지 알 수 있을 뿐만 아니라 루쉰 자신도 독자대중이 열광하는 이유를 명쾌하게 꿰뚫어 보고 있음을 알 수 있다. "이전에 나는 '지나치게' 쓴 곳이 꽤 있다고 생각했지만 근래에 와서는 그렇게 생각하지 않는다. 지금 중국의 일은 설사 사실대로 묘사해도 다른 나라 사람이나 혹은 장래에 가서 훌륭하게 된 중국 사람들이 보기에는 모두 그로테스크하다고 생각하게 될 것이다. 나는 늘 제 딴에는 아주 괴상하다고 생각할 만큼 어떤 일을 상상해보는데, 그러다가 그러한 일에 부닥쳐보면 왕왕 그것은 내가 상상한 것보다 더 그로테스크했다. 이런 일들이 발생하기 전에는 나의 좁은 식견으로써는 도저히 상상할 수도 없었다."(「『아Q정전』이 만들어진 까닭『阿Q正傳』的成因」, 『화개집속편花蓋集續編』, 3-380) 루쉰이 인식한 암담하고 공허한 현실이란 바로 이런 것이었다.

4 · 방법으로서의 풍자

가. 근대 실현을 위한 서구 수용

루쉰은 「나는 어떻게 소설을 쓰게 됐는가^{我怎么做起小說來}」에서 창작초기의 의
도를 다음과 같이 밝히고 있다. "나 자신은 창작하고 싶다는 생각도 없었
다. 나는 소개하고 번역하는데 주의를 기울였으며 그것도 단편, 특히는 억
압당하는 민족의 작가들이 쓴 작품에 주의를 기울였다."(「나는 어떻게 소설을 쓰
게 됐나」, 「남강북조집」, 4-511) 그가 피압박민족의 단편소설을 번역 소개하는 데
집중한 것은 다름아니라 중국의 암울한 현실을 타파하는 데 일조하기 위
해서였다. 서구 작가 가운데 그가 가장 애독했던 것은 러시아의 고골리<sup>N.
Gogol</sup>(1809~1852)와 폴란드의 센키비치. H^{Sienkiewitz. H}(1846~1916) 등이었고,
일본의 나쓰메 소세키^{夏目漱石}(1867~1916)와 모리 오가이^{森鷗外}(1862~1922)
등도 있었다. "구하려는 작품이 절규하고 저항하는 것들이었으므로 동유럽
에 기울어지지 않을 수 없었다. 그런 까닭에 러시아, 폴란드 그리고 발칸 제
소국의 작가들이 쓴 것을 특히 많이 읽었다."(「나는 어떻게 소설을 쓰게 됐나」, 4-511)
그의 초기 작품에서 이들로부터 받은 영향이 그대로 녹아 있음을 확인할 수
있다.

그는 특히 러시아 고골리에게서 많은 영감을 받았다. 그는 「검찰관」, 「죽
은 영혼」 등을 예로 들면서 농노제도 하에서 어둡고 침체되고 낙후한 사회
생활을 폭로풍자하고 있다고 평가했다. "러시아가 소리가 없더니 이제 격렬
한 소리를 울리고 있다. 러시아는 어린아이에 불과하지만 벙어리는 아니며,
지하수와 같지만 마른 우물은 아니다. 19세기 전기에 과연 고골리라는 사람
이 나타나더니 지금까지 볼 수 없었던 눈물과 슬픈 기색으로 자기나라 사람
들을 진작시키니 혹자는 마치 영국의 셰익스피어^{W. Shakespeare}(1564~1616)를
닮았다고 했다. 셰익스피어는 바로 칼라일^{Thomas Carlyle}(1795~1881)이 영웅이
라 칭하며 극찬해 마지않았던 사람이지 않던가."(「악마파 시의 힘」, 1-64) 이렇듯

고골리를 영국의 셰스피어에 비유하면서 그의 풍자를 차감한 것은 루쉰 역시 봉건에 대한 폭로풍자의 필요성을 깊게 인식하고 있었기 때문이었다. 그가 「광인일기」를 창작한 의도 역시 가족 제도와 봉건예교의 폐해를 폭로하는데 있었음(「『중국신문학대계』소설2집 서中國新文學大系』 小說二集序」, 『차개정잡문2집』, 6-239)은 이를 반증하는 근거가 된다. 루쉰은 「풍자를 논함論諷刺」에서 『금병매金瓶梅』와 『유림외사儒林外史』 등의 고전풍자소설을 언급하면서 고골리의 작품에 대해 논했다. "「외투」의 관리들, 「코」의 신사, 의사, 한량 등의 유형 등은 오늘의 중국에서도 만날 수 있는 인물들이다. 이는 분명한 사실이면서도 광범위하게 널려 있는 사실이다."(「풍자를 논함論諷刺」, 『차개정잡문2집』, 6-277) 아울러, 러시아의 체홉A. Cehob(1860~1904)이 묘사한 혁명전야의 러시아 지식인과 디킨스C. Dickens(1812~1870)가 묘사한 19세기 초 영국의 하층사회 역시 영원히 존재할 것이라고 언급했다. 중국의 봉건사회는 이미 몰락했지만 봉건적 분위기는 여전히 사회 저변에 잔류하고 있다. 이러한 몰락의 과정에서 발생하는 비극적 현상들을 루쉰은 극도로 냉정하게 '비웃음'꺼리로 표현했다. 이처럼 봉건 사회로부터 잔류해 나온 사람들을 전형적으로 묘사함으로써 중국 봉건 사회의 전형인물로 탄생시켰다. 중국의 향토 습속을 배경으로 중국의 봉건사회로부터 잔류해 온 사람들을 지극히 심각하면서도 객관적으로 묘사함으로써 그 속에 함축된 유머를 통해 대단히 가소로운 존재로 전락시켜 버렸다.

서구의 예가 그렇듯이 제도로서의 봉건은 몰락했으나, 사회역사적 의미에서의 '봉건성'이 여전히 잔존하는 현실에 대한 비판을 위해 풍자가 사용됐다. 여기서 간과하지 말아야 할 한 가지 사실이 있다. 즉, 영혼 깊숙이 잠존하고 있는 식민주의를 극복하기 위해 또는 민족의 핏줄 속에 잔류하고 있는 식민성을 타파하기 위한 방법으로서 풍자가 동원되고 있다는 점이다. 그리고, 19세기 말의 러시아 상황과 19세기 초의 영국 상황은 다소 차이가 남에도 불구하고 체홉과 디킨스를 동일평면 상에서 비교하는 것은 오류라는 점이다. 왜냐하면, 예를 들어 스위프트[J. Swift](1667~1745)와 고골리의 경우 이미 중국에 널리 소개되었으므로 그들에 대한 일정 정도의 관점이 형성되어 있었다. 하지만 "19세기 시민사회 안정기에 들어, 18세기 풍자가들의 화해로운 생활의식은 불평형 속에서 탄생한 근대적 유머문학 요소와는 달랐다. 갓 탄생한 합리주의 정신 속에서 절대군주제, 봉건 조직, 형식적인 종교도덕 등등 잔재사상에 대해 비판을 가했다. 그러한 풍자문학이야말로 웃음뿐만 아니라 사람들의 슬픔과 분노의 공감을 불러일으켰다." [1] 유머를 예로 들어보자. 혁명기인 서구의 18세기와 혼란기인 러시아의 19세기 말에서 20세기 초에 이르는 시기에 각각 유머가 성행했던 것은 사실이다. 그러나, 혁명을 거친 19세기 안정기에 이르른 서구의 유머와 여전히 변혁기에 있는 기타 지역의 유머는 그 풍격에 있어서 차이가 날 수밖에 없다. 그와 마찬가지로 동일시기 동일 지역 내의 유머라 하더라도 유머가의 생활 조건과 삶의 태도에 따라 그 유머의 양상이 다를 수밖에 없다. 린위탕의 유머가 '한적閑寂'함을 추구하는 것이라면 라오서老舍(1899~1966)의 유머는 짙은 현실비판을 담고 있다. 이들을 굳이 단순화 시킨다면 골계적 유머와 풍자적 유머 정도로 이해할 수 있을 것이다. 이와 마찬가지로 영국의 스위프트나 러시아의 고골리를 비교할 때도 역시 이 점을 고려해서 차이점을 구분해야 할 것이다. 그러나, 보다 중요한 것은 동시대 러시아 사회역사 현실의 특질을 파악해내고, 이를 통해 중국과의 이동異同을 분석함으로써 루쉰이 왜 러시아의 풍자를 차감했는지를 이해할 수 있을 것이다.

"당시는 바야흐로 러시아의 최암흑기였다. 사회사상의 투쟁이 복잡한 만큼 출판물에 대한 검열제도도 잔혹했다. 이 역시 '왜곡 성장'의 한 형태였다. 출판계에는 이르바 '유머'를 팔아먹는 간행물이 수없이 출현했다. …… 이는 사회 교제

1) 루쉰연구회(일본), 『루쉰연구 5』, 1959년 10월 25일.

가 완전히 이루어지지 않는 시대에 처한 체홉에게서 전통예술과 근대관념이 상호 혼합된 창작적 특징과 관련되어 있음은 당연하다. …… 사람들로 하여금 한기 없이도 전율을 느끼게 하는 웃음이 체홉의 풍자 예술의 또 다른 한 특징이다. 희극성은 즐겁고 소탈한 방종일 수도 있고, 차가운 조롱과 신랄한 풍자가 깃든 비틀기일 수도 있다. 때로는 작가의 온 눈자위에 흐르는 뜨거운 눈물을 표현하기도 하고, 때로는 폐부에 가득한 분노의 열기가 머금은 교활한 냉소를 드러내기도 한다. 유머의 회심은 …… 여러 가지 다양한 풍자의 풍격을 형성한다. 하지만, 체홉의 풍자는 이와는 전혀 다른 종류이다. 확실하게 말해 체홉은 한기 없이도 전율을 느끼게 하는 웃음이다. …… 체홉 역시 본성은 순결하나 환경의 압박으로 운명에 휘둘리는 사람조차도 풍자한다. 이것이 아마 평론가들이 말하는 '눈물을 머금은 웃음!' 일 것이다. 이것 역시 그의 풍자예술의 또 다른 특징이고, 즉 풍자로부터 사실 묘사에 이르는 사이의 과도적인 상황이라 할 수 있을 것이다." [2]

당시 체홉이 풍자소설을 쓰게 되는 러시아적 상황이란 현실주의와 근대주의가 동보적으로 발전하고 있던 상황으로, 세기말적 분위기가 농후한 시기였다. 여기에 체홉풍자의 특징이 있다. 체홉에게서 발견되는 또 다른 특징 하나를 들라면 다음과 같다.

"체홉의 희극 소설이 사실은 다른 사람의 작품보다 훨씬 뛰어나다. 그들은 조야하고 저속한 각종 취미의 전딩이다. 다른 사람들의 골계는 그냥 골계일 뿐 별 다른 의의가 없다. 그들은 신에 근접하는 무의식의 천재를 갖고 있지도 않다. 그들에게는 기지나 억제와 존엄 따위가 결핍되어 있다. 즉, 골계만 있을 뿐 다른 어떤 것도 없다. 체홉 역시 다른 사람들과 전혀 다를 바 없다. 하지만, 다른 점이 있다면 바로 다른 사람들이 인간의 나약함과 아둔함을 무시하는 반면 체홉은 이들

2) 샤중이夏仲翼 편선編選, 『체홉의 풍자소설契訶夫諷刺小說』p1-6, 상하이문예출판사, 1995.

인간에 깊은 동정을 보낸다는 점이다. 이것은 예리한 평론가만 분별해 낼 수 있는 점이다." [3]

즉, 체홉의 전기 골계소설이 인류에 대한 동정을 근저에 깔고 있기 때문에 다른 작가의 그것과 다른 평가를 받는다는 주장이다. 무료한 골계소설을 제외한 체홉의 다른 단편 소설들은 모두 겉으로 보기에는 대단히 유쾌하나 함의는 오히려 처연해 또 다른 맛을 지니고 있다. 이를 러시아 문학평론가들은 '눈물을 머금은 웃음' 이라 했다." [4] 여기서 체홉을 루쉰이나 라오서와 비교할 수 있는 근거가 생긴다.

자오징썬趙景深(1902~1985)은 러시아 문학연구자 D. S. 미르스키Dmitry Petrovich Svyatopolk-Mirsky(1890~1939)의 체홉론을 번역한 후「루쉰과 체홉魯迅與契訶夫」이라는 제목으로 푸단復旦대학에서 강연하는 자리에서 루쉰의 자술을 예로 제시했다. 루쉰이 언젠가 자신을 방문한 미국인 친구 로버트 M. 바테트Robert Merrill Bartett(1899~?)에게 "체홉이야말로 내가 가장 좋아 하는 작가다. 그밖에도 고골리, 투르게네프, 토스토예프스키, 톨스토이, 안드레예프, 니체, 쉴러 등도 매우 좋아한다." 라고 말했던 적이 있었다. 자오징썬은 이 말을 인용해 루쉰이 체홉의 영향을 받았음을 증명한 후, 이어서 "떠돌이, 고독자 등 그 누구도 성과가 없습니다. 그들의 비관, 세상사의 불가역성 등이 노골적으로 드러났습니다. …… 루쉰과 체홉은 모두 유머를 잘 구사하며 풍자에 능해, 사소한 비유에서조차 두드러집니다. 예를 들어, 루쉰은 '울타리처럼 에워싸 무리져 바라보는 사람들'을 '목을 쳐들고 있는 한 무리의 오리'에 비유했고, 체홉은 뚱보를 묘사하면서 '그 큰 배 위에 찻잔 한 줄을 올려놓아도 찻잔이 넘어지지 않는다'고 형용했습니다. 생활에 있어서 루쉰과 체홉은 둘 다 의학 대신

---

3) 샤중이 편선, 앞의 책 p1-6.
4) 드미트리 미르스키Dmitry Petrovich Svyatopolk-Mirsky 저, 자오징썬趙景深 역,「체홉의 소설에 대한 새로운 인식契訶夫小說的新認識」,『북신北新』제2권제20기, 1982년 9월 1일.

문학을 택했던 사람들입니다. 제재에 있어서 루쉰과 체홉은 모두 향촌 묘사에 탁월한 고수이기도 했고요. 사상적으로는 둘 다 미래에 대한 무한한 희망을 지니고 있었으나 실제로는 비관적이었습니다. …… 극심한 압박이 비관적으로 변질시키지만, 오히려 작은 보물을 남겨 낙관하게 만들기도 합니다. 위협적인 창은 상처를 남겨 비관하게 만들지만 천사의 키스는 사람을 낙관하게 만드는 법입니다. 결론적으로 비관 속에 낙관이 있다는 것입니다. 즉, 루쉰은 미래는 아름다운 세계로 변할 것임을 믿었던 사람이었습니다." [5] 라고 결론짓고 있다. '번역'의 방법과 내용을 둘러싸고 루쉰과 논쟁을 벌였던 적이 있었지만 자오징썬은 루쉰의 필치에 매우 공감하는 언술을 남겼다. 니체의 영향에 관해서는 많은 근거가 있지만, 그 중에서도 특히 그가 발표한 「나와 『어사』와의 처음과 끝」이라는 글을 참고할 필요가 있다. 이 글에서 루쉰은 "내 '방황'이 많은 시간이 필요하진 않다. 그 때에 니체의 『짜라투스트라^{Zarathustra}』를 조금 읽었던 여파가 남아 있었기에 ……. 그러니까 내 말은 거짓말이 아니다. 그리고 나는 대부분 병태사회의 불쌍한 사람 속에서 소재를 얻었다. 내 뜻은 고통을 폭로함으로써 사람들의 주의를 환기시키고자 하는 것이었기 때문이다." [6] 라는 구절을 통해 그가 니체의 영향을 받은 것을 확인할 수 있다.

요컨대 "루쉰의 손에서 폭로된 봉건사회에서 잔류해 온 사람과 봉건사회의 의식 등은 완벽한 객관적 입장에서의 표현이다. 이러한 사실적 표현 때문에 우리가 그의 작품 곳곳에서 가소로움을 감상하게 된다. 이것이 바로 사회에 대한 우리의 현실적 인식이다. 철저히 이해함으로써 자연스레 표현되는 것이다. …… 그러나 이런 '웃음'이 우리가 그냥 한번 웃는 것으로 끝나는 것이 아니라 봉건의식에 젖어 있는 중국 현실사회의 깊숙한 곳을 냉정히 인식

5) 자오징썬趙景深, 「루쉰과 체홉-푸단대학 강연魯迅與柴霍甫·在復旦大學講演」, 『문학주보文學週報』제369기 (제8권 제19기), 1929년 5월 5일.
6) 장쩐오우張震歐, 「루쉰과 니체魯迅與尼采」, 『황화강黃花崗』(순간)(광조우) 제2권 제4기, 1938년 8월 29일.

할 수 있게 함으로써, 이런 사회와 인물의 몰락을 암시한다. 이것이 루쉰이 창조한 유머예술의 묘미이자 러시아 문호 체홉과의 유사점이다."[7] 이상에서 보듯이 자의반 타의반으로 루쉰이 러시아문학으로부터 영향을 받았음이 밝혀지고 있는데, 특히 풍자에 관한한 루쉰이 체홉과 고골리로부터 영향을 받았다고 자술한 사실은 매우 중요하다.

---

7) 쉬삐후이徐碧暉, 「루쉰의 소설과 유머예술魯迅的小說與幽默藝術」, 『논어論語』(반월간)(상하이) 제46기, 1934년 8월 1일.

나. 풍자의 장르(體裁)적 특징

"『외침』이 비록 소설집이긴 하나, 조롱과 통렬한 풍자로 충만해 있다. 그 중에서도 특히 「아Q정전」은 현실 사회에 대한 풍자가 절정에 달한다. …… 하지만, 뭐라 해도 소설이 낫다고 해야 하지 그의 잡감문^{雜感文}(이후 잡문이라 칭한다)이 낫다고 할 수는 없다. 왜냐하면 그의 장기가 풍자인데, 풍자가 잡감문에서 더욱 두드러지게 드러나는 것은 당연하기 때문이다." [8] 우선 루쉰의 작품 중 풍자성이 가장 현저한 장르 역시 잡문이므로 우선 잡문의 특징을 개괄하기로 한다. 쥐츄바이는 허닝^{何凝}이라는 필명으로 「루쉰 잡문선집 서언^{『魯迅雜感選集』序言}」에서 루쉰 잡문에 대해 처음으로 종합적 평론을 내어 놓는다. 그는 "루쉰의 잡문은 사실상 전투적 '페이위통^{feuilleton}(프랑스 신문의 문예란 또는 문예란에 실린 소품, 비평, 소설 등의 기사)'이라고 할 수 있는 일종의 '사회평론'이다. 급격하고도 격렬한 사회투쟁은 작가로 하여금 스스로의 사상과 정감을 창작 속에 녹여 넣어 구체적인 형상과 전형 속에 표현할 수 있는 것과는 다르다. 동시에 잔혹하고도 난폭한 압박이 작가로 하여금 통상적 형식을 취할 수 없게 한다. 작가의 유머 재능이 작가가 예술적 형식으로 스스로의 정치적 입장, 나아가 사회에 대한 작가의 깊은 통찰이나 민중들의 투쟁에 대한 작가의 열렬한 동정 등을 표현하도록 보조한다." 라고 해 잡문의 성격, 특히 잡문에 나타나는 강렬한 풍자성이 격렬한 변혁기의 독특한 문학정신임을 전제한다.

이어서, "오로지 현대적 프티부르주아 지식인이라는 싹이 틀 수 있다면 과학문명에 대한 철저한 신념을 통해 반동복고의 전조에 저항할 수 있을 것이다. 루쉰과 당시의 혁명가들은 사대부 계급과 종법사회라는 '과거'와 등지고

---

8) 시껑^{西更}, 「루쉰과 그의 잡문 소개^{介紹魯迅及其作品}」, 『동우^{東甌}』(반월간)(쑤조우^{蘇州}) 제2권 제3기, 1927년 11월 1일.

있었다. 하지만, 루쉰은 최고 수준으로 발달한 당시의 자연과학에 대해 일찍부터 연구를 시도했었다. 게다가 농민대중들과도 비교적 깊이 있는 연계를 맺고 있었다. 사대부 가정의 몰락은 유년의 그를 야생세계로 몰아넣어 무지렁이 백성들 틈에서 숨쉴 수 있게도 했다. 이는 루쉰의 유년이 마치 들개의 젖을 먹고 자란 아이처럼 야수성野獸性을 획득할 수 있도록 만들었다. 이런 유년의 경험들이 루쉰으로 하여금 '과거'라는 갈등의 고리를 과감히 끊고, 천신天神과 귀족들의 궁전을 저주할 수 있게 해주었을 지도 모른다. 루쉰은 신사紳士 계급에서 태어난 덕분에 비열하고 추악하고 위선적인 사대부의 진면목을 간파할 수 있었다. 그 자신은 사대부의 사생아라는 사실을 부끄러워하기는커녕 오히려 자신의 과거를 저주하면서 이 더럽고 냄새나는 낡은 변소를 있는 힘 다해 대청소하고자 했다." [9] 여기서 신사계급이란 유교를 사상적 기반으로 하면서 지방의 기풍을 수호하거나 유교적 신앙을 지켜나가는데 지대한 역할을 했던 존재들로서 신분적으로는 지방정부와 민간의 중간자적 위치에서 관원의 지역통치를 지원하거나 또 때로는 민중들을 대신해 지방정부에 저항해 권익을 보호하기도 했던 계급을 말한다. 그런 점에서 영국의 젠트리Gentry와도 유사성을 지닌다. 그러나 루쉰이 주로 이처럼 신분적 지위를 이용해 이권에 개입해 무지렁이 백성들의 등골을 빼먹는 비열한 신사들을 타깃 삼아 공격했던 것이다. 이들은 신중국 건설이후에는 농촌의 착취세력으로 인식되어 매우 큰 타격을 입기도 했었는데, 루쉰이 보기에도 신사계급은 봉건잔재로서 청산의 대상에 불과한 신분계급으로 여겨졌을 것 같다. 루쉰의 '야수성'은 몰락한 봉건 가정, 신학문의 습득 그리고 민중에 대한 친화력 등의 요소를 통해 형성되었고, 이를 통해 냄새나는 초가草家 변소를 싹쓸이해 버리겠다는 강렬한 의지를 형성해 갔다고 할 수 있다.

이 '야수성'의 열정이 이후 봉건성과의 투쟁에서 현저한 공을 세운 것은 사

---

9) 허닝何凝, 「『루쉰 잡문선집』서언『魯迅雜感選集』序言」, 칭광青光서점, 1933년 7월.

실이다. 그러나, 과연 루쉰이 농민들과 유대가 굳건했던가? 이 부분은 의문의 여지가 남아 있다. 왜냐하면, 「아장과 『산해경』阿長與『山海經』」처럼 농민대중에 대한 친연성을 보여주는 작품이 있는가 하면, 「축복祝福」이나 「고향故鄉」에서처럼 지식인이 되어 등장한 주인공 '나我'가 농민들을 이해하지 못하고 괴리감만 크게 느끼게 되는 작품도 있기 때문이다. 이 부분에 대한 해명은 유보되어 있다. 물론 쥐츄바이는 같은 글에서 "루쉰의 신성한 증오와 풍자의 창끝은 군벌관료와 그들의 주구走狗들을 향해 있었다. 루쉰의 사상이 유린당하고 모욕당하고 기만당하는 일반 대중들의 방황과 격분을 반영하게 됨으로써, 마침내 진화론으로부터 계급론으로의 전환이 이루어 질 수 있었고, 해방쟁취를 위한 진취적 개성주의에서 전투적으로 세계를 개조하려는 집체주의로 나아갈 수 있었다." 라고 설명한다. 여기서 루쉰이 진화론과 개성해방의 계몽주의에서 계급론과 민중주의로 사상전변이 이루어졌음을 주장하고 있다. 그러나, 그 판단의 진실여부는 일단 유보한다 하더라도, 과연 루쉰이 농민을 혁명의 원동력으로 파악하고 농민과의 연대의식을 강조했었는지는 회의적이지 않은가? 그리고, 사실 루쉰이 주목한 것은 어쩌면 농민이 아니라 신흥하는 도시지식인들이 아니었을까. 쥐츄바이는 계속해서 '5·4'에서 '5·30'에 이르는 동안 중국의 도시에서는 유랑하는 프티부르주아 지식청년이라 할 수 있는 다양한 '보헤미안Bohemian'들이 속속 들어차고 있는 상황에 착안해, "불효자식이나 불충스런 신하와도 같은 이들 신흥 지식층과 초기 사대부 계급은 중국 봉건 종법사회의 붕괴로 인한 결과이자, 제국주의 및 군벌관료의 희생물이기도 했으며, 기형적인 중국자본주의 관계의 발전과정에서 '궤도이탈'한 고아들에 다름 아니었다" 라고 지적하면서, 신흥 도시지식인들의 '유랑성'을 부각시킨다. 나아가, "청말 사대부와 나이 많은 신당新黨 그리고 천시잉 류들로부터 가장 최근에 나타난 서부의 총잡이처럼 막되먹은 루쉰이 직접 가르친 적도 있었던 문학청년 등등. 망나니주의나 강시주의의 암담함, 프티부르주아의 졸렬함, 자기기만, 아둔함, 극단적 이기주의, 떠돌이 무뢰한들의 무모한 허무주의, 후안무치, 비열함, 거짓 배우들의 가짜 연기 등등을 보여주고 있다. 그러나, 그 어느 것 하나도 루쉰의 예리한 안광을 비켜갈 수 없었다"라고 지적했다.

이는 루쉰의 지식인에 대한 뜨거운 기대와 그 기대에 대한 배반감에서 오는 역설적 분노가 '떠돌이 프티부르주아 지식청년들'에 대해 보다 가열찬 투쟁을 전개하게 된 원인이었다고 볼 수 있다. 그리고, 쥐츄바이 역시 루쉰의 이러한 태도가 루쉰의 잡문 전체에 일관된 하나의 정신이라고 인정하면서 루쉰잡문에 나타난 정신을 "첫째는 가장 깨어 있는 현실주의요, 둘째는 '끈질긴靭' 전사정신이요, 셋째는 반反자유주의요, 넷째는 반反허위의 정신이다." [10] 라고 개괄했다. 루쉰은 온 힘을 다해 암흑을 폭로하고자 했다. 그의 풍자와 유머는 가장 뜨겁고 냉혹한 삶의 태도이다. 장띵황張定璜(1895~1986)이 「루쉰 선생魯迅先生」[11]이라는 글에서 그를 일컬어 '첫째도 냉정, 둘째도 냉정, 셋째도 냉정' 이라 지적하기는 했지만, 그는 오히려 엥엥거리는 파리 소리로 여겼을 뿐이었다. 루쉰의 차가운 조롱과 뜨거운 풍자를 '엄숙하지 않다'고 혐오한다면 아직도 여전히 그를 이해하지 못한다는 것이다. 아울러, 그 자신 스스로의 '공성계空城計'식 과장이 결코 진정한 전투가 될 수 없다는 사실조차 이해하지 못하고 있는 것이다. 하지만, 루쉰의 현실주의는 결코 제3종인이 취한 이른바 초월적, 방관자적 '과학' 태도와는 전혀 다르다. 쥐츄바이는 루쉰의 이러한 '혁명전통revolutionary tradition'을 계승해야 한다고 강력히 주장했다. 주목할 것은 잡문에 나타난 루쉰의 정신이 그대로 풍자에 용해되면서 루쉰풍자의 전투적 특성을 낳는 풍자정신의 골간이 된다는 점이다.

루쉰의 잡문 중 풍자에 관해 논하고 있는 글이 생각밖으로 많다. 「풍자란

---

10) 허닝, 앞의 글.
11) 장띵황, 「루쉰 선생魯迅先生」, 『현대평론現代評論』, 제1권 7기~8기, 1925년 1월 24일.

무엇인가^{什麼是諷刺}」, 「풍자에서 유머로^{從諷刺到幽默}」, 「풍자를 논함^{論諷刺}」, 「논어 1
년^{論語一年}」, 「유머에서 클래식으로^{從幽默到正經}」, 「누구의 모순^{誰的矛盾}」 등을 들 수
있다. 그 외에 소품문^{小品文}에 관해 논하면서 풍자를 병론한 글들도 있다. 소위
「소품문의 위기^{小品文的危機}」, 「소품문의 생기^{小品文的生氣}」 등이 그것이다. 이들 문
장은 대부분 소품문을 쓰는 작가의 태도와 입장 및 임무에 대해 언급하면서
현실을 이탈한 한가로운 유희로서의 창작을 신랄히 비판한다. 소품문의 효용
이 전투성에 있음을 전제하면서, "이때 사용하는 유일한 방법은 비틀기와 전
투이다. …… 그러나, 정작 소품문의 생존방식이 오히려 비틀기와 전투에 맞
서는 것이다."(「소품문의 위기」, 「남강북조집^{南腔北調集}」, 4-575)라 언급했다. 나아가, 소
품문이 여가를 즐기기 위한 것이라 공감하면서, 여가 자체만을 즐기는 것이
아니라 이후의 노동을 위한 휴식이듯이 유머의 참된 의미 역시 다음 전투를
위한 휴식이어야 한다고 강조한다. 이를 승인하지 않는 소품문이 위기를 맞
이하는 것은 당연한 이치이다. 계속해서 그는 소품문에 대해 다음과 같이 규
정한다. "상하이에서 소품문이 술자리나 찻자리 또는 신문 지상에 널려 있어
바야흐로 대유행이라고는 하나, 마치 기루의 여성과 마찬가지로 이미 사회적
생명력을 상실한 채 화장한 얼굴로 밤거리를 돌아다니는 것과 다를 바 없다.
…… 소품문은 이처럼 위기에 처했다. …… 마취성 작품은 마취된 자들과 함
께 사라지고 말 것이다. 소품문이 살아남으려면 반드시 비수나 투창이 되어
독자와 함께 피비린내 나는 생존의 길을 열어젖힐 수 있어야 한다. 자연 또한
사람들을 유쾌한 휴식으로 인도할 수 있지만, 이는 결코 '작은 장식품'이 아
닐 뿐더러, 더욱이 달콤한 위로나 도취도 아니다. 자연이 인간에게 주는 유쾌
한 휴식은 바로 '힐링'이다. 즉, 노동이나 전투 직전의 준비라고나 할까."(「소
품문의 위기」, 4-576) 그리하여 소품문이 생기를 갖기 위해서는 반드시 공격성을
띠어야 한다고 언급한다. "『논어^{論語}』 이외의 것들 또한 입을 열어도 유머요
입을 닫아도 유머다. 이 사람도 유머가이고 저 사람도 유머가이다. …… 세태

가 이렇듯 시끌벅적한데 소품이란 것 역시 분석과 공격을 대기하고 있는 것일 뿐. 이것이 오히려 『인간세^{人間世}』의 한가닥 살 길이 아니겠는가?"(「소품문의 생기」, 『화변문학^{花邊文學}』, 5-464) 루쉰에게 있어서 잡문은 기본적으로 현실투쟁의 유력한 무기이자 방법이다. 때문에 잡문의 창작 태도는 현실문제에 대한 시사토론성을 지니지 않을 수 없는 것이다.

"이들 단평 중 어떤 것은 개인적 감성이지만 또 어떤 것은 시사로부터 붉어져 나온 가시와도 같다. 하지만 그 의미는 지극히 일상적이고 말투 역시 뻣뻣하고 드라이하다. 나는 『자유담^{自由談}』이 결코 동인잡지가 아니라는 것을 안다. 여기서 '자유'란 하나의 반어^{反語}일 따름이고 따라서 나는 결코 이 단어 위에서 말달릴 생각은 없다. 나의 단점은 시사를 논하면서 체면이고 뭐고 가리지 않고 고착적인 적폐^{積弊}를 깨부숨으로써 상식적인 유형을 찾아내긴 하지만 시류에 영합하지는 않는다."(「머릿말^{前言}」, 『위자유서^{僞自由書}』, 5-419)는 것이다. 왜냐하면 작가의 임무가 바로 '미래를 위한 투사가 되는 것'이기 때문이다. "작가의 임무는 해로운 사물에 대해 즉각적으로 반향을 일으켜 항쟁하는 것이다. 즉, 감응하는 신경이고 공격과 수비에 나서는 수족과도 같다. 대작을 창작하겠다는 복심을 갖는 것이나 미래에 대한 문화적 구상을 하는 것은 대단히 좋은 일이다. 하지만, 현재를 위한 항쟁이란 다름 아닌 현재와 미래를 위한 전쟁이다. 현재가 없다면 미래도 없기 때문이다."(「머릿말^{序言}」, 『차개정잡문^{且介亭雜文}』, 6-3)

그의 잡문이 지니는 강력한 투쟁성의 비밀이 바로 여기에 있다. 또한 그의 풍자가 잡문을 통해 발휘되고, 또한 잡문이 지니는 투쟁성이 곧 루쉰풍자의 정신인 까닭도 여기에 있다. '풍자'에 대해 좀더 진전된 정의를 내린 「풍자에서 유머로」는 린위탕의 구체적인 사례를 덧붙쳐 설명한 글이다. 린위탕이 유머를 제창하기 위해 창간한 『논어』에서 아이러니하게도 「풍자에서 유머로」같이 유머를 비판하는 루쉰의 잡문도 연재됐다. 루쉰의 잡문은 풍자성이 대단히 강하다. 이 때문에 심층으로부터 루쉰 사상을 포착하지 않으면 안된다. 나아가, 잡문과 문학작품이 다르다는 것을 인지하지 않으면 안될뿐더러 같은 형태로 다루어져서도 안된다. 탕타오^{唐弢}(1913~1992)는 「루쉰의 잡문^{魯迅的雜}^文」에서 다음과 같이 언급했다. "루쉰의 잡문은 격동의 시대에 탄생한 가장 정확한 역사일 뿐만 아니라, 모든 황당하고 음험한 것들과 썩어문드러진 삶에 대한 대침^{大針}이다." [12] 이러한 글들에서 루쉰의 잡문이 지니는 강한 현실투쟁성과 그로부터 탄생하는 풍자정신과의 연관성을 알 수 있다.

다시, 루쉰의 소설작품으로 돌아와 인물에 반영된 중국인 형상의 실제를 분석해 보자. 중국인은 과연 누구인가? 가장 본질적인 중국인의 얼굴을 '상황극'의 한 장면으로 묘사한다면 어떻게 표현되어 질 것인가? 루쉰은 다음과 같은 장면을 우리에게 제시한다.

"소우싼^{首善} 지역의 시청^{西城} 거리에서는 이 무렵 아무런 소동도 일어나지 않았다. 불덩이 같은 태양은 아직 곧추 내리쬐지는 않았지만 길 위의 모래흙은 반짝반짝 빛을 내는 것 같았다. 공기 속에 꽉 들어찬 무더위가 한여름의 위력을 보여주고 있었다. 개들은 혀를 내밀었고 나무 위의 까마귀들도 주둥이를 벌리고 헐떡거렸다. 하지만 물론 예외도 있었다. 멀리서 구리술잔이 맞부딪치는 소리가 은은히 들려왔다. 그 소리를 듣는 사람들은 오매^{烏梅}로 만든 냉차를 생각하고 은연중에 서늘한 감을 느꼈다. 그러나 가담가담 들려오는 느릿느릿하고 단조로운 그 금속성은 도리어 정적을 더 깊게 해주었다. …… 들리느니 발걸음 소리뿐이었다. 그것은 내리쬐는 뙤약볕을 피하기라도 하려는 듯 묵묵히 앞으로 내달리는 인력거꾼의 발걸음소리였다. …… '따끈따끈한 만두요! 금방 쪄낸 만두요! ……'"(「조리 돌리기^{示衆}」, 『방황』, 2-68)

12) 탕타오^{唐弢}, 「루쉰의 잡문^{魯迅的雜文}」, 『루쉰풍^{魯迅風}』(주간)(상하이) 제1기, 1939년 1월 11일.

작품의 첫 구절인 이 부분에서 공간적 배경과 시간적 배경을 제시한다. 여기서 말하는 소우싼 지역의 시청 거리란 베이징의 장안대로長安大路 서쪽에 위치한 어느 지역을 말한다. 시간적으로는 한여름 정오무렵이다. 베이징의 한여름을 겪어보지 않은 사람들은 숨쉬기조차 힘든 그 열기에 사람 그림자마저 사라진 공간임을 이해하기 어려울 것이다. 게다가, 대중이 바라듯 후텁지근한 더위와 한여름의 무료를 깨뜨려줄 그 어떤 구경거리도 발생하지 않는 지루하고도 무료한 순간이 마치 정지 화면처럼 보인다. 그런 공간에 가끔 수레에 오매냉차를 싣고 등장하는 장수가 있다. 엿장수가 엿가위를 절그렁거리듯, 오매냉차 장수는 구리잔을 부딪치는 소리로 손님을 끈다. 청매실을 찌거나 말려 새카맣게 된 오매 즙으로 만든 냉차를 기다리는 군중들. 실존주의적이면서도 황당한 상태와 맹목적으로 구경거리를 찾아 움직이는 인간군상을 그려낸다.

"개 몇 마리가 혀를 빼들고 헐떡거리고 있을 뿐 큰길은 이내 조용해졌다. 뚱뚱보 사나이는 홰나무 그늘 밑에서 잽싸게 오르내리는 개의 뱃가죽을 바라보고 있다. …… 늙은 여인은 아이를 안고 처마그늘 밑으로 지척지척 걸어갔다. 뚱보아이는 머리를 비틀고 실눈을 해가지고 잠에 취한 소리를 길게 뺐다. ……"(2-73)

극도의 긴장과 호기심에도 불구하고 결국 아무 일도 벌어지지 않고 다시 무심한 일상으로 돌아가고 마는 현실. 이 장면은 루쉰을 의학에서 문학으로 전향하게 만드는 결정적 계기가 되었던 소위 '환등기사건'의 연장선상에 있다. 동포의 무고한 처형을 구경하면서 아무런 분노도 느끼지 않던 중국인들. 그러나 루쉰은 결국 아무런 구경거리도 제공하지 않음으로써, 구경거리만 찾는 마비되고 맹목적인 중국인들을 복수한다. 그는 쩡쩐튀鄭振鐸(1898~1958)에게 보낸 편지에서 다음과 같이 술회한다. "나는 『들풀』에서 한 쌍의 남녀가 넓은 벌판에서 손에 칼을 들고 마주 서 있는데 무료한 사람이 따라와 구경하면서 반드시 무료를 깨는 사건이 생기리라 생각했으나, 그 두 사람이 아무런 행동도 없는 까닭에 그 무료한 사람은 의연히 무료해 하다가 무료하게 늙어 죽었다는 내용을 서술하고 제목을 『복수』라 했다네. 그것 역시 이런 의미에서 쓴 것이라네."(「쩡쩐튀에게致鄭振鐸」, 12-415) "그리하여 광막한 들판만 남았다. 그들 둘은 알몸뚱이로 날이 시퍼런 칼을 들고 바싹 마른채로 그 자리에 서 있다. 그리고 죽은 사람의 것 같은 눈길로 행인들이 말라드는 꼴과 피도 흘리지 않고 무리로 죽어가는 꼴을 구경하면서 생명이 극치로 승화하는 커다란 기쁨 속에 영원히 잠겨버린다."(「복수復仇」, 『들풀』, 2-173) '사람의 값'을 가져본 적이 없는 중국역사를 신랄하게 비판하면서 '사람'을 강조한다. "하지만 실제로 중국인들은 지금까지 '사람값'을 쟁취한 적이 없으며 기껏해야 노예에 지나지 않았고 지금까지도 마찬가지다. 그렇지만 노예보다 못한 때는 오히려 헤아릴 수 없이 많았다. …… 이 때에 백성들은 바로 일정한 주인이 나타나서 자신들을 백성으로 삼아 주기를, 만약 그것이 가당찮은 일이라면 자신들을 소나 말로 삼아 주기를 희망했다. 스스로 풀을 찾아 뜯어먹고 살기를 진심으로 바라면서, 어떻게 다녀야 할지만을 결정해 주기를 원했다."(「등하만필燈下漫筆」, 『무덤』, 1-212) 인간이기를 포기할 정도로 퇴락한 중국인의 열근성에 대한 통렬한 비판이 아닐 수 없다.

자고이래로 중국인은 대단원大團圓 의식을 지니고 있어 '좋은 것이 좋다는 식'의 몽롱한 생활태도를 지녀왔던 것이 사실이다. 그래서 루쉰은 중국인의 이러한 비투쟁성을 비판하면서 작가들에게 호소한다. "중국 사람은 종래로 자고자대自高自大해 왔다. 하지만 유감스럽게도 그것은 '일개인적 자고자대'인 것이 아니라 '집체적, 애국적 자고자대'이다. 이것이 바로 문화경쟁에서 실패한 후 다시는 분발·개진하지 못하고 있는 원인이다. 그러므로 이런 '일개인적 자고자대'가 있는 국민은 그야말로 다복하고 그야말로 행운이다!"(「수감록 38^{隨感錄 38}」, 『열풍^{熱風}』, 1-311) 이렇듯 영혼이 마비된 채 제 잘난 맛에 자족하며 살아가는 중국인들에 대한 비판에서 한 걸음 더 나아가 이를 들추어내는 과감한 작가정신을 촉구한다. 더 나아가, "중국인들은 여러 가지 면을 대담하게 저어하지 못하고 '감춤'과 '속임'을 가지고 기묘한 도피로를 만들어 놓고는, 스스로 바른 길이라고 생각한다. 이 길 위에 있다는 것이 바로 국민성의 비겁함, 나태함, 교활함을 증명하고 있다. 하루하루 만족하고 있지만, 즉 하루하루 타락하고 있지만 오히려 날마다 그 영광을 바라보고 있다고 생각한다."(「눈을 부릅뜨고 봄을 논함^{論呀了眼看}」, 『무덤』, 1-240) 작가로서 문예의 역할과 의무를 정확히 인식하고 문예를 통한 현실투쟁을 강조하고 있다. "중국인들은 여지껏 인생을 감히 정시하지 못하고 감추고 속이기만 했기 때문에 감추고 속이는 문예가 생산됐고, 이러한 문예 때문에 중국인들은 감춤과 속임의 큰 늪에 더욱 깊이 빠지게 되었으며, 심지어 이미 스스로 자각하지 못하는 지경에 이르게 되었다. 세계는 날마다 바뀌고 있으므로 우리 작가들은 가면을 벗어버리고 진지하게, 깊이 있게, 대담하게 인생을 살피고 또한 자신의 피와 살을 써 내야 할 때가 벌써 도래했다. 진작에 참신한 문단이 형성되었어야 했고, 진작에 몇몇 용맹스런 맹장이 나왔어야 했다!"(「눈을 부릅뜨고 봄을 논함」, 1-241)

중국인이 지닌 자의식과 나태함을 비판하고 이를 통해 '국민성 개조'의 당위성을 깨달은 루쉰은 바로 이 이유 때문에 문예에 투신하게 된다. 그가 쉬소우상^{許壽裳}(1883~1948)에게 보낸 편지에서 「광인일기」를 쓰게 된 동기를 확인할 수 있다. "「광인일기」는 분명 나의 졸작이며 또 '탕치^{唐俟}'라 서명한 백화시도 내가 쓴 것이다. …… 이런 견지에서 역사책을 읽는다면 여러 가지 문제들이 다 순순히 풀릴 것이다. 후에 우연히 『통감^{通鑑}』을 읽어보고야 중국 사람은 아직 식인^{食人}민족인 까닭에 이런 글이 나오게 되었다는 것을 깨달았다. …… 나라의 관념에 대해 말하면 그 기만성은 성^省과 성사이의 경계와 비슷하다. 만일 인류라는 점에서 착안한다면 중국이 개량을 하는 경우에는 물론 인류 진보의 증거가 되기에 충분하며(이러한 나라가 개량을 할 수 있는 까닭에), 그것이 멸망하는 경우에도 인류가 향상하고 있다는 증거가 된다. 그것은 이러한 나라의 사람들마저 생존할 수 없다는 것은 바로 인류의 진보를 말해주는 것이기 때문이다."(「쉬소우상에게致許壽裳」, 11-353) '사람을 잡아먹는' 역사에 대한 인식과 이러한 인식에 기초한 국민성 비판과 개조가 바로 그가 문학창작에 투신한 궁극적인 이유이자 목표였음을 확인하게 한다.

다. 사회현실 비판의 무기

루쉰의 일생에 친구가 많았지만 그만큼 적도 많았다. 가악추^{假惡醜}의 현실을 비판개조하기 위해서는 이들과의 대립이 불가피한 것이었고, 또한 그가 쓰는 거의 대부분 글이 이들을 겨냥한 것이었기 때문이기도 했다. 오랜 논쟁과 대립이 말해주듯이 그에 대한 오해와 모함은 일생을 두고 끊이지 않았었다. 그는 매번 작품을 발표할 때마다 '그 대상이 누구인지'를 의심받아야 했고, 물론 그에 대해 일일이 응대하지는 않았지만, 예기치 않은 논쟁을 벌여야 할 때도 많았다. 그가 유머를 하면 유머에 대해, 풍자를 하면 풍자에 대해서도 마찬가지로 오해와 논쟁은 끊임없이 벌어졌다. 물론 이러한 논쟁에서 그가 즐겨 채택한 형식이 풍자였다는 것은 당연하다. 풍자는 가악추를 징벌함으로써 그것의 교정을 목적으로 하고 있기 때문에 풍자는 반드시 풍자대상을 지닌다. 풍자대상은 풍자당하는 사실을 두려워하고 나아가, 풍자가를 증오한다. 변혁기에 있어서 풍자는 특히 '위험'하다. 그러므로 풍자가는 풍자라는 목적달성을 위해 '풍자'를 위장할 필요가 있다. 삼엄한 검열과 가악추 세력의 공격을 피하기 위해서이다. 마오쩌둥^{毛澤東}(1893-1976)은 「신민주주의론^{新民主主義論}」(1942)에서 루쉰에 대해 언급한 바 있다. 마오쩌둥은 루쉰을 중국문화혁명의 선봉장이라고 추켜세운 후, "루쉰은 위대한 문학가일 뿐만 아니라 위대한 사상가요 혁명가이다. 루쉰의 뼈는 대단히 견고해, 노예근성이나 아첨은 조금도 찾아볼 수 없다. 이것은 식민지 혹은 반식민지 인민들의 가장 고귀한 성격이다. 루쉰은 문화전선에서 전민족 대다수를 대표해 적진을 향해 깊숙이 돌격해 적을 함락시킴에 가장 정확하고, 가장 용맹하고, 가장 견결하고, 가장 충실하고, 가장 열정적인 전무후무한 민족 영웅이다. 루쉰의 방향은 바로 중화민족 신문화의 방향이다." 라고 극찬해마지 않았다. 한걸음 더 나아가, "중국에서 루신의 가치는 내가 보건대 중국의 첫째 성인이다. 공자가 봉건사회의 성인이라면, 루쉰은 신중국의 성인이다."라 언명한 바 있다. 그후, 전국의 문화예술 종사자들이 총 집결한 집회에서 진행한 「연안문예좌담회 상에서의 연설」(1942)에서는 '폭로 또는 찬미'를 언급하면서 풍자에 관해 다음과 같이 밝힌바 있다. "'아직도 만필漫筆 시대이며, 따라서 루쉰의 수법이 의연히 필요합니다.' 루쉰은 암흑 세력의 통치 하에서 언론의 자유가 없었기 때문에 냉소와 풍자라는 만필의 형식으로써 투쟁했던 것입니다. 루쉰은 전적으로 옳았습니다. 우리도 파시즘이나 중국의 반동파 그리고 인민에게 해독을 끼치는 일체 사물들에 대한 날카로운 조롱이 필요합니다. 그러나 혁명적 문예가들에게 충분한 민주주의와 자유가 보장되어 있는 반면 반혁명 분자들에게는 민주주의와 자유가 주어지지 않는 섬감녕陝江寧 변구邊區와 적후의 각 항일 근거지에 있어서는 만필의 형식이 단순히 루쉰의 것과 같아서는 안 됩니다. 우리는 인민 대중이 알기 힘들게 이리저리 돌려서 말할 것 없이 큰소리로 부르짖을 수 있어야 합니다. 인민의 원수에 대해서가 아니라 인민 자신에 대한 경우라면 '만필 시대'의 루쉰이라 해도 혁명적 인민과 혁명적 정당을 조롱하거나 공격한 적은 없었으며, 만필을 사용하는 방법도 원수들에 대한 그것과는 전혀 달랐습니다." [13] 일반적으로 예술가들은 사회적 결함이나 병폐적 상황 및 자본주의 사회의 부정적이고 썩은 것들에 대해 언급하지 않을 수 없다. 언론의 자유가 속박당한 상황에서는 언론에 대한 통제나 검열을 피하기 위해 풍자가 발달할 수밖에 없다는 것은 부분적으로 사실이다. 왜냐하면, 풍자 역시 하나의 예술형식이므로 고유한 원칙을 지니고 있기 때문이다. '검열회피'는 풍자가 지닌 일부의 기능에 불과하다. 그러므로, 이를 과대평가함으로써 풍자가 지니는 고유한 예술성을 상쇄시켜서는 않된다. 마오쩌둥의 언급은 풍자와 폭로는 인민의 적들이 지닌 어두움과 부패상을 겨냥하고 있을 때 정확해진다.

---

13) 마오쩌둥毛澤東, 「연안 문예좌담회 상에서의 연설延安文藝座談會上的講話」, 『마오쩌둥선집毛澤東選集』3권, p1270-1271, 인민문학출판사人民文學出版社, 1965년, 베이징.

즉, 풍자가 광명과 희망을 남용할 수밖에 없는 것이라는 우려에서 나온 언급일 뿐이다.

　루쉰이 예술투쟁 방법으로서 풍자를 채택하게 되는 이유에 대해 역사학자 루쥐魯座, 일명 李平心(1907~1966)의 언급은 매우 타당하다. "오랜 동안 노예생활을 해 온 중국인민 대중들이 근대시기 역사변동의 비극 가운데 웃을 수도 울 수도 없는 수없이 많은 모순들을 눈앞에서 마딱드리게 되면서 마음속으로 대답할 수 없는 수많은 의문을 가지게 됐다. 그들이 할 수 있는 것은 비통, 원망, 우울, 절망, 방황, 발악, 신음, 통곡 뿐. 온 민족이 비참하고 침통하고 의기소침한 분위기 속에서 마치 축축하고 어둠침침한 외양간에 묶여 자신을 둘러싼 등애의 공격을 묵묵히 견뎌내고 있는 한 마리의 늙은 소처럼 살아가고 있다. 역사의 요구에 따라 마침내 기이한 천재가 출현했다. 그는 일반 사람들이 무시하고 넘어간 고루한 민족과 낡은 사회의 병폐를 무수히 발견하고, 다른 사람들이 잘 알아채지 못한 수없이 많은 현실 세계의 모순을 발굴해, 민족의 운명과 대중생활에 영향을 미치는 심각한 문제를 제기했다. …… 사실 루쉰의 모든 작품 속에는 사회, 인생, 역사 그리고 정치와 예술 등 각 분야에 관한 매우 풍부하고 생동적인 해부와 비판과 이상이 표현되어 있다. 그는 가장 진보적인 이론과 사상을 선구자적으로 발휘했을 뿐만 아니라 아울러 그 자신의 특별한 견해와 예측을 보여 주고 있다. …… 그는 예술이라는 도구를 통해 사회의 진보적 세력을 대표하는 각종 관념과 이상을 교묘히 표현했다. 이것은 형상화의 방법을 통해 민족과 사회에 대한 비판과 희망과 예언을 전달하고자 한 그만의 독특한 방법이었다."[14] 이러한 목적을 수행하기 위해 루쉰이 채택한 것이 바로 풍자라는 설명이고, 이 글을 토대로 『루쉰사상론論魯迅思想』이라는 제목의 책을 출간하기도 했다.

---

14) 루쥐魯座(리핑신李平心), 「사상가 루쉰思想家的魯迅」, 『공론총서公論叢書』(월간)(상하이) 제3집 1938년 11월 10일.

장띵황은 현대문학사상 최초의 루쉰론인 「루쉰 선생님」이란 글에서 루쉰의 성격에 대해 "세 가지의 특색을 지니는데, 마치 수술에 풍부한 경험을 지닌 노련한 의사가 지니는 특색과 마찬가지로, 첫째는 냉정이요, 둘째도 역시 냉정이요, 셋째도 다름 아닌 냉정이다." [15]라고 강조하면서, 루쉰의 성격이 얼음덩이처럼 냉정하기만 하다고 지적했다. 이어서 "보고 싶어 해서, 그래서 그는 봤다. 당신이 비록 새로운 스타일로 예쁘게 치장해 야무지게 꽉 붙들어 맬 수 있고, 비록 신사의 체면 또는 여성의 존엄을 주장할 지라도. 이처럼, 대담하고 강경하고 심지어 잔혹하기까지 한 태도로 그는 우리들 속에서 자오趙 씨네 개와 고상한 자오 영감의 눈빛을 보았고, '너를 몇 입 깨물어버리겠노라' 라고 말하는 여자를 보았고, 시퍼런 얼굴에 이빨을 드러낸 웃음을 보았고, 콩이지의 도둑질과 샤오쵠小栓의 병을 고치려 피 묻은 만두를 사는 라오쵠老栓을 보았고, 붉은 코 라오꿍老拱과 푸른 옷을 입은 아우阿五를 보았고, 다섯 근 할멈五斤老太, 일곱 근七斤, 일곱 근 댁七斤嫂, 여섯 근六斤 등의 가족을 보았고, 아Q의 총살을 보았다. 한 마디로 주림 속에 허덕이며 목숨을 연명하는 한 무리의 중국인들을 보았다." [16]라고 개괄했다. 이는 목적하는 대상에 대해서는 어떤 식으로건 해부해 내고야 마는 루쉰의 집요하고 냉정한 분석력을 지적한 것이다. 그가 해부에 능한 것은 아마도 그가 의학을 공부했던 것과 관계가 있는 듯한데, 거의 모든 작품에서 인물에 대한 해부가 수준급인 것은 아마 이 때문이 아닐까. 이러한 추측은 루쉰의 진술에서 확인할 수 있다. "사실 나는 항상 타인을 해부한다. 하지만, 더 무정하게 나 사신에 대한 해부를 더 많이 한다. 조금만 끄적거려도 따뜻함을 좋아하는 사람들은 벌써 냉혹하다고 여긴다. 만일 내 피와 살을 모조리 해부한다면, 그 말로가 어디에 다다를지 모른다. 나도 때때로 다른 사람을 좇아 내 버리고 싶다. 그 때까지 나를 버리지 않는 사

---

15) 장띵황張定璜, 「루쉰선생님(하)魯迅先生(下)」, 『근대평론近代評論』제1권 제8기, 1925년 1월 30일.
16) 장띵황, 앞의 글.

람이 있다면 설령 그가 귀신이라 할지라도 그는 내 친구이다."(『『무덤』후기에 쓰다寫在『墳』后面」, 1-284.) 마오둔矛盾으로 더 잘 알려진 선옌빙沈雁氷(1896~1981)은 장띵황의 의견에 부분적으로 동의한다고 전제하면서, 특히 루쉰의 성격이 냉정하게 해부만 하는 것이 아니라 따뜻한 인간미와 동정을 가지고서 '인간이란 얼마나 연약하고 세상이 얼마나 모순에 차있는 지를 우리에게 보여주려는 것'임을 알아야 한다고 지적한다. "하지만 우리는 잊어서는 안된다. 루쉰은 길가에 서서 우리들 남자는 남자대로 여자는 여자대로 솔직하고도 무례하게 착취함과 동시에 그 자신조차 솔직하고 무례하게 착취했다. 그는 구름 끝에 매달린 '초인趙人'도 아니고, 입가에 장엄한 냉소를 띤 채 세상 사람들의 어리석음과 비열함을 질책할 따름인 그는 '성인'도 아니다. 그는 이처럼 어리석고 비열한 우리 인간 세상 가운데 확고하게 뿌리를 내리고 있으면서, 뜨겁게 터지는 비련의 눈물을 삼키며 차가운 풍자의 미소를 띤 채 성가신 것도 마다하지 않고, 우리들을 향해 인간이 얼마나 나약하고 세상살이가 얼마나 모순된 것인지에 대해 해석해 준다. 그 자신 역시 이러한 본질적 나약함과 잠재적 모순을 지니고 있음을 결코 잊지 않는다."[17] 냉정만이 있는 것이 아니라 사람에 대한 깊은 애정과 따뜻함이 서려 있음을 강조한다.

이무易木 역시 "사람들은 단지 그의 싸늘한 푸른 얼굴이 드러나는 얇은 표피만 보지, 피하에서 용솟음치며 익고 있는 것이 다름 아닌 솟구치는 뜨거운 피요 뜨거운 열정임을 알지 못한다."[18] 라고 지적하며 그의 냉정함과 각박함 이면에는 뜨거운 열정이 존재함을 강조하고 있다. 그렇다. 루쉰이 행한 풍자의 목적은 단순히 풍자에서 끝나는 것이 아니라 분명한 '개선'의 의도를 지니고 있다. 때문에 그는 특정인물에 대해 신랄하게 풍자하지만 그 이면에는 대상에 대한 뜨거운 애정을 포함하고 있는 것이다. "그의 필봉은 풍자를 띠지

17) 팡삐方璧(선옌빙沈雁氷), 「루쉰론魯迅論」, 『소설월보小說月報』제18권 제11기, 1927년 11월 10일.
18) 이무易木, 「위다푸: 관찰, 루쉰: 의심많음, 쭤런: 냉정郁達夫:觀察, 魯迅:多疑, 作人:冷靜」, 『북평만보北平晚報신문』1936년 3월 3일.

만, 그 풍자 속에는 피눈물이 서려 있다. 그의 태도는 대단히 차갑지만, 차가움 속에 동정이 배어있다. …… 그는 마치 의사와도 같이 '늙은 중국'이 앓고 있는 지병에 대해 자세히 진단해 낸다. 예리한 그의 안목은 인간의 폐부 깊숙이 관찰해 낸다."[19] 물론 이것이 루쉰의 작품에 나타난 풍자의 특징을 이야기하고 있는 것이기도 하거니와, 그의 풍자가 '피눈물을 머금었지만 오히려 동정을 품고含着血淚, 却抱着同情' 또한 그 목적이 '개선'에 있음을 지적하고 있는 점은 옳다. 지통駉彤 역시 「작가 소전—루쉰作者小傳—魯迅」에서 「아Q정전」을 예로 들면서, "그의 대표작인 「아Q정전」은 순전히 중국의 국민성을 배경으로 해 국민들의 특징을 적나라하게 들추어냈다. 때문에 「아Q정전」을 읽는 사람들이 우스꽝스러움 속에서 오히려 사람들로 하여금 '자신을 되돌아보게 하는' 매력을 느끼게 한다."[20] 라고 해 풍자의 목적이 사람들로 하여금 자신을 되돌아보면서 성찰하게 하는 것이라고 언급하고 있다.

　풍자에 대한 루쉰의 태도나 스타일은 결연하고도 단호하다. 때문에 많은 오해와 공격도 받았다. 예를 들면, "주지하듯, 루쉰의 풍자작품은 엄숙함과 심각함 그리고 힘을 보여주는 중국산문에 있어서 새로운 풍격을 창조했다. 하지만 풍자에 대해 종종 많은 오해가 유행하고 있다. …… 가장 보편적인 오해는 풍자가 악덕이고 요설 또는 중상모략일 뿐이라고 여기는 것이다. 기실 풍자의 뿌리는 진실이고 게다가 대단히 눈에 익은 일들이다. …… 또 한 가지는 풍자를 그냥 단순한 우스갯소리 정도로 여기는 위험스런 오해가 있다. 풍자 작품이 사람들에게 웃음을 주는 것은 사실이므로 그것이 틀린 말은 아니다. 하지만, 이는 풍자가 지닌 일종의 부작용일뿐 풍자의 궁극적 목적이 우스갯소리를 하자는 데 있는 것은 결코 아니다. …… 따라서, 풍자는 결코 냉소적인 비아냥거림이나 제3자의 호언장담이 아니라, 비판과 투쟁이요 전사의

19) 왕저푸王哲甫, 『중국 신문학의 운동사中國新文學運動史』제5장, 1933년 9월.
20) 지통駉彤, 「작자소전——루쉰作者小傳——魯迅」『동방속보東方快報』, 베이핑北平, 1934년 3월 22일.

칼날이다. 뿐만 아니라 풍자가 스스로 역시 이 전장터에서 치열하게 전투하고 있는 전사이다." [21] 또한 루쉰의 풍자가 엄숙성을 잃고 지나치게 골계적이라는 일부의 오해도 있다. 그러나, 루쉰은 자신의 풍자가 엄숙을 상실했다는 비난에 대해 만화를 예로 들어 설명한다. 즉, "만화(독일어 karikatur를 번역한 말로, 원래 의미는 희화戲畵나 풍자화諷刺畵를 지칭함)는 일목요연하게 그려야 하므로 '과장'법을 가장 많이 취하고 있으나 그렇다고 해서 아무렇게나 그려도 되는 것은 아니다. 공격 또는 폭로 대상을 아무런 이유도 없이 나귀모양으로 그린다면 그것은 마치 아첨쟁이가 아첨대상을 귀신으로 만드는 것과 같은 것으로 아무 효력도 없는 것이다. 가령 그 대상에게 나귀나 귀신같은 기미가 없는 경우에는 그렇다는 말이다. 그러나 만일 정말 나귀 같은 기미가 조금이라도 있다면 그 때는 상황이 다르다. 그 후부터는 볼수록 더 비슷해 보이며 두툼한 전기 책을 읽었을 때보다도 더 심각한 인상을 받게 된다. 사건에 관한 만화의 경우도 역시 그러하다. 그러니 만화에 과장이 허용되기는 하나 그래도 성실하지 않으면 안된다는 말이다. '렌싼蓮山의 눈꽃雪花은 크기도 해 방석을 방불케 한다' 라는 글귀가 과장되기는 했으나 필경 렌싼에 눈꽃이 있는 것만은 사실이다. 또한 이 글귀에는 성실성이 내포되어 있어서 '연산이란 곳은 이렇게 추운 곳이구나' 하는 것을 대뜸 알아차리게 한다. 그런데 만일 눈이라고는 내리지 않는 더운 남쪽 '광조우廣州의 눈꽃은 크기도 해 방불케 한다'고 한다면 그야말로 웃음거리밖에 안될 것이다."(「'만화에 대한 이야기漫談'漫畵」, 『차개정잡문2집且介亭雜文二集』, 6-233~234) 추운 북방지역 렌싼과 눈이라고는 내리지 않는 남방도시 광조우를 대비한 설명이다. 여기에 만화의 힘이 있는 것이다. 따라서, 만화에는 비록 과장이 들어 있긴 하더라도 진실해야 한다. 당연히, 단순한 '우스갯소리'는 반대한다.

루쉰은 베이징육군군의관학교에 교수로 재직 중이던 왕차오난王喬南

---

21) 허간즈何干之, 『루쉰사상 연구魯迅思想硏究』제7장, 1946년 5월.

(1896~1992)이 「아Q정전」을 「여인과 빵女人與面包」이라는 제목의 영화시나리오로 개편하겠다면서 허락을 구해 온 편지를 받은 적이 있었다. 회신에 「아Q정전」을 영화로 만들 경우 단순한 골계로 전락하지 않을까 염려를 표하면서 다음과 같이 답장을 서서 보냈다. "나의 생각으로는 「아Q정전」이 정말 연극이나 영화 시나리오로 개작할만한 요소를 가지지 못했다고 여깁니다. 왜냐하면 이것을 무대에 올리면 익살밖에 남지 않게 되는데 내가 이 작품을 쓸 때는 결코 익살이나 웃음을 보여주려는 것을 목적으로 한 것이 아니고 또 극의 장면이 오늘날 중국의 '명배우'로서는 표현할 수가 없을 것 같기 때문입니다."(「왕차오난에게致王喬南」, 12-26) 이 편지 원본을 왕차오난의 후손들이 지금까지 가보로 전해오고 있다고 한다. 그러나, 정작 '웃음거리'는 오히려 엉뚱한 곳에서 발견된다. "만일 골계, 경박, 외설 등이 다 '유머'라 불려진다면, '신파극'이 'x세계(대세계 또는 신세계라는 의미를 비꼬아서 한 표기)'에 들게 되는 것처럼 필연적으로 의심의 여지없이 '문명극'이라 치부될 것이다. …… 여기 '태자太子를 고양이로 대체'하는 것의 관건은 역사이래로 스스로 정통 언론 또는 사실들에 있다. 대체로 코믹한 것이 많다는 것은 사람들이 익히 보아 와 점차 일상화 되어, 일반적으로 우스꽝스러운 것은 죄다 골계로 간주해 왔기 때문이다. …… 중국에서 골계를 찾으려면 이른바 골계문이라는 것에서 찾아서는 안되고 오히려 진지한 정통 사건에서 찾아야 한다. 다만 반드시 신중해야 할 것이다."(「골계를 예를 들어 해석함滑稽'例解」, 『준풍월담准風月談』, 5-342) 이는 우스개油滑가 골계로 둔갑한 것을 지적한 것으로, 중국에서 골계를 찾으려면 골계문이 아닌 경전에서 찾아야 한다고 풍자한 것이다. 이것이야말로 전도된 현실을 빗대, 위군자연하는 공식문건이 더 웃긴다는 것을 풍자한다. 루쉰은 단순한 코믹comic이 참된 골계와 어떻게 구분되는지 명확하게 이해하고 있었다. 동시에 당시 현실을 놓고 볼 때, 참으로 웃기는 것이 다름아닌 소위 '경전'이라는 것이라고 역설적으로 비판한다.

결론적으로 "루쉰은 우스개, 경박, 농담 등 이른바 사람을 즐겁게 하는 유머에 대해, 사람을 파안대소하게 할 따름이라 농담짓거리나 다를 바 없으니 별 효과가 없는 것이라 여겼다. 풍자의 필치 역시 당연히 희극성을 면하기 어려워, 가슴 속의 먹먹함을 웃음이라는 빌미를 이용해 '히히하하' 쏟아 내게 한다. 문제는 비록 '황당무계'라 하더라도 반드시 지향점은 있어야 한다. 이것이 풍자의 존재이유이다. 웃는 얼굴을 통해 자신의 불평과 저항을 토로하는 것, 그것이 바로 풍자의 특징이다. 그래서 풍자는 항상 엄숙성을 띠고 있기 마련이다. 냉정과 열정이 상통하는 것과 마찬가지로 풍자와 엄숙은 일치하는 법이다." [22] 다시금 확인하건데, 풍자란 비판정신을 구현하기 위한 하나의 예술방법이다. 그러나, 풍자의 궁극적 목적은 가악추를 지닌 특정 대상에 대해 비판하는 것으로 끝나는 것이 아니라, 그 대상이 지닌 가악추를 개선하는 것에 있다. 때문에 비판적 풍자는 설득력을 지녀야 한다. 풍자는 필수적으로 골계적인 '웃음'을 동반할 수밖에 없다. 따라서 루쉰의 풍자가 엄숙을 잃었다는 지적은 풍자의 특성을 고려하지 않은 무지한 견해일 뿐이다. 또한, 루쉰의 풍자가 엄숙을 잃었다는 일부의 비판에 대한 허간즈何干之(1906~1969)의 반박은 매우 타당하다. 조우쥐런은 다음과 같이 말했다. 「아Q정전」은 한 편의 풍자소설이다. 풍자는 문학 속에 표현된 이지理智의 한 갈래로, 고전적 사실 작품이다. 그의 주지는 '증憎'에 있다. 그의 정신은 부정적이지만, 이 부정이 결코 염세로 변질되지도 않고, 부정이 파괴에 이르지도 않는다. 따라서 풍자 중의 '증'은 '사랑'의 또 다른 자태라 할 수 있을 것이다." [23] 누구보다도 루쉰을 잘 이해한다고 볼 수 있는 조우쥐런 역시 풍자작가의 토대는 '증오'라고 여겼는데 그것은 잘못이다. 이와 반대로, 풍자가의 토대는 '동정', 그것도 심연에서 우러나온 가장 절실한 동정이다. 결론적으로 루쉰 풍자의 필봉은

---

22) 허간즈, 앞의 책.
23) 조우쥐런, 「아Q정전」, 『신보 부간『晨報副刊』』, 1922년 3월 19일.

"마치 가장 무정한 폭로처럼 보이지만 사실은 가장 절실한 동정이다." [24] 루쉰은 그 누구보다도 풍자에 대해 명확한 태도와 입장을 견지했다. 그는 「"풍자"란 무엇인가?-문학사의 질문에 답함什么是'諷刺'?-答文學社問」이라는 글에서 "풍자작품을 쓴 작가는 대체로 풍자당한 자의 증오를 받기마련이지만 그러나 그 의도는 늘상 선의적인 것이며, 그의 풍자는 그들이 개진改進하기를 바라서이지 그들을 물밑으로 처박자는 것은 아니다."(「"풍자"란 무엇인가?-문학사의 질문에 답함」, 『차개정잡문2집且介亭雜文二集』, 6-328) 라고 밝힌 바 있다. 루쉰 풍자의 특징이 여기에 있다.

그러면 누구를 풍자할 것인가? 그가 풍자하고 공격하는 사람이 막연한 일부의 불특정 다수라 여기면 결코 안된다. 루쉰은 많은 인물을 통해 사회와 민족의 약점과 병태 및 각종 어두운 점을 폭로했다. 조우쥐런이나 쥐츄바이 등은 루쉰이 공격한 사람의 이름이 '간단히 보통 명사로 간주해 읽어도 되지만, 이들이 다름아닌 사회적 전형인물'이라고 말한 바 있다. 이런 견해는 크게 보아 틀린 말은 아니다. 왜냐하면, 루쉰 작품의 인물형상이 결코 특정 개인이 아니라 중국인 전체이기 때문이라고 그 스스로 밝힌 바 있기 때문이다. "『외침』에 등장하는 인물들은 극히 보편적이고 평범한 인물들로 매일같이 집안에서나 길거리에서 만날 수 있는 당신의 친척이자 친구요 때로는 당신 자신일 것이다." [25] 그들이 바로 마오둔이 말하는 '낡은 중국의 아들 딸들'이다. "루쩐魯鎭은 흔하디 흔한 중국의 어느 마을일 뿐이다. 그것도 우리가 발길 닿는 대로 어디를 가든시 흔히 만날 수 있는 그런 마을이다. 시골마을에서의 생활이라 해봐야 시골 출신 누구라도 어려서부터 줄곧 보아 왔던 그런 생활이다. 이토록 익숙한 세계 속에, 이토록 낯익은 사람들 속에서 경천동지할 어떤 인물을 찾아낸다는 것이 결코 쉬운 일이 아니다. 찾다 찾다 찾아낸 것이 결국

---

24) 차오쥐런曹聚仁, 「루쉰을 말하다談魯迅」, 『신어림新語林』(반월간)(상하이) 제2기, 1934년 7월 20일.
25) 장띵황, 앞의 글.

콩이지가 남의 물건을 훔쳤다가 들켜 다리가 부러지게 두들겨 맞은 것, 쌴쓰 아주머니^{單四嫂}가 아이를 잃은 것, 일곱 근이 변발을 자른 것을 후회한다는 이야기 따위일 것이다. 기껏 해야 아Q가 총살당하는 것이 특이하다면 특이할 따름이다. 루쉰 선생이 우리에게 말하고자 하는 것은 이처럼 극히 보편적이고, 극히 평범한 인사 속에 영원한 모든 비애가 품어져 있음이다." ²⁶ 여기서 우리는 다음을 확인할 수 있다. 즉, "루쉰 선생 역시 다름 아닌 이런 소수 사람 중 한명이다. 그는 중국인을 혐오하고 중국인에게 악담을 퍼붓는다. 하지만, 그 자신은 순수한 중국인으로서 그의 작품 속에는 중국냄새가 물씬 풍기는, 그래서 우리 눈앞에 있는 유일한 향토예술가라 할 수 있다. 그가 중국의 아들일진대, 어찌 중국을 잊을 수 있겠는가. 우리가 만약 루쉰이 혐오해 악담을 퍼붓는 것이 잘못 되었다고 비난하려 한다면 먼저 우리 자신의 잘못을 탓해야 할 것이다. 왜냐하면 그가 추켜세우며 칭찬하려 해도 할 수가 없었기에 결국 이처럼 화장실 청소라는 방법을 생각해낸 것이기 때문이다." ²⁷

이에 대해 루쉰은 "우리는 선입견을 면할 수 없다. 풍자작품을 보면 곧 문학적 정도가 아니라고 여긴다. 왜냐하면 우리는 풍자가 미덕이 아니라고 여기기 때문이다."(「풍자를 논함^{論諷刺}」,「차개정잡문2집」, 6-277) 라고 말한다. 풍자를 당하는 사람의 입장에서 볼 때 풍자는 저급취미에 속한다. 그러나, 진정한 풍자는 어느 한 문필가가 어느 한 무리 사람들의 어느 한 측면의 진실한 사실을 세련되거나 또는 조금 과장되었다고 할 수 있는 필치로, 나아가 더 말할 것도 없이 반드시 예술적으로 서술한 것이다. "'풍자'의 생명력은 진실에 있다. 반드시 이미 존재했던 실제 사실이어야 하는 것은 아니지만 반드시 있을 법한 사실이어야 한다. 따라서 그것은 '날조'도 '중상'도 아니며 '사생활의 폭로'도 아니거니와 듣기도 무서운 이른바 '기문'이나 '괴이한 현상'의 특집도 아니

---

26) 장띵황, 앞의 글.
27) 장띵황, 앞의 글.

다. 거기에 쓴 일들은 공공연한 것이고, 흔히 볼 수 있는 것이고, 누구도 괴이하게 생각하지 않는 것이며 따라서 물론 아무도 개의하지 않는 것이다. 하지만 이 일은 시초부터 이미 불합리하고 가소롭고 비루한 것이며 심지어는 가증스런 것이기도 하다. 그런 것이 그냥 실행되고 습관이 되다 보니 광범한 대중이 보고도 괴이한 감을 느끼지 않게 된 것인데, 지금 와서 그것을 특별히 취급하자 사람들에게 충격을 주게 되는 것이다. 예를 들어 양복차림을 한 젊은이가 부처에게 절하는 것은 지금은 일상적인 일이 되어 있고, 도포입은 도학자가 화를 내는 것은 더구나 다반사가 되어 있어, 몇 분만 지나면 과거사가 되어 사람들의 뇌리에서 가뭇없이 사라져 버린다. 그러나 '풍자'는 바로 이 때를 포착해 찍는 사진과도 같은 것이다."(「'풍자'란 무엇인가?-문학사의 질문에 답함」, 『차개정잡문2집』, 6-328)

작품을 예로 들어 보자. 「입론立論」은 '진실하기 어려운 현실'을 가장 상징적으로 풍지하고 있는 작품이다. 새로 태어난 아이에게 '인젠가는 죽을 것'이라는 진실을 말하지 못하는 허위를 가장한 "아아! 이 앤 정말! 이걸 보우! 얼마나 …… 어이구! 하하! Hehe! he, hehehehe!"(「입론立論」, 『들풀野草』, 2-207)라는 덕담이 과연 덕담일까. 풍자의 핵심은 진실에 있다. 진실을 진실이 아니라고 하거나, 진실이 아닌 것을 진실이라고 하는 것은 둘 다 이미 '진실'이 아니다. 진실하지 않은 태도에서는 풍자가 발생하지 않는다. 같은 이유로 가악추를 가악추라고 하는 것은 욕설이 아니다.(「만매漫罵」, 『화변문집花邊文學』, 5-430) 다음과 같은 예를 들 수도 있다. "당신이 만약 사거리에 나가 어린 기생이 사람을 잡아끄는 것을 보고 큰 소리로 '무허가 기생이 손님을 유혹하다니!' 라고 소리쳐 보라. 그러면 그녀가 당신에게 '욕을 한다'고 욕할 것이다. 욕이 나쁜 것이기 때문에 사람들은 당신을 나쁜 사람으로 치부할 것인 즉, 당신이 나쁘다고 규정된 이상 상대는 이미 좋은 쪽이 되어 있을 것이다. 하지만 '무허가 기생이 손님을 유혹' 한 것 역시 사실은 사실이다. 마음으로는 알지만 말을 할 수는 없고, 부득이 말을 하고 싶더라도 그냥 '아가씨가 먹고 살려고 저러는 가보다' 라는 정도로 끝내야 한다. 마치 허리를 굽신거리며 두 손을 모아 읍^揖을 하며 주억거리는 옛날식 구닥다리 예절을 즐기는 사람들에 관해 묘사할 때, '겸손하게 사람을 대하고, 사물에 대해 마음을 비운다' 라고 비틀어 묘사해야 하는 것과 마찬가지이다. 이런 것은 욕도 아니고 풍자도 아니다. …… 사실, 요즈음 이른바 풍자작품이란 대부분 오히려 사실이다. 사실이 아닌 것은 이른바 풍자가 될 수도 없다. 비사실적 풍자가 있을 수 있다손 치더라도 고작해야 거짓말이거나 중상일 뿐이다. …… 만일 어떤 사람이 기록해 두고 소멸도 시켜주지 않는다면 그가 대단히 불쾌하게 여길 것이다. 따라서, 최선을 다해 반격을 가해 올 것인데, 이를 '풍자'라 할 것이다. 작가의 얼굴에 진흙을 칠함으로써 자기의 진면목을 숨긴다. …… 사실을 직설적으로 서술하는 많은 작가들이 이처럼 좋은 지 나쁜 지 말하기 어려운 '풍자가'로 치부된다. 그래서 골머리를 짜고 짜던 끝에 생각해낸 것이 곧 '풍자'라는 딱지를 붙여 주자는 것이었다."(「'풍자'란 무엇인가?-문학사의 질문에 답함」, 6-328) 이상하게 여겨지지만 '사실은 사실'인 것에 가하는 비판, 이것이 바로 풍자다.

한편, 루쉰은 풍자를 저급한 욕설이나 단순한 공격 등과도 엄격히 구분한다. "그러나 윈썽^{雲生} 선생의 시 한 수에 대해서 나는 대단히 실망했습니다. …… 이 시는 얼핏 보아도 알 수 있는 바이지만 전호에 실린 베드닝의 풍자시를 보고 지은 것입니다. 그런데 비교해본다면 베드닝의 시는 비록 '악독'하다는 것을 자인한 바이지만 그중 가장 심한 곳이라 해도 조롱에 불과합니다. 그러나 이 시는 어떠합니까? 욕설도 있고 공갈도 있으며 또 부질없는 공격도 있습니다. 사실 이렇게 쓸 필요는 전혀 없는 것입니다."(「욕설과 공갈은 결코 전투가 아니다^{辱罵和恐嚇決不是戰鬪}」, 『남강북조집^{南腔北調集}』, 4-451) 위에서 말한 떼미얀 베드닝 Демьян Бéдный(1883-1945)은 러시아의 걸출한 시인이자 우화작가다. 10월 혁명 직후부터 혁명을 찬송하며 적들을 공격하는 『작별』, 『대로』, 『견인력^{牽引}

力』등의 작품 창작에 매진했었다. 강렬한 울림을 지닌 그의 풍자시는 예리하고 신랄한 필봉으로 적들의 간담을 서늘하게 할 정도로 질펀하게 조롱하면서도 리듬감을 구현해 인민대중들의 사랑을 한 몸에 받았던 작가다. 아마도 루쉰 역시 그의 작품에서 많은 계발을 받은 듯하다. "만일 풍자 같은 작품에 선의나 열정이라고는 털끝만치도 없을뿐더러, 독자들로 하여금 모든 세상사가 취할 바도 취할만한 가치도 없는 일이라는 느낌만 주게 한다면, 그것은 풍자가 아니라 이른바 '조롱'에 불과한 것입니다."(「'풍자'란 무엇인가?-문학사의 질문에 답함」, 6-328) 즉, 욕설, 공갈, 공격 등은 풍자가 아닐뿐더러 선의와 열정이 없는 조롱 역시 풍자가 아니라고 단언한다. 그는 풍자가의 태도와 입장에 대해 언급하면서 프롤레타리아의 입장을 강조한다. 진화론자에서 계급론자로의 전변을 확실히 보여주는 언술이다.

사팅沙汀(1904~1992)과 아이우艾蕪(1904~1992)는 루쉰에게 편지를 써서 '풍자의 방식'에 대해 다음과 같은 질문을 제기한 적이 있다. "여러 번 생각한 끝에 당돌하게도 선생님께 문예면에서 특히, 단편소설 면에서 생긴 우리의 의문과 망설임을 표하는 바입니다. …… 우리는 여러 편의 단편소설을 쓴 적이 있습니다. 선택한 제재는 다음과 같습니다. 하나는 익숙히 알고 있는 쁘띠부르주아 청년인데 현시대에서 드러나고 있거나 숨어있는 일반적인 약점들을 풍자적인 예술수법으로 표현했습니다. 다른 하나는 익숙히 알고 있는 하층인물 즉, 현시대 대조류의 충격권 밖에 있는 하층인물인데 생활의 무거운 압력 하에 생존을 도모하려는 강렬한 욕망에서 흘러나오는 희미한 저항의 충돌들을 창작에서 묘사했습니다. 이러한 내용의 작품이 현시대에 대해 기여될만한 의의가 있다고 할 수 있는지 알 수 없습니다. 우리는 처음에는 의문을 가졌으며 다음에는 붓을 들고 쓰다가 또 망설이게 되었습니다. 이 문제에 대해 저희에게 가르침을 주실 것을 선생님께 간청하는 바입니다."(「소설제재에 관한 통신關于小說題材的通信」, 『이심집二心集』, 4-366) 이에 대해 루쉰은 기교로써의 '풍자' 자체보다는 작가가 지니는 계급적 입장이 중요하다고 언급한다. 즉, 풍자는 계급성을 지니므로 수법에 대한 훈련보다는 풍자가로서의 입장과 태도를 공고히 하는 것이 중요하다고 지적했다. "다른 계급의 문예작품은 일반적으로 보아 싸우고 있는 프롤레타리아와 관계가 없는 것입니다. 프티부르주아가 만일 프롤레타리아와 같은 입장에 서지 않았다면 같은 계급에 대한 그 증오나 풍자는 프롤레타리아의 견지에서 볼 때에는 마치 비교적 총명하고 재간 있는 공자孔子가 집안의 못난 자제를 미워하는 것과도 같이 한 집안 내의 일이므로 관여할 필요가 없으며, 더군다나 손익이 있다고는 더더욱 말할 수 없는 것입니다. …… 만일 전투적인 프롤레타리아라면 그가 쓰는 것이 예술품이 될 수 있는 한, 어떤 일을 묘사하거나 어떤 재료를 선택하든지 간에 모두 현재와 미래를 위해 틀림없이 기여될만한 의의가 있을 것입니다. 그것은 필자 자신이 바로 전투원이기 때문입니다."(「소설제재에 관한 통신」, 4-367) 즉, 작가라면 현실투쟁의 사명을 위해 프롤레타리아의 입장을 견지하면서 어떠한 위험도 헤치고 나가야 한다고 강조했다. "즉 그가 풍자하는 것이 사회인만큼 사회가 변하지 않는 한 그 풍자로 그냥 존재하지만, 제군이 풍자하는 것은 그 개인인 만큼 그의 풍자가 존재하는 이상 제군의 풍자는 수포로 돌아가고 말 것이다. …… 그러므로 이런 가증스런 풍자가를 타도하려면 사회를 개조할 수밖에 없다."(「풍자로부터 유머로從諷刺到幽默」, 『위자유서僞自由書』, 5-42)

풍자가는 가악추의 사회가 변하지 않고 그대로 존재하는 한 가악추와 함께 영원히 존재하는 것이다. 그는 풍자에 대해 다음과 같이 언급한 바 있다. "풍자가는 위험하다. …… 가령 그가 풍자하는 대상이 무식쟁이며 피살자이며 피수금자이며 피압박자라면 그의 글을 읽는 소위 교양 있는 지식인들을 껄껄 웃길 수 있을 뿐만 아니라, 자신의 용감성과 고명함을 더욱 느끼게 할 수 있으므로 그것은 대단히 좋은 일이다. 하지만 지금의 풍자가가 풍자가로 될 수 있는 그 원인은 바로 소위 교양 있는 이런 지식인들의 사회를 풍자하는 데 있다. …… 풍자대상이 이런 사회이기 때문에 그의 성원들은 저마다 자기가 찔린 듯한 느낌을 느끼고 슬그머니 마주 나와 또 저들의 풍자로써 이 풍자가를 찔러 죽이려고 생각한다."(「풍자로부터 유머로」, 5-42) 즉, 풍자를 당하는 상등인의 입장에서 볼 때 매우 '위험한 존재'인 풍자가를 타도하기 위해 풍자 대상이 되는 사회를 개조시켜야만 가능하다고 역설한다. 이는 풍자가가 현실개조를 위한 전사이므로 풍자가에게 맡겨진 사명을 다해야 한다는 주장이다.

풍자에 대해 이런 태도를 지니고 있는 루쉰의 풍자는 결과적으로 매우 전투적이고 신랄한 특성을 노정한다. 그러나 그 이면에는 동시에 현실의 가악추를 개조하기 위한 뜨거운 애정이라는 전제하에 열정적이면서도 선의로 가득찬 '눈물을 머금은 풍자'라는 인간적인 특성도 감추어져 있음을 주목해야 할 것이다.

5 · 루쉰의 풍자 인물 형상

루쉰으로 하여금 끊임없이 창작에 임하게 한 원동력은 바로 현실적 요구였다. 초기에서 전기 그리고 후기로 진행하는 동안 현실상황의 변화에 따라 그가 겨냥한 대상은 달라졌지만 대상에 대한 태도는 일관했다. 아니 오히려 갈수록 완강해지고 철저해졌다. 즉, '근대'를 의식하면서 다소 낭만적이고 계몽적으로 인간과 인성 그리고 이성과 과학을 얘기하며 진화론적 신념을 실천하던 초기와는 달리, 갈수록 분명해지는 구체적 현실인식과 함께 보다 철저히 현실투쟁을 전개하던 '5·4'전후의 전기는 국민당 및 북양군벌과 직접적으로 대립하는 실천적 투쟁의 시기였다. 그러나, 4·12쿠데타(1927) 이후 드러난 국민당의 노골적인 탄압과 잔혹함에 분개한 루쉰은 이후 보다 투철한 사상적 지침 아래 민중과 혁병을 향해 매진해 갔다. 이후 죽음에 이르기까지의 후기에는 쥐츄바이가 개괄해 낸 것처럼 '끈질긴韌' 태도로 굽히지 않는 혁명적 자세를 끝까지 일관되게 보여주었다.

물론 각 시기에 조응하는 창작의 형태는 달랐다. 초기에는 서구의 신사상과 신학문을 수용하면서 중국의 근대화를 위한 애국적 정서가 짙게 밴 학술성 논문류를 발표했으나, 일본으로부터 귀국 후 '5·4'를 전후한 전기에는 주로 『외침』, 『방황』 등 소설창작에 전념했다. 이 소설들은 아직 망각하지 않은 '과거의 꿈'에 대한 기록으로써 봉건의 실체를 드러내 보여주면서, 국민성개조를 위한 지식인의 고뇌와 좌절 등을 풍자하고 있다. 마지막으로 후기에 가서는 국민당의 테러와 수배 등을 피하기 위해 이리저리 숨어다녀야 하는 신분이었기 때문에 짧고도 강렬한 그만의 독특한 풍격을 지닌 잡문창작으로 응대할 수밖에 없었다. 물론 잡문에 나타난 풍자는 보다 직접적이고 더욱 신랄한 것이어서 '일도견혈一刀見血'의 특징을 가장 잘 드러낸다.

가. '열근성' 비판

루쉰의 소설과 잡문 등에는 현실에서 흔히 만날 수 있는 여러 인물들이 형상화되어 있다. 조우쭤런은 「아Q정전」을 평가하면서 다음과 같이 말했다. "아Q는 중국인의 모든 족보를 합친 것이다. 새로운 명사로 표현하자면 '전통'의 결정체이다. 스스로의 의지가 아니라 사회적 인습이나 관례가 제공한 의지로 형성된 인물이다. 따라서 현실 사회에 존재하지는 않지만 오히려 온 천지에 존재하는 존재다." [1] 조우쭤런은 아Q를 하나의 실존인물로 상정했다. "내가 살던 회색의 고향에서 나 역시 이런 배역을 하던 실존인물들을 많이 보았었다. 그 속에는 여전히 참으로 가련하지만 축소된 형태의 아Q가 존재한다. 하지만 지금까지도 여전히 건재하다." [2] 사실상 아Q가 실존 인물이냐 아니냐 하는 문제는 결코 중요하지 않다. 마오둔은 「루쉰론魯迅論」에서 다음과 같이 언급했다. "『외침』과 『방황』에 등장하는 '낡은 중국의 아들 딸들'은 기실 오늘날 언제 어디서건 만날 수 있을뿐더러 이후에도 항상 만날 수 있을 것이다. 우리가 읽었던 수없이 많은 소설들 속에서 생활이나 사상이 우리와는 완전히 다른 사람들을 만나면서 대단히 긴밀한 감정을 느끼곤 했다. 우리는 싼쓰 아주머니와 함께 비애를 느꼈고, 게으르고 구차한 콩이지를 사랑했고, 삶의 무게에 찌들어 멍하게 살아가는 룬투閏土를 잊지 못하고, 샹린 아주머니에 이르러서는 우리들의 마음이 무겁게 내려앉고, 우리는 긴장된 마음으로 아이꾸愛姑의 모험에 동행하고, 또 우리는 비루하지만 연민으로 사랑해 마지않는 아Q를 만난다. …… 결론적으로, 이러한 인물들의 사상과 생활이 야기하는 정서에 반영된 것은 바로 하나로 뭉뚱그려져 명확하게 구분하기 어려운 증오요 사랑이요 연민이다. 우리는 단지 이들이야말로 중국적인 것이라

---

1) 중미仲密·조우쭤런周作人, 「아Q정전阿Q正傳」, 『신보부간晨報副刊』, 1922년 3월 19일.
2) 중미·조우쭤런, 앞의 글.

여길 뿐이다. 이것이 바로 오늘날 중국에 존재하는 99% 중국인들의 생활과 사상이다. 이것이 바로 우리들이 살아가고 있는 '소왕국'을 둘러싼 그 바깥에 존재하는 대중국의 인생이지 않은가?"[3]

마오둔茅盾은 「『외침』과 『방황』에 관해關于『吶喊』和『彷徨』」에서 다음과 같이 언급했다. "『외침』은 주로 오랜세월 동안 봉건세력의 압제를 받아 영혼이 마비된 인생들을 표현하고 있다. 이토록 고통스러우면서도 아무런 생각없이 살아온 그들에게 분노가 있을까? 나아가 얼마나 어리석은지조차 모른 채 고통스럽고 마비된 생활 속에서 살아가고 있는 것은 삶에 대한 집착이자, 그들이 지닌 왕성하고도 강인한 생명력이다. 그들은 땅에서 나와 땅에 묶여, 평생토록 땅을 벗어 날 수 없는, 바로 그 '대지의 아들 딸'이다."[4]

루쉰의 작품에 그려져 있는 아Q를 비롯한 대부분의 인물형상은 특정한 실존인물에 대한 기록이라기보다는 봉건억압 하에서 신음하는 무지몽매한 '대지의 아들 딸', 즉 중국인 그 자체이다. 그래서, "고뇌하는 현대 청년들이 만약 『외침』에서 그들이 필요로 하는 일정한 자극을 받는다면, 일정한 위안을 얻어 '번뇌'로부터 탈출시켜 줄 출로를 구할 수 있을 것이다. 하지만, 열에 아홉은 실망할 것이다. 왜냐하면, 『외침』이 줄 수 있는 것은 기껏해야 마치 외국인들이 중국인들에 대해 포기하는 것처럼 당신도 일상에서 포기해 버리는 낡은 중국을 살아 왔던 아들 딸들의 회색 인생일 뿐이기 때문이다."[5] 하지만, '신문화운동'에 의해 깨어난 청년지식인들은 또 어떨까? 이러한 문제의식에서 『방황』이 탄생했다.

"『방황』에는 암흑으로부터 깨쳐 나와 뱃속 가득 불평과 증오로 가득 차 있지만, 머리 속은 텅텅 비어 있을 뿐만 아니라 하루 종일 불평과 불만으로 제

---

3) 팡삐·썬옌빙, 앞의 글.
4) 마오둔茅盾, 「『외침』과 『방황』에 관해關于『吶喊』和『彷徨』」, 『대중문예大衆文藝』(월간)(옌안延安) 제2권 제1기, 1940년 10월.
5) 팡삐, 앞의 글.

영혼을 좀 먹는 인물들을 표현하고 있다. 하지만 동시에 이들의 어깨에는 구시대의 무게와 편견과 어리석음과 고집스러움, 허무주의와 모험주의, 단견, 비겁함 등이 덕지덕지 붙어 있다. 이러한 인물들이 과연 혁명의 역량이라 할 수 있을까? 물론이다. 뿐만아니라 그들은 장차 혁명의 공작자나 조직가가 될 것이다. 『방황』에는 광명을 향한 열정적 인물도 적지 않다. 하지만 이런 인물들에게서도 결함은 보인다. 웅지를 품었지만 몰락하고 마는 쥐엔썽涓生, 낡은 시대의 심각한 결함을 지닌 인물이자 열정에서 급격히 냉담자로 전락한 웨이렌수, 하지만 웨이렌수는 그나마 격정을 지니면서도 냉정으로 스스로 즐길 줄 알아 미약하게나마 여전히 열정을 지니고는 있었다. 천진한 아이에 대한 배려와 사랑은 현대인이라도 결핍될 수밖에 없는 법이다. 현대인 역시 전대인의 후대일 뿐 아니라 오랜 세월 피압박 민중의 후대이기 때문이다. 뿐만 아니라, 불합리한 사회제도에 포섭되거나 편견과 어리석음에 포섭되어 살아온 존재들이다. 단, 루쉰은 결코 이러한 결함들이 숙명이라고 여기지는 않았다. '길은 점차 멀리 닦여져 나가고, 나는 머지않아 이리저리 방법을 모색할 걸세.' 라는 구절에서도 알 수 있듯이 그의 갈망을 암시한다." [6] 이것이 바로 『외침』에서 『방황』으로 전변하는 사상의 궤적이다.

『외침』과 『방황』에는 우리 생활 주변에서 흔히 만날 수 있는 '낡은 중국의 아들 딸들'의 형상으로 가득하다. 하지만, 이들 대부분은 봉건사회의 폐해에 찌들어 무지와 몽매, 미신의 상태를 벗어나지 못한 우매한 대중으로 묘사되어 있다. 여기서 우선 '선홍빛 인혈人血' 특히, '이제 막 처형당해 죽은 사람의 뜨거운 피'를 묻힌 '인혈만두'를 먹으면 폐병이 낫는다는 말에 속은 화라오쳰華老栓(「약藥」, 『외침』, 1), "'하지만'이라는 말이 지닌 가공할 결과에 대해서는 잘 몰라도, 여전히 자식의 병이 호전될 것을 희망하는" 싼쓰 아주머니(「내일明天」, 『외침』, 1), "사람이 죽은 후에 영혼이 있을까요? 그렇다면 지옥도 있을까요?

---

6) 마오둔, 앞의 글.

그럼, 죽은 후에 가족들 모두를 다시 만날 수는 있는 건가요?" 등의 '사후의 문제'를 고뇌하는 샹린 아주머니(「축복祝福」, 『방황』, 2), 치ㄷ 대인大人의 위엄에 주눅들어 결국 원래 제시되었던 80원에 10원을 더한 90원의 위자료를 받고 부당한 이혼에 합의하고 마는 '아이꾸愛姑'(「이혼離婚」, 『방황』, 2) 등. 이들은 봉건통치계급의 억압에도 각성하지 못한채 무지와 몽매 상태에서 살아가는 가련한 인물군상들이다. 루쉰은 이들의 미각성과 무지를 날카롭게 지적하면서, 그들의 각성을 견인하려 한다. 이들에 대한 묘사에서는 매서운 풍자라던가 통렬한 비판이 아니라 동정과 연민의 태도를 보인다. 이들 작품은 암울하고도 비량悲凉한 비극적 정서를 바탕에 깔고 있다.

우선 「약」의 화라오첸과 그의 식구들 및 주변 인물들을 보자. 폐병에 걸린 아들 샤오첸을 위해 백약을 다 써봤지만 효험이 없자 마침내 화라오첸은 누군가로부터 말을 듣고 '인혈만두'를 사서 먹이기로 결심한다. 드디어, 성밖에서 누군가가 처형당한다는 소문이 들리고 약속했던 중개인으로부터 돈을 가지고 '인혈만두'를 사러오라는 기별을 받은 다음날이었다. "깊은 가을 밤, 달도 지고 새벽이 다가올 무렵, 아직 동은 트지 않았고 희붐한 하늘빛이 서려 있다. …… 바깥 공기는 집 안보다 훨씬 차가왔지만, 라오첸은 오히려 상쾌함을 느꼈다. 마치 하루아침에 신통력을 얻은 어린아이처럼 사람들에게 생명의 본령을 부여하는 듯 발걸음이 의외로 경쾌했다."(1-440) 그의 발걸음은 날아갈 듯했다. 얼굴도 모르는 중개인과 거래를 마치고 '붉은 핏방울이 한점 한점 떨어지는 선홍색 만두'(1-441)를 가슴에 품고 집으로 돌아오는 화라오첸의 얼굴에는 이미 희망에 가득 차 있었다. '어느 환자에게 먹일 건가?' 라는 누군가의 질문을 받은 듯 했지만, 그는 결코 대답하지 않았다. 지금 그의 정신은 오직 가슴에 품은 보자기에 집중해 있었다. 마치 10대 독자를 품에 안은 것처럼 다른 일에는 조금도 신경쓰지 않았다. 그는 지금 보자기 안에 싸여 있는 새로운 생명을 자기 집으로 이식해 감으로써 수많은 행복을 얻게 된다면 태양도 다시 떠오를 것이라고 여겼다."(1-442) 그 구하기 어렵다는 '인혈만두'를 구한 것만도 하늘이 내린 행운이건만, 하물며 샤오쳰이 이것을 먹어 주기만 한다면 샤오쳰의 폐병은 다 나은 것과 다를 바 없다. 그러니 그가 이처럼 기뻐하는 것은 물론 당연한 일이다. 그는 '인혈만두'를 연잎에 싼 후 아궁이에 넣고 정성껏 구워냈다. 화라오쳰의 주방에서 벌어지고 있는 일을 알 리가 없는 찻집 손님들은 '인혈만두' 굽는 냄새에 "오, 맛있는 향기! 당신들은, 지금 무슨 간식을 먹고 있나요?"(1-443)라고 감탄한다. 식은땀을 흘리고 바튼 기침을 해대면서 '약'을 먹은 샤오쳰, 그러나 화라오쳰의 정성과 희망과는 달리 샤오쳰은 마침내 죽어버린다. 신생의 희망은 배반당하고 만다. 배반은 또 다른 배반을 낳고, 또 다른 배반은 또 다른 배반을 낳는다.

여기서 샤위夏瑜의 혁명은 시작된다. '감옥에 갇혀서도 여전히 혁명하자고 간수를 설득하던' 샤위의 투혼은 저 암흑 속에서 가물거리는 불빛처럼 무지몽매한 대중들의 무관심 속으로 침잠해 들어 간다. 그의 '조반造反'은 몰락해 가던 만청晩淸 관리들에게 뿐만아니라 그의 가족 친척들에게조차 배반당했다. 위대한 혁명가의 죽음은 영광이 아니라 무지몽매한 대중들의 미신감으로 전락하고 만다. 만백성을 해방시키기 위해 '조반'하려다 처형당한 혁명가의 핏방울이 소위 폐병에 특효라는 '인혈만두'를 위해 팔려 나간다는 기괴하고도 반어적인 현실을 담담하게 대비시킴으로써 무지몽매한 대중들에게 충격을 제공한다. 이 소설의 묘미는 여기에 있다. 루쉰은 미신과 몽매가 깊으면 깊을수록 혁명은 더 빨리 온다는 희망을 '까마귀의 비상'으로 상징한다. "그들은 기껏해야 2, 30보 거리도 따라잡지 못했는데, 뒤에서 갑자기 '까악~~'하는 소리를 들었다. 그 두 사람은 모골이 송연한 듯 뒤를 돌아 봤다. 하지만, 까마귀도 날개를 펼치고 몸을 구부린 채 꼿꼿이 머나먼 하늘을 향해 화살처럼 빨리 날아갔다."(1-449) 아마도 샤위의 꿈이 까마귀의 비상에 따라 함께 비상한 것은 아닐까?

루쉰은 여성문제에 남다른 관심을 보였다. 그래서인지 그의 작품에는 봉건 억압하에서 신음하는 몽매한 여성형상이 매우 많다. 여성의 육아문제, 이혼 문제, 개가문제, 성문제 등 주제별로 다양한 문제의식을 보여주고 있다. 다만 이들은 한결같이 봉건사상과 봉건적 통치질서 하에서 고통받고 신음하는 모습으로 형상화되어 있다. 이에 관해 쉬삐후이徐碧暉는 「루쉰의 소설과 유머예술魯迅的小說與幽默藝術」이라는 글에서 다음과 같이 밝혔다. "봉건의식의 압박에 가엽고 우스운 삶을 살고 있는 한 무지한 여인의 묘사와도 같이 예리한 루쉰의 붓을 통해 싸늘하게 그려져 우리로 하여금 무한한 동정을 느끼게 한다. 그들의 행위가 그처럼 가소롭지만 「내일」의 싼쓰 아주머니, 「풍파風波」의 일곱 근 아주머니 그리고, 내 생각엔 「축복」의 샹린 아주머니 등이 내게 가장 깊은 인상을 남겼다고 여긴다. 그녀가 받은 냉혹한 대우 역시 가장 가소롭고도 가련해 독자들의 동정을 가장 크게 자아내게 한다." [7] 그렇기 때문에 이들은 단순한 질곡의 상태에 있는 것이 아니라, 그로 인한 이중삼중의 질곡에서 허우적거리는 것이다. 이들의 비극은 바로 여기에 있다. 인간에게 있어서 '내일'이란 희망을 의미한다. 하지만 그 결과가 항상 희망으로 나타나는 것은 아니다. 그것이 인생의 역설이다. 작품 「내일」은 이것을 묘사하고 있다. 봉건사회에서 여자의 일생은 전적으로 남자에게 의존되어 있다. 결혼이전의 여자가 그의 부친에게 종속되는 것처럼 결혼이후의 여자는 그의 남편에게 종속된다. 그리고 그것을 거부할 경우 봉건사회 여성에게 가장 기본적으로 요구되어지는 '삼종지덕'을 위반한 것이 된다. 이는 봉건사회 여성에게 씌워진 족쇄 중에서도 가장 큰 족쇄였고, 때문에 이를 지키지 않는 여자는 스스로 불행해지는 것은 물론이거니와 타인으로부터도 불행을 강요당하게 되는 것이다. 이것이 봉건사회 여성의 운명이었다. 싼쓰 아주머니 역시 이 운명의 주인공이

---

7) 쉬삐후이徐碧暉, 「루쉰의 소설과 유머예술魯迅的小說與幽默藝術」, 『논어論語』(반월간)(상하이) 제46기, 1934년 8월 1일.

다. 그녀는 "재작년부터 시작된 과부생활은 오로지 자신의 두 손이 뽑아내는 면사綿絲에 의존할 수밖에 없게 만들었고, 자신뿐만 아니라 세 살난 자신의 아들까지 먹여 살리지 않으면 안되게 만들었다. 그래서 늦게 잠들 수밖에 없었다."(1-450) 경제적으로 독립하기 위해 밤늦도록 일을 해야 했다. 스스로 각성하지 못한 여성이 운명적 고통을 겪어야 하는 것은 물론이거니와, 게다가 사회적인 멸시와 희롱마저 감수해야 한다. 과부의 밤을 훔치려고 노리고 있는 마을의 남정네들. 그들은 과부를 성적 희롱 대상으로밖에 여기지 않았다. 봉건도덕은 과부에게 성의 자유를 허용하지 않는다. 이 원칙은 싼쓰 아주머니에게도 동등하게 적용되었다. 날로 심해지는 아이의 병을 치료하기 위해 이리저리 쫓아다니는 그녀를 마을 남정네들은 동정은커녕 여전히 기회만 노린다. 약처방을 받아 아이를 가슴에 품고 돌아오는 싼쓰 아주머니와 마주친 한 남자가 "갑자기 팔을 뻗어 싼쓰 아주머니의 가슴과 아이 사이로 집어넣은 후 곧장 아래로 내려가 아이를 안아 갔다. 싼쓰 아주머니는 가슴이 뜨거워졌고 그 열이 이내 얼굴과 귓뿌리에 까지 미쳤다. …… "(1-452) 싼쓰 아주머니가 저항할 겨를도 없이 신체를 도둑맞고도 외마디 비명조차 지를 수 없었다.

그러나 그녀에게 있어서 가장 큰 운명적 비극의 발단은 다른 곳에 있다. 그녀가 "멍청한 여인이라 수많은 나쁜 일들이 그녀를 빙자해 호전되기도 하고, 또 수많은 좋은 일들 역시 그녀로 인해 엉망이 되었다."(1-451) 아이에게 약을 먹이고 잠든 아이를 바라보면서 그녀는 "속으로 생각한다. 꿈일 뿐이야. 이런 일들이 모두 꿈일 뿐이야. 내일 잠에서 깰 때면, 나는 여전히 침대에 누워 있고 귀염둥이는 내 옆에서 잠들어 있을 거야. 아이가 깨어나 '엄마'하고 부르면 나는 쏜살같이 달려가 놀아 줄거야."(1-452) 그러나, 원래 희망이란 절망과 종이 한 장을 사이하고 있는 것. '내일은 아이의 병이 낫겠지' 라던 희망은 그녀의 눈앞에서 절망으로 변해버리고 말았다. 아이가 무슨 병에 걸렸느냐는 질문에 "중초中焦가 막혔수." 그리고 "숨을 쉬지 못해 콧구멍을 벌름거립니다"

라는 병증설명에 "그건 금^金이 화^火에 눌렸기 때문이우다. ……" 라고 주억거리던 한의사의 처방에도 불구하고 아이는 죽어버린다. 믿을 수 없는 아이의 죽음 앞에 망연자실한 "싼쓰 아주머니가 눈을 크게 뜨고 멍하니 앉았다. 문을 두드리는 소리를 듣고 깜짝 놀라서 뛰어나가 문을 연다. 문 밖에 낯선 사람이 어떤 물건을 등에 지고 서 있다. 그 뒤에는 왕씨네 아홉째 이모^{王九媽}가 서 있다. …… 아. 그들이 지고 온 것은 관이었다."(1-454) 그녀의 무지함은 여기서 그치지 않는다. 그녀는 죽은 아이를 꿈에서라도 만나보고 싶은 마음에 "눈을 감고 바로 잠들면 고통스런 호흡이 고요와 공허를 거쳐 자신이 명확히 들을 수 있는 것처럼, 마침내 귀염둥이를 만날 수 있지 않을까?"(1-456) 자식을 잃은 그녀의 슬픔이나 자식에 대한 그리움과는 무관하게 아우와 라오꽁은 그녀에 대한 성적 흉계를 포기하지 않는다. 이것이 하층민의 기본적 정서인가? 싼쓰 아주머니의 비극적 운명, 그리고 아우와 라오꽁 등의 저열한 정서를 통해 루쉰은 과부의 육아와 성에 대한 문제를 제기하면서 민중들의 우매를 비판하고 있다.

봉건사회 여성의 이혼문제를 직접적으로 다루고 있는 「이혼^{離婚}」이라는 작품이 있다. 물론 여기서의 이혼이란 여성이 스스로의 권익을 옹호하기 위해 여성이 주도하는 이혼이 아니라 남편과 남편의 가족으로부터 부당하게 당하는 이혼을 묘사하고 있다. 봉건사회에서 강요되는 '남존여비'의 질서는 결코 단순히 여성에게 가해지는 남성의 '폭력'만이 아니다. 그것은 봉건사회 전체를 지탱하기 위한 하나의 거대한 장치로서 남성전체가 여성전체에게 가하는 가공할 폭력이다. 동시에 철저히 계급적 질서에 따른 폭력이기도 하다. 봉건사회를 지탱하는 계급적 질서 중 가장 저변에 위치하는 것이 여성이고, 따라서 여성에게 가해지는 폭력이란 이중삼중의 다층적인 폭력일 수밖에 없는 것이다. 그나마 당당하고 고집도 센 '아이꾸' 역시 어쩔 수 없는 희생물 중의 한 사람일 뿐이었다. 바람을 피우고 새로 여자를 들여온 남편이 그녀에게 이혼해 줄 것을 요구하자, 그녀는 "나는 삼차육례三茶六禮를 거쳤고, 가마타고 정식으로 혼인해서 들어 온 사람이오. 이혼이 그렇게 쉽단 말이오? …… 난 기필코 그들의 낯짝을 제대로 보고야 말겠어. 재판하는 게 뭐 대수겠어? 현縣에서 안되면 다시 부府로까지 갈거야 ……."(「이혼」, 『방황』, 2-150) 라고 항변한다. 그녀의 완강한 고집은 '가마타고 온' 정실부인으로서의 당당함이자 부당한 이혼요구에 대한 합리적인 거부이다. 하지만 그녀의 당당함과 합리적인 거부도 봉건질서의 위협아래 아무런 힘을 갖지 못한다. 그녀의 주장을 막고 나선 것은 다름아닌 남편의 친척이자 마을의 유지인 치七 대인이다. 그러나, 그녀의 아름다운 희망은 다시금 배반당한다. 그녀는 "치 대인은 글줄이나 읽은 지식인으로 매우 사리가 밝아 우리같은 시골뜨기와는 다른 사람"(2-149)이기 때문에 이번 이혼에 대해 치 대인이 합리적인 판단을 해주리라 기대한다. 거기에 힘을 얻은 아이꾸는 더욱 용감해졌다. 그러나, 그의 뜻과는 반대로 치 대인은 결코 자신의 편이 아니있다. 그리고 그녀의 기대만큼 자상하거나 합리적이지도 않았다. 오히려 더 큰 처분을 내릴 것 같은 위협적 존재였다. 치 대인은 그녀에게 "그렇다면 나도 최선을 다하겠어. 대가집이 몰락했으면 자기 신세도 망가져야지. …… 만약 시어머니가 '나가라'고 한다면 나가야 해! 부府는 말을 꺼내지도 말게나. 상하이고 베이징은 물론 외국도 다 마찬가지야. 매사가 그런거야. 만약 못믿겠으면 최근에 베이징의 학당에서 돌아 온 그 분을 찾아가서 직접 물어 보지 그래."(2-150) 라고 위협하는 것을 보아 그렇게 신사적이지도 않은 인물이다. 오히려 '외국'까지 들먹이며 회유하는 비열한 인물이다. 이런 상황에서 그녀는 더 이상 자신의 주장을 펼칠 수 없었다. 마침내 "아이꾸는 상상조차 하지 못했던 의외의 결과가 닥칠 것이고 그것을 막아낼 재간도 없다는 사실을 알아차렸다. 그녀는 지금에서야 치 대인이 실제적 권위이고 이전의 것들이 모조리 자신의 몰이해였다는 사실을 알게 됐다. 그리하여 결국 허물어지고 말았다. 그녀는 대단히 후회하면서 자신도 모르게 중얼거렸다. '나는 원래 치 대인의 분부에 따랐어야 해!'"(2-152) 한판의 결전을 예상했던 독자들은 이 대목에서 실망하고 만다. 그처럼 당당하던 아이꾸가 치 대인의 위엄에 주눅들어 결국 90원의 위자료에 승복하고 마는 모습에서 고소를 금할 수 없다. 치 대인같은 봉건적 지식인이 봉건사회에 건재하는 한 여성의 각성은 요원한 것이다. 이들이 봉건사회 중간 관리자로서 자신의 역할을 충실히 다해 주고 있기 때문이다.

루쉰 작품 중에서 가장 심각한 봉건적 폐해를 들추어내면서, 인물의 형상화에도 가장 성공한 작품은 아무래도 「축복祝福」이라 할 수 있을 것이다. 액자소설 형태를 취하고 있는 이 작품은 오랜만에 귀향한 '나'가 샹린 아주머니를 만났고, 나중에 자연사인지 혹은 사회적 타살인지조차 구분할 수 없는 그녀의 '죽음'을 맞딱드리게 되면서 그녀의 과거에 대해 회상하는 것으로 구성되어 있다. 마을을 등지고 외지로 떠났다가 돌아와 친척인 루쓰 영감魯四大爺 집에 머무는 신식 지식인인 '나'가 느끼는 고향에 대한 이질감은 샹린 아주머니의 '대답하기 곤란한 질문' 때문만은 아니다. '수壽'를 덕德으로 숭상하고 정성드려 '복례福禮'하는 질식할 듯한 봉건질서가 한 여성을 죽음으로 내몰고 마침내 '나' 역시 '이곳'을 떠나게 만드는 현실을 묘사하고 있다. 과거가 아름다웠던 사람일수록 현재를 고통스럽게 여기는 것인가? 또한 현실이 고통스러울수록 내세來世를 희망하는 것인가? 약자일수록 미신에 의지하는 것인가? 샹린 아주머니는 남성본위의 봉건사회에서 철저하게 파괴당하는 여성의 운명을 한몸에 지니고 있다. 샹린 아주머니는 원래, "모습이 아직은 반듯하고 손발도 큼직할뿐더러 눈길도 유순하고 말수도 적어 마치 묵묵히 일만 하는 사람 같았다. 그리하여 넷째 아주버니四叔의 눈총에도 불구하고 그녀를 붙들어 두고는 하루 이틀 정도 일을 시켜 봤다. 그녀는 하루 종일 일만 했고 일이 없으면 오히려 무료해 했다. 힘도 좋아 남자 하나 몫은 거뜬히 해냈다. 그래서 사흘째가 되자 고용하기로 결정하고는 매달 오백문文을 주기로 했다."(「축복」, 「방황』, 2-10) 이것만으로 그녀를 평한다면 봉건사회가 요구하는 가장 표준적인 여성형상이라 할 수 있다. 그러나, 남편과 사별한 사실과 그 이후의 개가사실은 그녀를 부정한 여자로 낙인찍어 '복례'를 위한 상차리기에도 참여할 수 없는 배제의 이유가 된다.(2-5) 그녀는 남편을 여위고 나서 일거리를 찾아서 이 마을에 왔다. 얼마 있지 않아 그녀는 그녀의 시모에게 잡혀 돌아갔다. 마을 사람들의 기억에서 사라져 갈 때 쯤 그녀는 다시 마을에 나타났다. 그러나, 더 이상 마을사람들이 기억하고 있던 '일 잘하고 마음씨 좋은' 샹린 아주머니가 아닌 전혀 다른 사람이 되어서 돌아왔다. 그녀는 시모에게 잡혀 집으로 돌아간 뒤, 강제로 개가를 당했다. 그러나 원하지 않는 결혼이었지만 성실한 남편과 함께 아이도 낳고 잘 살았었다. 그러다가 다시 두 번째 남편마저 여위고 아이까지 늑대에게 물려 죽임을 당한 이후 시댁으로부터도 버림받았다. 겨우 덩그러니 몸뚱아리 하나만 남은 처지가 되어버린 샹린 아주머니는 다시 이 마을로 돌아와 일거리를 찾아 나섰다.

지금 그녀에게 남겨진 것은 오로지 몸뚱아리 하나뿐이었다. 시아주버니가 와서 집을 빼앗고 쫓아내어 버렸다. 그녀는 오도갈 데가 없는 신세가 되었다. 옛 주인을 찾아가 부탁하는 수밖에는 없었다. 겨우 다시 루쓰 영감 집에 일을 얻은 샹린 아주머니, 그러나 그녀는 과거의 샹린 아주머니가 아니었다. "하지만, 이번에는 그녀의 처지가 매우 달라져 있었다. 일을 시작한 지 사나흘이 지나자 주인들이 그의 손발이 이전처럼 생기있고 민첩하지 않다는 것을 알아차렸다. 기억력도 많이 떨어졌고 웃음기 가신 얼굴은 시체와도 같았다. 넷째 아주버니의 말투에 이미 불만이 번지고 있었다. 그녀가 왔을 때, 넷째 아주버니가 습관적으로 눈을 찌푸리기는 했지만, 장차 여자 일꾼 구하기가 얼마나 어려운지 잘 알기에 크게 반대하지는 않았다. 다만 눈치 안채게 넷째 아주머니에게 조용히 '이런 여자들이 비록 가련한 것처럼 보이긴 해도 미풍양속을 해치기 때문에, 잠시잠시 일을 도와 달라고 하는 것은 몰라도 제사를 모실 때는 손도 못대게 해야 할 걸세. 밥이니 반찬이니 제사음식만큼은 당신이 직접해야 할걸세. 그렇지 않으면 불결하다고 여겨 조상님들이 자시지 않을 것이야' 라고 경고한 바 있었다."(2-16) 겨우 얻은 일이지만 그녀에게 맡겨진 직분은 많지 않았다. 그녀 역시 자신의 처지가 이렇게 된 것에 대해 자각하고는 해결방법을 찾는다. 결국 자신에게 보내져오던 마을 사람들의 동정심도 이젠 고갈되어 버렸고, 루쓰 영감 집에서의 일도 제한 당하자 그녀는 자신의 죄를 사면받기 위해 절에 시주를 한다.

그러나, 사후의 세계는 어차피 미신에 불과한 것이고 그 미신을 해결하기 위해 절에 시주한다는 것은 더더욱 우스꽝스러운 일일뿐이다. 돈과 정성을 들여 절에 '문지방 하나를 시주'(2-19) 했으나, 루쓰 영감은 그것마저도 인정하지 않는다. 뿐만 아니라 고함을 지르며 그녀를 내쫓아 버린다. "넷째 아주버니가 향을 피울 때였다. 그녀에게 나가라고 해야 비로소 그녀가 자리를 피했다. 이 일 이후로 그녀에게는 너무나 큰 변화가 일어났다. 다음날, 눈이 푹들어갔을 뿐만 아니라 정신마저도 더욱 혼미해졌다. 게다가 겁조차 많아졌다. 어두움뿐만 아니라 그림자만 봐도 마치 사람을 본 듯 두려워 했다. 비록 자신의 주인일지라도 마치 백주대낮에 구멍 밖으로 나와 달리는 쥐새끼처럼 벌벌 떨었다. 그렇지 않을 때는 마치 한그루 나무처럼 멍하니 앉아만 있었다. 반년도 안되어 머리카락이 죄다 하얗게 셌고 기억력은 매우 떨어 졌다. 심지어 쌀씻는 일조차 잊어버리는 적이 한 두번이 아니었다."(2-20~21) 봉건전통하에서 자신의 운명적 결함이 '문지방 시주'로도 사면되지 않음에 대해 충격을 받고 미쳐버린다. "내가 넷째 아주버니 서재로 돌아 왔을 때, 선반 위는 이미 하얗고 방 안 역시 제법 밝았다. 매우 분명하게 드러난 것은 붉은색 글씨로 목숨 '수^壽'자가 씌여진 족자였다. 선조인 천뭔陳摶 할아버지께서 쓴 글이다."(2-6)라는 구절이 있다. 이는 봉건덕목 중 제일이 '장수'와 '생명'임을 반어적으로 암유^{暗喩}하면서, 이와 반대되는 상황이 벌어지는 현실을 풍자하는 것으로 여겨진다. 이는 통치계급의 내부에서 자신들의 생명은 중시하지만, 일반 백성들의 그것에 대해서는 보장하지 않는 철저한 이중성과 위선을 드러낸다.

이러한 현실을 목도하는 지식인 '나'는 과연 무엇을 할 수 있을까? '나'는 고통과 회한으로 '미쳐버린 거지'가 된 샹린 아주머니의 질문에 대답조차 하지 못한다. 샹린 아주머니는 '나'에게 질문한다. "'좋아요. 당신은 배운 사람인데다가 대처를 둘러보면서 수많은 지식을 얻은 사람이예요. 한 가지만 물어 볼께요. ……' 그녀의 흐릿한 눈동자가 갑자기 빛을 발한다. '사람이 죽고 난 뒤에 영혼은 있는 건가요? 그렇다면 지옥은요? 그럼, 죽은 사람들의 가족들은 모두 다시 만날 수 있는 건가요?' 이 쯤 되면 그녀는 이미 완전한 바보가 되어버렸음을 알게 된다. 아무리 주저하거나 잔머리를 굴려도 이 세 가지 물음에 답할 도리가 없다. 그는 곧바로 겁이 털컥 나서, 앞서 했던 모든 말들을 뒤집으려 했다. '그것은, …… 정말로, 나도 잘 모르는 ……. 사실, 결국 영혼이 있는지 없는지, 나도 잘은 모르겠어요.'"(2-7) 지식인으로서의 사명감은 상실한채 다만 자신의 책임만을 회피하려는 얄팍한 자존심과 변명으로 자신을 합리화하면서 위기를 모면하려 한다. "그러나 곧바로 스스로 웃음 짓는다. 어리석다고 여겨지는 일은 원래 무슨 깊은 의미가 있는 것은 아니지만, 내가 하나하나 돌이켜 생각해 보니 교육차 말하려는 것이 정신병이라고 해서 이를 탓할 필요는 없는 일이다. …… '명확히 말할 수 없어요' 라는 말은 대단히 유용하다. 돌격적인 용감한 소년이 가끔 사람들의 의혹을 과감히 해결해 주는 경우가 왕왕 있다. 의사를 찾아갔으나 만일에 결과가 좋지 않아 역설적으로 원망을 살 경우가 있다. 하지만, '명확히 말할 수 없어요'라는 이 구절을 사용해 결론을 내린다면 일들이 잘 풀려갈 것이다. 나는 이런 때, 이 구절의 필요성을 더욱 크게 느낀다. 가령 그것이 밥벌이를 하는 여인에게라면 더더욱 이 구절을 빼서는 안된다."(2-8)

지식인으로서 '나'는 우매한 대중을 구제하기는커녕 그녀들의 질문에 대답조차 못하는 무책임성을 드러내면서 이런 상황을 모면하려고만 한다. "나는 시종 불안함을 느꼈다. 밤이 지나고 여전히 시시각각 기억이 떠올라 마치 불길한 예감을 품고 있는 듯했다. 눈내리는 음산한 날, 무료한 서재에서라면 불안은 더욱 강렬해 진다."(2-8) 그의 예감은 샹린 아주머니의 죽음으로 확인된다. 하지만 샹린 아주머니의 죽음소식을 접하는 순간 그의 태도는 어떠한가? 샹린 아주머니의 죽음 자체에 대한 심각한 반성이나 본질에 대한 천착보다는 다만 자기의 대답이 샹린 아주머니의 죽음에 영향을 미쳤는지 안미쳤는 지를 확인하는 데만 그의 관심이 모아지고 있다. 그는 샹린 아주머니의 죽음을 알려준 사람에게 '어떻게 된거죠? …… 굶어 죽은 건 아니죠?' 라고 물어보지만 상대는 대답은커녕 고개도 들지 않은채 나를 힐끔 쳐다보더니 나가버린다. 결국 원하는 대답을 듣지 못한다. "'나'는 누런 빛을 발하는 유채기름 등잔 아래에 앉아서 의지할 데 없던 샹린 아주머니를 생각한다. 사람들에게 버림받아 지푸라기 더미에 싸인, 보기조차 싫증난 낡은 노리개처럼 몰골을 지푸라기 더미에 드러냈다. 사는 게 재미있는 사람들이 보기에는 아마도 그녀가 어찌 아직까지 존재하는지 이상하게 여길지 모르지만, 지금은 말끔히 청소되어 깨끗해졌다고 할 것이다."(2-9~10) 샹린 아주머니의 고뇌는 그녀의 죽음과 동시에 사람들의 관심에서 멀어진다. "'나'는 이처럼 강렬한 포옹 속에서 느슨하게 풀어져 아늑해 진다. 낮부터 초저녁에 이르기까지 가졌던 의문은 축복을 주는 공기가 휩쓸고 지나가 공허가 되었다. 천지의 중생들이 흠향할 희생과 담배연기에 취한 듯 공중을 천천히 날아다니며, 루쩐 사람들에게 무한한 행복을 나눠 줄 준비를 하고 있는 듯하다."(2-21) 지식인인 '나' 역시 일반대중과 다를 바 없다. 다른 점이 있다면, 어떻게 하면 자신이 도덕적 책임을 벗어날 수 있는지를 좀더 교묘히 연구한다는 점이다. 무엇을 위하고 누구를 위한 것인지 알 수 없는 '폭죽소리'에 묻혀 가는 샹린 아주머니의 마지막 절규는 아직도 귓가에 울린다.

　이상에서 볼 때, 루쉰의 작품에 등장하는 주요 인물형상은 생활주변에서 흔히 만날 수 있는 인물들로서, '샹린 아주머니', '아이꾸', '싼스 아주머니' 등과 '화라오췐' 등 몽매한 대중에 대한 깊은 애정과 통찰을 지니고 있었음을 알 수 있다.

나. 영혼의 식민성 : 아Q와 '광인'

위에서 살펴본 바와 같이 루쉰 작품에는 우매한 대중이나 우매한 여성 등 무지몽매한 봉건적 인물형상이 매우 많이 등장한다. 루쉰이 창조해낸 가장 특이한 두 인물형상을 들 수 있다. 즉, 봉건 2천년 역사를 관통해 오늘에 이르기까지 가장 전형적인 중국인의 얼굴이라고 할 수 있는 아Q가 있다. 그는 봉건 2천년이라는 '사람을 잡아먹는 역사'의 피해자이면서 동시에 그 역시 가해자이다. 다른 한 편에는 그 대척점에 봉건 2천년 역사를 '사람을 잡아먹는 사회'라고 규정하고 이것의 타파를 준엄하게 선언하는 '광인'이 있다. '광인'은 도처에 아Q가 존재하는 이러한 봉건사회를 파괴하려는 '음모'를 가진 반역적 인물일지도 모른다. 이렇듯, 아Q와 '광인'은 다르면서도 서로 연계되어 있는 인물형상이다. 이 두 인물형상을 대비하면서 보다 상세한 분석을 시도해 보자.

1) 아Q

아Q가 누구인가? 아Q는 어떤 사람인가? 사형당한 후, 아Q의 종적은 영원히 사라졌는가? 아니면, 이 세상 어딘가에 여전히 존재하는가? "루쉰이 작품을 통해 중국의 민족성을 가장 지독하게 풍자한 작품이 바로 「아Q정전」(1921)이다". [8] 쉬삐후이는 「루쉰의 소설과 유머예술」이라는 글에서 "아Q같은 전형인물은 중국에 있어서 시골이건 소도시건 할 것 없이 가장 흔한 인물로, 중국인이라면 누구나 할 것 없이 일정정도는 아Q와 같은 모습을 띠고 있어 그다지 웃음거리가 아닌 듯 여겨진다. 자기 자신이 아Q 모습을 드러내거

---

8) 리오우판李歐梵, 『중서문학의 회상中西文學的回想』 p12, 삼련서점홍콩분점三聯書店香港分店, 1986.

나 혹은 스스로 아Q 모습을 한 중국인에 익숙해 알아보지 못할 때, 루쉰은 그 형형한 눈으로 투철하게 인식하고는 완벽한 전형을 사실적으로 온전히 표현해 냈다."[9] 루쉰은 「「아Q정전」의 유래」라는 글에서 "내가 늘 말해왔듯이, 나의 글은 솟아나온 것이 아니라 짜낸 것이다"(「「아Q정전」의 유래」, 『화개집속편華蓋集續編』, 3-376) 라고 했다. 이는 아Q라는 인물형상이 전형화 과정을 통해 탄생했다는 말이다. 그는 다음과 같이 설명한다. 즉, "인물의 모델 역시 어느 특정한 한 사람만을 쓴 것이 아니라 여러 사람을 합성해 만든 것으로 흔히 입은 저쟝浙江에서, 얼굴은 베이징에서, 옷은 싼시山西에서 가져와 엇섞어 놓은 듯한 케릭터이다. 어떤 사람은 내가 쓴 어느 글은 누구를 욕한 것이고, 또 어느 글은 다른 또 누구를 욕한 것이라고 하는데 그것은 완전히 허튼소리다."(「나는 어떻게 소설을 쓰기 시작했는가」, 『남강북조집』, 4-513) 다시말해, 우리 주변에서 가장 흔히 볼 수 있는 중국인들의 모습에서 전형화의 원칙에 따라 아Q를 창조해낸 것이라는 주장이다. 이Q의 인물형상이 중국인 전체의 모습인 이유는 바로 여기에 있다. 아Q에게는 중국인이라면 누구나 지니고 있는 정신상태와 성격과 태도가 응결되어 있다. "황제에서 개에 이르기까지의 정신상태나 성격, 신봉하는 이념 등등이 중국의 한 농민의 신상에 뭉쳐져 찬란한 꽃무더기를 피운다. 아Q가 인간세상으로 뛰쳐나왔다. 교만한 아Q가 비율상 중국인민의 절대다수를 대표할 수 없다면, 결코 제멋대로 인간세상에 오지도 않았을 것이다. 그는 통치자 전체, 권세 있는 이들에게 빌붙어 사는 지식인 전체, 냉혹한 소시민 전체를 대표함과 아울러 농민, 부랑자, 프롤레타리아 계급 및 낙오한 중산층 대부분을 대표한다."[10]

아Q에게는 다음과 같은 특징이 있다. "아Q는 그저 삯일을 시키거나 놀림거리로 삼는데 필요한 존재였을 뿐, 누구 하나 그의 '내력'같은 것에 대해서

---

9) 쉬베후이, 앞의 글.
10) 오우양산歐陽山, 「루쉰주의에 대한 영원한 적魯迅主義底永遠的敵人」, 1937년 6월.

는 주의를 기울이지 않았기 때문이다. …… 일정한 직업이 없었던 그는 이집 저집 다니며 날품을 팔았다. 그때그때의 형편에 따라 보리추수도 하고, 쌀도 찧고, 배를 젓기도 했다. …… 웬 늙은이가 '아Q는 일을 참 잘하거든!' 하고 아Q를 추켜세운 적이 있다. 그때 다른 사람들은 그것이 진심에서 나온 말인지 아니면 놀려대는 말인지 분간하지 못했으나 아Q만은 무척 기뻐했다. …… 아Q는 또 자존심이 매우 강해 웨이쫭^{未莊} 사람들을 누구도 눈에 차 하지 않았다. ……"(「아Q정전」, 「외침」, 1-490~492) 농촌에 살지만 자기의 땅도 없고 일정한 직업도 없이 되는대로 막일을 거들기나 하고 먹고사는 농촌 일용노동자인 그는 그럼에도 불구하고 자존심이 강하고 자기합리화도 잘한다. 만약 그가 누군가로부터 멸시를 당했다면 그는 돌아서서 "우리도 말이야, 그전엔 네깐 놈보다는 훨씬 더 잘살았어! 네깐 놈이 다 뭐람!" 이라고 합리화한다. 그러나 대상에 따라 그가 취하는 태도는 각양각색이다. "상대를 봐서 말대꾸도 변변히 하지 못할 위인 같으면 줄 욕을 퍼부었고, 자기보다 힘이 약한 위인 같으면 달려들어 때리곤 했다. 그런데 어떻게 된 일인지 아Q 쪽이 골탕을 먹는 때가 더 많았다. 그래서 그는 방침을 바꾸어 많은 경우 성난 눈으로 쏘아보기만 했다."(1-491) 이는 상대를 '노기 띤 눈으로 바라보기' 함으로써 위협을 가하려는 목적을 지니지만, 누구도 그의 목적대로 따라주지 않는다. 그러자, 아Q는 사람들이 버릇없는 것에 대해 개탄하면서, "난 아들놈에게 얻어맞은 셈이야. 요즘 세상은 정말 말이 아니야 ……" 라고 중얼거린다. 이런 생각이 들자 아Q는 어쩐지 제가 이긴 것처럼 어깨가 으쓱해져서 흐뭇한 마음으로 자리를 떠버린다. ……"(1-492) 역시 만족스런 마음으로 승리한 것처럼 자리를 떴다.

이는 아Q가 발명한 기상천외한 자기합리화 방법으로서, 루쉰은 이를 '정신승리법'이라고 명명했다. 즉, 그는 세상이 진화하고 발전하는 것이 아니라 날이 갈수록 퇴보하고 악화해 간다는 전도된 현실인식으로써 자기를 합리화한다. 어떤 때는 "그는 자기야말로 스스로를 업신여기고 낮추는데 있어서 첫째가는 사람이라고 생각한다. 그리고는 '스스로를 업신여기고 낮춘다'는 말만 빼놓으면 자기가 '첫째가는 사람'인 것이다. 장원급제한 사람도 '첫째가는 사람'이 아닌가? 그런데 네깐 놈들이 다 뭐냐!"(1-492) 라면서 내용은 차치한 채 '첫째'라는데 만족한다. 그리고는 상대를 '네가 뭐 대단한 놈이라도 되는 줄 아냐?' 라고 한마디 쏘아 부쳐주고는 역시 만족스런 마음으로 승리한 것처럼 자리를 떴다. 매우 특이한 사실 하나는 그가 정신적으로는 어떠한 업신여김이나 고통도 '정신승리법'이라는 묘약으로 견뎌낼 수 있지만, 물질상에 있어서는 그것이 안되는 모양이다. 우연히 끼어들게 된 야바위 도박장에서 생각지도 않게 '희고 빛나는 한 무더기 은화'를 거머쥐는 횡재를 맛본다. 그러나, 야바위 도박에 끼인 패거리들 대부분이 외지인들이었고, 아Q가 거금을 따는 것이 곱게 보일리 없었던 그들은 고의로 판을 깨버린다. 한바탕 소란에 '희고 빛나는 한 무더기 은화!'를 모조리 잃어버리고는 '처음'으로 실패의 고통을 맞본다. "눈이 부시도록 희고 반짝반짝거리던 은화더미! 그것은 다름 아닌 자신의 것이었지만 지금은 보이지 않았다! 아들놈이 가져갔다고 생각해봤지만 어쩐지 그래도 역시 서운하고 언짢은 기분이었다. 자기를 벌레라고 생각해봤지만 어쩐지 그래도 역시 서운하고 언짢은 기분이었다. 그는 이번만은 실패의 고통을 좀 맛보았다."(1-493) 재물에 대한 중국인의 집착이 아Q에게도 그대로 점철되어 있음이다.

한 번은 아Q가 루쩐의 최고 권위자인 자오 나으리趙太爺를 일컬어 자기의 먼 친척뻘 되지만 항렬로 따지면 자기의 아들뻘이라고 떠벌였다. 이 사실이 자오 나으리 귀에 들어가게 되고 그는 이 일로 인해 자오 나으리에게 볼기를 얻어맞는다. 그러나 그는 자오 나으리를 여전히 자기 아들뻘 취급하면서 그에게 볼기를 맞은 것도 '망각'한 채 스스로 득의한다. 이 '망각'이야말로 '중국인들이 조상대대로 금과옥조로 전해내려 온 보배'(1-497)가 아니던가? 이는 중국인의 또 다른 저열한 근성^{劣根性} 중 하나이다. "'요즘 세상은 정말 말이 아니야, 아들 녀석이 애비를 때리다니 …….' 이렇게 생각하고 나니 그의 눈앞에는 문득 위풍이 뜨르르한 자오 나으리의 모습이 떠올랐다. 그런데 그 자오 나으리가 지금은 내 아들이로구나 하는 생각이 들자 그는 점점 더 어깨가 들썩거려졌다. …… 잘 따져본다면 아마 아Q가 자오 나으리와 한 집안이라고 했기 때문에 비록 얻어맞기는 했으나 사람들은 그게 혹시 정말이면 어쩌랴 해서 차라리 조금 존경해주는 것이 낭패 없으리라고 여겨서 그런다 할까. 그렇지 않으면 다 같은 짐승이라도 공자묘에서 제를 지낼 때 잡아놓은 돼지나 양[¥]은 성인께서 운감하신 것이므로 선비들도 허투루 대하지 못하는 경우와 마찬가지일 것이다."(1-494) 마침내 그는 스스로를 제사할 때에 쓰는 '희생'에 비유하면서, 비록 볼기는 맞았으나 마을 사람들이 자신을 업신여기지는 못할 것이라고 자위한다.

그는 자존심만큼은 누구보다도 강하다. 몸에 이가 적은것도 자존심이 상하는 일이다. 한 번은 왕후^{王胡}와 이 잡기 시합을 했다. 왕후는 이가 많을 뿐더러 이를 잡는 소리도 컸다. 이것에 자존심이 상한 아Q는 "업수이여기는 텁석부리 왕가에게는 이가 그렇게도 많은데 자기에게는 적으니 이게 얼마나 낯이 깎이는 노릇인가!"(1-495) 라고 투덜거린다. 자오 나으리 사건 후 아Q는 다소간 존중을 받는 것 같았기에 스스로도 좀 더 거만을 떨었다. "하지만 사람을 때리는데 이골이 난 한가한 패들을 만나면 간이 콩알만해지곤 했다. 그런데 이번만은 아주 용감했다. 이따위 털보새끼가 함부로 주둥아릴 놀리다니?"(1-495) 이러한 태도야말로 '강한 자에겐 약하고 약한 자에겐 강한' 전형적인 중국인의 모습이지 않는가. 이러한 모습은 아Q의 신상에서 뿐만아니라 「아Q정전」전편에 걸쳐 거의 대부분의 인물형상에서 찾아진다. 아Q가 배고픔을 견디지 못해 마침내 성내^{城內}로 떠났다가 한참 만에 큰돈을 벌어 가지고 돌아왔다는 소문이 퍼지자, 그를 대하는 사람들의 태도가 완전히 달라져 있었다.

"웨이쫭에는 좀 돋보이는 사람에 대해서는 버릇없이 대하지 않고 공손히 대하는 습관이 있다. 지금 나타난 것이 분명 아Q라는 것을 알면서도 누더기를 걸쳤던 예전의 아Q와는 어딘가 좀 달라보였으므로 공손히 대하지 않을 수 없었다. 옛사람도 '선비는 사흘만 헤어졌다 다시 만나도 새로운 눈으로 대할 지어다' 라고 말한 바 있다. 그래서 술집 심부름꾼도 주인도 술꾼들도 그리고 지나가는 행인들까지도 다 아Q에게 좀 의아쩍긴 하면서도 공손한 태도를 보여주었다."(1-508) 이는 중국인에게 보편적으로 발견되는 근성이다.

　30년을 넘게 혼자 살아온 아Q에게는 아직 이루지 못한 인생대사가 있었다. '여자를 얻어 아이를 낳아 대를 잇는 것'. 아Q는 결코 '씨를 말릴 놈!'(1-498)이 아니었다. 그가 비록 여자에 관한한 보수적인 태도를 견지해 왔지만, 어느 날 문득 "계집이 하나 있어야겠다. 대가 끊어지면 제사밥 한 그릇 떠놓을 놈도 없을게 아닌가. …… 그러니, 아무래도 계집이 하나 있어야겠어."(1-499) 하고 아Q는 생각했다. 그는 여자에 대해서만큼은 지독한 유가윤리도덕에 침식당해 있었다. 그는 다음과 같이 생각한다. "중국의 사내들은 본래 거의 다 성현이 될 수 있었는데 유감스럽게도 모두 계집 때문에 신세를 망치고 말았다. 하지만 그는 '남녀유별'의 교리를 언제나 엄하게 지켜왔다. …… 그의 학설에 의하면 무릇 비구니들은 반드시 중놈과 사통하기 마련이며, 계집이 혼자서 밖으로 나다니는 것은 필시 외간 남자를 꾀려는 것이며, 계집년과 사내놈이 한 자리에서 쑤군거리는 것은 필시 무슨 수작을 하기 위해서라는 것이었다. 아Q는 이런 자들을 혼줄내기 위해 왕왕 성난 눈길로 흘겨보거나 몇 마디 큰소리로 요진통을 찌르는 욕설을 퍼붓기도 하며 구석진 곳이라면 뒤에서 돌멩이를 집어던지기도 했다."(1-500) 라고 떠벌일 만큼 여성에 대해서 지극히 보수적이면서도 부정적이다. 이처럼 아Q의 여성관은 여성이 대를 잇기 위해 존재해야 하는 것이지만 '여성' 자체에 대해서는 부정적인 유가도덕관에 기초해 있다. 여성은 오직 정숙하고 착해야 하는데, 아Q는 여성들

에 대해 "계집 때문에 마음이 들뜬다는 것은 육^肉의 견지에서 보면 도저히 용
서할 수 없는 것이다. 그러기에 여자란 참으로 가증스러운 것이다. …… 아,
여자들이란 모두 엉큼한 생각을 하고 있으면서도 짐짓 '품행이 방정한 척' 시
치미를 떼고 있으니, 이것도 여자들의 가증스러운 점이라고 하지 않을 수 없
다."(1-500)는 심각하게 왜곡된 인식이 아닐 수 없다. '우마^{吳媽}에게 수청을 했
다가 거절당한 사건' 이후 마을의 여성들이 한결같이 그를 피해 달아나는 모
습을 보고는, 그들이 사실은 매춘부에 지나지 않으면서 양가규수인 척 내숭
을 떤다고 비아냥거린다. "어제까지만 해도 그러지 않던 웨이쫭의 여자들이
오늘부터 갑자기 남녀가 내외하듯 부끄러움을 타는지, 아Q가 걸어오는 것을
보기만하면 저마다 슬금슬금 문안으로 몸을 숨겼다. 쉰 살을 턱밑에 바라보
는 츄치^{秋七} 아주머니까지 젊은 여인들의 흉내를 내느라고 허둥지둥 피해 달
아났고, 게다가 열한 살 나는 계집아이까지 집안으로 끌어들였다. 아Q는 그
꼴이 하도 이상해서 '아 요것들이 갑자기 아가씨 흉내를 내는구나. 이 갈보같
은 년들이 ……' 하고 생각했다. ……"(1-503)

아Q는 자오 나으리의 없신여김과 '우마 수청 사건' 등으로 인해 밥줄이 끊
기고 마침내 웨이쫭에서의 여러 가지 불쾌한 기억들을 '망각'한 채, 오직 먹
고살기 위해 일거리를 찾아 성내로 들어가기로 결심한다. 성내에서 우연히
좀도둑들이 도둑질을 하다가 들키게 되자 달아나면서 팽개치고 간 장물보퉁
이를 주워 가지고는 웨이쫭으로 돌아온다. 이 장물보퉁이는 웨이쫭으로 돌아
온 그를 잠시 동안 우쭐거리게 만드는 보물보퉁이가 된다. 하지만 이것이 끝
에 가서 그를 사형으로 몰고 가는 실마리가 될 줄은 누구도 알지 못했다. 루
쉰은 아Q를 사형으로 끌고 가기 위해 혁명이라는 복선^{伏線}을 깐다. 루쉰은 신
해혁명에 대한 민중의 무계급적·무이론적 태도에 대해 비판한다. 아울러 민
중의 각성없는 혁명은 실패할 수밖에 없음을 지적한다. 아Q 역시 당시 대부
분의 민중들이 그랬듯이 혁명에 대한 왜곡된 환상을 지니고 있었다. 즉 "어

떤 사람은 혁명당이 그날 밤 성안으로 쳐들어갔는데 모두 흰 투구에 흰 갑옷을 입었더라고 했다. 그것은 숭정황제를 위해 상복을 입은 것"(1-513)이라고 여길 정도로 신해혁명을 '반청복명反淸復明'의 혁명이라 곡해하고 있었다. 아Q는 이미 '혁명당'이라는 단어를 듣고 있었고, 금년에는 또 혁명당이 처형당하는 것을 자기 눈으로 직접 보기도 했다. 혁명의 개념조차 알지 못하는 아Q는 혁명당이란 '반란을 일삼는 무리들'이요, 반란은 자기를 괴롭히는 것이라는 생각을 가지고 있었다. 그래서 아Q는 지금까지 혁명당을 뼈에 사무치게 미워하고 있었다. 그런데 혁명당이 백리안팎에 이름난 거인擧人 영감을 이처럼 혼줄 낼 줄은 천만 뜻밖이었다. 이렇게 되고 보니 아Q는 속이 후련해졌다. ……'혁명도 괜찮아. 이 제기랄 것들을 혁명해치워야 해. 이가 갈린다! 원한이 사무친다! …… 나도 혁명당에 들겠어!' 라고 아Q는 생각했다."(1-513)

아Q의 혁명관은 즉흥적이고 낭만적이었다. 이러한 혁명관은 비단 아Q에게서만 그치지는 않는다. 봉건 사대부로서 웨이쫭의 최고 권위인 자오 나으리마저 아Q가 혁명당원일지도 모른다는 생각에 두려움을 느낀 나머지 갑자기 아주 친근하게 굴면서 '라오Q老Q'(1-514)라 고쳐 부를 정도다. 자오 나으리가 이처럼 비굴해 질진데 다른 하층백성들의 태도는 더 이상 말할 필요조차 없을 것이다. 읍내로 갔다가 한몫 챙겨 돌아 온 아Q를 주목하는 데 그치지 않고 나아가 존경까지 표하게 되는 웨이쫭 마을 분위기는 매우 우스꽝스런 장면을 연출한다. 심지어 마을의 최고 권위인 자오 나으리마저도 아Q가 만에 하나 혁명당원이라면 겪게 될지도 모를 낭패를 대비해 아Q의 신분을 상승시켜 '라오Q'라 호명하는 장면은 실소를 금할 수 없게 한다. 이는 즉 자오 나으리를 대표로 하는 지배계급의 정체성이 '분열'되었음을 반증하는 것이다. 즉, 호미 바바의 '양가성' [11] 개념으로 이해할 때 이것이 곧 "백인 식민지

11) 박종성, 『탈식민주의에 대한 성찰 푸코, 파농, 사이드, 바바, 스피박』 p57~62, 주)살림출판사, 2014, 파주.

배자가 흑인 피식민지인 앞에서 지배욕망과 동시에 두려움도 함께 느끼"는 상황과 그대로 오버랩 되는 것이다. 루쉰은 자오 나으리를 잠시 지배와 피지배의 2분법적 공간을 벗어난 제3의 공간에 위치 지움으로써 혁명의 힘을 현시한다. 그러나, 아Q가 '거인집을 털러 들어 간 도둑의 망을 보다 바깥으로 던져진 보퉁이를 들고 뛴 좀도둑들의 조력자로 판명'되고, 가지고 온 물건 역시 장물에 불과하다는 저간의 경과가 모두 탄로난 후, 전도되었던 아Q의 신분을 비롯한 웨이쫭 전체의 질서가 원상태로 복원되고 만다. 만약 아Q에게 혁명성이 존재했다면 그렇게 되었을까? 물론 잠시의 흉내 내기에서 지배계급의 비열함을 드러내긴 했지만, 혁명으로 나아가게 하지는 않았다. 이것이 아Q의 비극임과 동시에 루쉰이 폭로하고자 했던 민중성이었다. 아Q는 혁명당이 그를 '모시러' 와주기를 기다리면서 환상에 젖는다. "…… 혁명이라? 거 참 재미있는데 …… 흰 투구에 흰 갑옷을 입은 혁명당들이 밀려온다. 그들은 손에 청룡도며 쇠채찍이며 폭탄이며 총이며 세날박이 칼이며 끝이 갈구리처럼 생긴 창들을 들고 토지묘 앞을 지나가면서 "아Q! 함께 가세, 함께 가세!" 하고 소리친다. 그러면 나도 함께 따라나선다.…… "(「아Q정전」, 「외침」, 1-515) 그러나, 그것은 아Q의 희망사항일 뿐 아Q에게 혁명에 동참하라는 기별은 없고, 아Q는 혁명으로부터 철저하게 배제당하고 만다. 아Q는 지배계층의 하위주체^{subaltern}의 헤게모니에 종속되거나 접근을 부정당한 여성, 노동자, 농민 등 여타의 피지배층과 마찬가지로 하찮은 일개 주변부 인물일 뿐이다. 이들은 이미 지배담론의 틀 속에 포섭되면서 전투적, 저항적 발언의 지위를 상실한 존재에 불과하다. 그러나 스스로 그러한 존재임을 인식하지 못하는 아Q의 불행은 거기서 비롯된다. 아Q라는 존재는 고작해야 자기 존재의 정당화를 위해 자기보다 더 나약한 왕대가리털보, 비구니, 하녀, 샤오D^{小D} 등을 공격하는 비열한 존재였을 뿐, 진정으로 자오 나으리, 톈^田 나으리 그리고 자오 수재^{秀才}나 가짜 양놈^{洋鬼子} 등과 싸울 용기나 지략을 갖지 못했다. 그러니, 혁명 동참은 언감생심, 배제당하고 제외될 수밖에 없었다.

어느 시대건 혁명은 환상이 아니다. 피와 땀으로 얼룩지지 않고 이루어지는 혁명은 어디에도 없다. 하물며 한갓 사리사욕을 채우기 위해 치루어 지는 혁명은 더더구나 없다. 그러나, 우리의 아Q는 재물과 여자와 권력을 환상한다. 기다리는 혁명당은 자기를 부르러 오지 않고, 혁명당에 가담했다는 자오 수재와 가짜 양놈이 자기들끼리 의기투합해 혁명을 하면서도 아Q는 혁명에서 배제한다. "귀가 밝은 자오 수재는 혁명당이 성안으로 쳐들어갔다는 소식을 듣자 이내 머리채부터 틀어 얹었다. 그리고는 여태까지 사이가 좋지 않던 텐 나으리를 꼭두새벽에 찾아갔다. 때는 바야흐로 '모든 것을 개혁'하는 시대였던지라 그들은 이야기를 주고받는 사이에 대뜸 마음과 뜻이 맞는 동지가 되었으며 함께 혁명에 나서기로 서로 약속했다."(1-516) 그러나, 그들은 아Q의 혁명동참을 거절한다. 이렇게 아Q를 배반하는 대신 그에게는 약탈자의 누명이 씌워진다. 그즈음 자오 나으리의 집이 '흰옷 입은 사람들'에게 털렸기 때문이다. 아Q가 원래부터 '구경하는 것이나 쓸데없이 남의 일에 참견하는 것을 좋아하기' 때문에 그날 밤 자오 나으리의 집이 털리는 장면을 우연히 목격하긴 했어도 그들과는 전혀 관계가 없었다. 오히려 각각 따로 이기는 하지만 동일 장소에 있었던 샤오D가 그들과 관련이 있을지는 모른다. 이런 추정은 루쉰이 설치한 복선에서 감지할 수 있다. "별안간 괴상한 소리가 들려왔다. 폭죽터지는 소리도 아니었다. 구경이라면 오금을 못 쓰고 아무 일에나 끼어들기를 좋아하는 아Q는 어둠 속을 더듬어 소리가 난 쪽으로 걸어갔다. 앞에서 발자국 소리가 나는 것 같아 귀를 기울이고 있는데 별안간 웬 사람이 맞은 켠에서 도망쳐 오고 있었다. 아Q도 덩달아 그 사람의 뒤를 따라 도망쳤다. 그 사람이 길모퉁이를 돌면 그도 따라 돌았다. 모퉁이를 돌고 나서 그 사람이 문득 멈춰 서자 아Q도 멈춰 섰다. 뒤를 돌아다보니 아무도 쫓아오는 사람이 없었다. 앞을 바라보니 그 사람은 바로 샤오D였다."(1-520) 이 부분은 아Q가 약탈자로 누명을 쓰게 된 또 다른 복선으로 제시된다. 성내에 가서 좀 도둑질한 이전의 경력, 자오 나으리를 비롯한 웨이쫭마을 사람들의 업신여김, 누군가를 희생양으로 삼아 형벌에 처함으로써 유지되는 봉건질서의 권위 등 그를 약탈자로 만들 수 있는 여러 가지 요소가 있긴 하지만 굳이 샤오D를 등장시킨 것은 샤오D의 밀고 가능성에 대한 복선을 제공하려는 의도라 여겨진다.

"그런데 그 후 나흘 만에 아Q는 밤중에 갑자기 성내로 붙잡혀 갔다. 그때는 마침 캄캄한 밤이었다. 한 소대의 병정, 한 소대의 자위단, 한 소대의 경찰 그리고 다섯 명의 밀정이 쥐도 새도 모르게 웨이쫭에 숨어들어와 어둠을 타고 토지묘를 빽 둘러싸고 대문 맞은 켠에는 기관총도 걸어놓았다. 아Q가 뛰어나오기를 아무리 기다려도 뛰어나오지 않았다. 오래도록 아무런 동정도 없었다. 대장은 조급해져서 상금 스무냥을 내걸었다. 그제야 자위단원 두 사람이 위험을 무릅쓰고 담장을 넘어 들어갔다. 안팎에서 짜고 일시에 달려 들어가 아Q를 체포했다. 영문을 몰라 멍해있던 아Q는 토지묘 밖의 기관총을 걸어놓은 곳까지 묶여 나왔을 때에야 제정신이 들었다."(1-522) 언제나처럼 토지신 사당에서 깊은 잠을 자고 있던 아Q를 체포하는 장면은 너무나 희극적이다. 어차피 무고한 죄를 누명씌우는 것도 '우스꽝스러운' 일이지만, 그를 체포하기 위해 그렇게 많은 병력이 동원된 것은 더더욱 '우스꽝스러운' 일이다. 마치 소 잡는 칼로 붕어 배를 따는 형국이랄까.

형식적인 재판은 끝이 나고 그는 사형에 동의한다는 최후의 서명을 요구받았다. 그에게 붓이 들려졌으나, 원래부터 전통 사대부의 전유물인 붓과는 머리털나고 한 번도 인연을 가져보지 못한 아Q로서는 붓을 어떻게 쥐어야 하는지조차 모른다. 붓으로 '수결手訣을 쓰라'는 요구를 받고도 그것이 무엇을 의미하는지 알지 못한 채, 다만 '자기가 동그라미를 동그라미답게 그리지 못한 것으로 인해 부끄럽다'고 여겼을 뿐이다. "왜냐하면 그의 손이 붓과 관계를 가지게 된 것은 이번이 난생 처음이기 때문이었다. 아Q는 붓을 어떻게 쥐면 좋을 지 몰라 망설이고 있었다."(1-524) 바야흐로 그의 운명이 다해 가고 있는 동안 그는 여전히 "그저 그놈의 동그라미를 동그랗게 그리지 못한 것이 일생에서 하나의 흠집처럼 생각되었다."(1-524) 죽음이 눈앞에 닥쳤음에도, 그는 더 이상 구제될 수 없는 상황으로 가고 있었다. 때늦게 상황을 인식한 아Q. "이때에야 번쩍 정신이 들었다. 이건 내 목을 자르러 가는 것이 아닌가? 그는 그만 기겁을 해 정신이 아찔해졌다. 눈앞이 캄캄하고 귀안에서 웅웅 소리가 나며 당장이라도 까무러칠 것만 같았다. 그러나 그는 까무러치지는 않았다. 속이 바질바질 타다가도 때로는 오히려 태연해지기도 했다. 그는 사람이 인간 세상에 태어나서 살아가노라면 때로는 목을 잘리는 일도 있을 것이라고 생각했다."(1-525) 이 상황에서도 자기 자신을 합리화하기 위한 변명거리를 만든다. 마침내 형틀에 묶여 거리를 돌며 '조리돌림' 당하면서 급기야 "아마도 사람이 인간 세상에 태어나서 살아가노라면 때로는 거리로 끌려다니며 조리돌림을 당하는 일도 있는가 보다 하고 생각했을 것이다."(1-525) 기막힌 오기가 아닐 수 없다. 도대체 무엇을 위한 '오기 부리기' 인가? 또한 처형당하는 아Q의 지나온 인생을 미화시킬 엄숙한 그 무엇도 없지 않은가.

아Q는 영웅도 아니고, 혁명가도 아니고, 도적도 아니고, 모범적 농민도 아니다. 그의 인생은 성공하지도 못했고, 사람들의 존경을 받지도 못했다. 열심히 살았기 때문에 스스로 만족하는 삶도 아니고, 많은 일을 했기에 기억될만한 인물도 아니다. 그는 '평범한 삶'이라는 말이 어울리지 않을 만큼 어쩌면 전혀 평범하지 않은 삶을 살았는지도 모른다. 왜냐하면 너무나도 어영부영하고 임기응변으로 얼렁뚱땅 살았기 때문이다. 형장으로 가는 마지막 길에 그는 한 가지 사실을 깨닫는다.

"그 순간 그의 머릿속에서는 다시금 한 가지 생각이 돌개바람처럼 소용돌이쳤다. 그것은 네 해 전 일이었다. 어느날 그는 산기슭에서 굶주린 승냥이 한 마리를 만났다. 승냥이는 가까이 다가오지도 않고 물러서지도 않고 일정한 거리를 두고 끈질기게 따라 오면서 그를 잡아먹으려 했다. 그때 그는 어떻게나 기겁을 했던지 하마터면 죽을 뻔했다. 다행히도 나무할 때 쓰는 칼 한 자루를 가지고 있었기 때문에 담이 좀 커져서 웨이짱까지 간신히 다달았다. 그러나 승냥이의 그 눈초리만은 영원히 잊혀지지 않았다. 그 표독스럽고 겁에 질린 두 눈초리는 도깨비불처럼 번뜩이면서 멀리서도 그의 가죽과 살을 꿰뚫는 것만 같았다. 그런데 지금 그는 이제까지 본적이 없는 그 승냥이의 눈초리보다 더 표독스러운 눈초리를 보았다. 그것은 둔한 것 같으면서도 날카로운 눈초리였다. 아Q의 말을 씹어 삼켰을 뿐만 아니라 그의 가죽과 살이외의 그 무엇인가도 씹어 삼키려고 가까이 다가오지도 않고 물러서지도 않고 일정한 간격을 두고 끈질기게 그의 뒤를 쫓아오고 있었다. …… 이러한 눈초리들이 한데 엉켜 이미 그곳에서 그의 영혼을 물어뜯고 있는 것이었다. …… '사람 살려. …….' …… 그러나 아Q는 소리내지 않았다. 그는 벌써부터 두 눈이 캄캄해지고 귀가 멍해지더니 온몸이 가루가 되어 흩어지는 것 같았다."(1-526)

그를 잡아먹으려 일정거리를 유지하면서 그를 좇는 승냥이의 눈빛은 모든 사람들의 눈빛 속에서도 이글거리고 있었다. 그러나 때는 이미 늦었다. 그는 형장으로 갔으나 살아 있는 어느 누구도 그의 죽음을 슬퍼하지 않았다. 다만 "성내의 구경꾼들 대부분이 아Q를 총살한데 대해 흡족해 하지 않았다. 총살은 목을 자르는 것보다 구경할 맛이 안난다는 것이었다. 게다가 얼마나 가소로운 사형수였던가. 그렇게 오래도록 거리를 끌려 다니면서도 노래 한 곡조도 뽑지 못하다니. 공연히 따라다니느라 헛수고만 했다고들 말했다."(1-527)

루쉰은 우리에게 과연 무엇을 말하려 했었을까? 루쉰은 "아Q의 영상이 내 머리에 떠오른 것은 확실히 여러 해 되는 것 같으나 그것을 써낼 생각은 조금도 없었다. 그러던 차에 부탁을 받고 문득 생각이 나서 밤에 좀 끄적거린 것이 제1장 서언이다. '재미있는 이야기^{開心話}'라는 제목에 맞추느라고 쓸데 없이 익살을 좀 부렸는데 전체 글과는 잘 어울리지 않았다."(「「아Q정전」의 유래」, 3-378) 루쉰은 아Q를 희극적으로 그리려 했다고 한다. 이것은 '재미있는 이 야기'라는 제목에 부합되게 하기 위해서였지만, 분명한 것은 아Q를 빌어 당 시의 중국현실을 풍자하고자 한 목적을 배제할 수는 없다. 「아Q정전」을 읽 으면, "비록 당신으로 하여금 웃음을 야기하겠지만 이내 웃을 용기를 잃고 오히려 불안에 떨게 만든다." [12] 그것은 무슨 이유 때문인가? 만약, 「「아Q정 전」의 서문^{「阿Q正傳」序文}」에 쓰여진 아Q의 유래에 대한 설명을 읽고서 아Q를 실존인물이라고 여기는 사람이 있다면 그는 아Q보다도 더 아Q같은 사람일 것이다. 아Q는 특정시기의 특정인물이 아니다. "그러나 나는 또 내가 본 것 이 현재의 전신이 아니라 그 이후 혹은 이삼십년 후일 수도 있다고 생각한 다. 사실 이것이 혁명당을 모욕한 것이라고는 생각하지 않는다."(「「아Q정전」의 유래」, 3-379) 즉, 아Q는 과거에 존재했던 인물이긴 하지만 현재에도 존재하고 있고, 또한 미래에도 존재할 인물일지도 모른다. 아Q는 "개명하지 못한 채 혼돈상태로 존재하는 암담하고 무능한 인물의 전형이다. 환경에 맞서 대항하 지도 못하는 고루한 포로일 뿐이다. 전해 내려온 것들에 대해서는 더욱이 수 용할 뿐 아무런 혁명적 의식도 지니지 않고 있다. …… 취생몽사할 따름인 일 반 사회현실이 그에게 하나의 거울을 비춰줌으로써 그 스스로 충분히 경계하 게 해주고 떨쳐 내게 해준다. 그리하여, 우리가 집안의 허물을 밖으로 드러낼 지언정 안에서 익어 곪아 터지게 할 수는 없다. '5·4' 이후, 혁명의식이 크게 일어나면서, 모든 구습을 타파하고 모든 외압에 대해 적극적으로 저항했다." [13] 여기서, 아Q가 오늘날 중국의 시대정신을 대표하는지 그렇지 않은지 여부

---

12) 팡삐·선옌빙, 앞의 글.
13) 주옌^{朱彦}, 「아Q와 루쉰^{阿Q與魯迅}」, 『신우주^{新宇宙}』창간호 p435, 1928년 10월 15일.

를 확인할 수 있다. 이것은 바로 19세기 말에서 20세기 초에 이르는 중국의 객관적 현실이었기 때문이다.

2) '광인'

「광인일기」(1918)는 「아Q정전」보다 3년 먼저 발표된 중국 최초의 백화소설이다. 루쉰은 '광인狂人'의 입을 통해 '사람을 잡아먹는 봉건예교'에 대해 말하고자 했다. 이것이 곧, 루쉰이 문예창작을 시작한 이래 잔혹한 중국 봉건사회 전체에 던진 최초의 질문이자 선언이었다. '광인'은 누구인가? 사회로부터 버림받아 고립되어 있지만 그 누구보다도 투철하게 현실을 꿰뚫어 보는 선각자라고 한다면 지나친 역설일까? 나아가, 현재 이전의 모든 것을 부정하고 파괴하는 의지와 힘을 지닌 혁명가라 하면 억측일까? 하지만 그는 그 비범함 때문에 '고독'할 수밖에 없고, 그 고독을 극복하기 위해서는 더욱 견결히 투쟁해 가지 않으면 안되었다. 주지하다시피 '고독'은 근대의식 가운데 매우 중요한 개념이다. 이에 관해 판보췬·주동린이 『중외문학비교사』에서 전개한 논지는 시사하는 바가 크다.

즉, "고독이란 근대주의 작품에 나타난 주관세계의 정서적 체험으로 때로는 사회저항 또는 성령性靈 고취를 위한 정신적 무기이기도 하다. 어둡고 암담한 정신적 황무지 또는 자아 상실의 세상에서, 자아의 고독을 유지한다. 어떤 의미에서 본다면, 자아와 개성의 존재 가치를 보존해 주는 것이다. '고독을 씹는다'는 것이 개인적 독립정신의 체현을 표현하는 것으로 근대 예술가들에게 있어서 창작의 원천이기도 하다. 주관세계 속의 고독이라는 고통이 예술작품의 시적 아름다움으로 변화한다. …… 서구 근대주의 작품 중 '고독' 정서는 '5·4' 작가들의 영혼에 공감을 불러일으켰다. 그들의 '고독'은 기본적으로 두 가지 유형으로 표현됐다. 한 가지는 위다푸와 궈뭐뭐를 대표로 하는 유형으로, 그들은 예민하면서도 뜨거운 심리기질 탓에 서구 근대주의적 고독으로부터 공명을 느끼며 자신들의 실제 생활 속에서 강렬한 고독을 감수해야 했다. …… 사람들은 니체가 묘사한 고독자에 관한 시구를 떠올리게 한다. '누가 나를 열렬히 사랑하는가—나에게 사랑을 줄 수 있는가? 누가 나를 사랑한다구? 나에게 따뜻한 손을 건네주고, 불타는 석탄같은 마음을 주오! 그 누구보다 고독한 사람에게 …….' 하지만, 이 단절되고 냉담한, 이기적이고 어두운 세상에서 누가 남에게 온기를 나누어 줄 수 있으랴? …… 다른 한 가지 유형은 바로 루쉰식 '고독'이다. 문화적 몽매함에 대한 반성에 침잠한 루쉰이 독특하게도 위치한 곳은 바로 객관 세계로부터 고독을 느낀 연후에 작품 속으로 돌아와 이들 세계에 대해 비판을 전개한다. 「광인일기」의 중심적 정서는 적막과 고독이다. '광인'은 정통성을 지닌 전통에 대해 최초로 준엄한 질문을 던졌기 때문에 사회로부터 배제당했다. 가정으로부터 격리되고, 인간세상으로부터 격리되면서 세상바깥으로 내 몰린 고독한 미치광이가 되었다. …… 따라서 '광인'의 고독과 미치광이 증상 속에는 심오한 진리가 함축되어 있다.

만일 중국의 전통적 이데올로기가 '사람이 사람을 잡아먹는'다는 본질을 인식해 그로부터 뛰쳐나오지 못한다면 그는 아마도 문화적 몽매자가 되고 말 것이며, '광인'의 고독감을 강화하는 일종의 요소가 되고 말 것이다. 그러나, '광인'처럼 중국문화의 거대한 비극을 의식하고 이 모순을 폭로하고자 할 때 그는 오히려 선각자가 느껴야 하는 더 깊은 고독 속에 빠질 것이다. 이것이 도그마이다. 문화적으로 몽매한 세계는 '광인'을 고독하게 만든다. 분투 이후의 선각자는 더욱 깊은 이의 고독에 빠진다. 뤼웨이푸나 웨이렌수 등 각성한 사람들은 우매한 민중들로부터는 이해받지 못한 채 가슴 속에 단지 고독만을 안고 산다. 투쟁가들 역시 냉혹한 현실 앞에 실망하고, 단지 마음속으로 실망의 비애나 고독만을 씹을 따름이다. 선각자이건 투쟁가이건 두텁고 무거운 문화적 무지몽매함 속에서 함몰되고 사그라들 뿐이다. 선각자와 투쟁가의 고독은 '5·4'문화혁명의 절체절명의 임무가 여전히 문화적 계몽운동임을 표명하는 것이다. 결코 한 번의 발길질로 문화적 계몽과 고독으로부터 떨쳐 일어날 수는 없다. 거기에는 '끈질긴' 정신이 필요하다. …… 그들은 특별한 열정과 기민함으로 사회 개혁과 문화계몽에 용감히 투신해 싸운다. 낡은 사물의 동요에 뜨거운 관심을 보이지만, 오히려 어디에서도 새로운 희망을 찾을 수 없음에 서글퍼 한다. 어쩔 수 없이 마음 속으로 떨쳐버리고 싶은 그 어둡고 묵중한 압박 속으로 도피하고 만다. …… 작품에 표현되는 고독은 사실은 무지몽매와 고독에 저항하는 고독이다. 우리들의 시대란 바로 끊임없는 고독과 그 고독에 대한 저항 과정 속에서의 전진일 따름이다." [14]

이렇듯, '광인'이 어쩌면 고독한 혁명을 꿈꾸던 루쉰 자신일지도 모른다. 제국주의를 몰아내고 봉건왕조를 타도해 근대국가를 건설하고 동시에 근대국가에 걸맞는 중화민족으로 성장하기를 갈망하는 지식인의 눈에 비친 주변의 상황은 어떠했을까. 그의 눈에는 무지몽매하게 잠들어 있는 아Q와 같은 멍청한 대중들이 도처에 존재한다고 여겼다. 그래서 루쉰은 그러한 중국사람의 모습을 한마디로 아Q로 개괄한다. 그는 수많은 아Q들이 존재하는 한 중국의 근대화는 요원하다고 여겼다. 루쉰은 '광인'의 입을 빌어 아Q들을 각성시키려 했다. '광인'의 주변에는 항상 아Q가 존재한다. 아니 '광인'을 제외한 나머지가 모두 아Q일지도 모른다. 이렇듯 '광인'은 아Q의 대척점에 위치하고, 그래서 '광인'은 바로 루쉰 자신의 모습일지도 모른다는 추측은 타당성을 갖는다. 루쉰의 작품 「광인일기」 외에도 「장명등長明燈」이라는 작품에도 '광인'이 등장한다. 이들 '광인'은 루쉰정신에 일치하는 긍정적 의미로 묘사된다. 한편, 「백광白光」의 천쓰청陳士成은 과거科擧에 실패한 충격으로 실제 미쳐버

---

14) 판보췬·주동린, 앞의 책 p381~4.

린 경우인데, 이는 「축복」의 샹린 아주머니가 끝내 미치고 마는 것과 유사한 형태를 지닌다. 이상의 두 유형 모두 봉건성에 의해 파괴된 인성을 보여준다는 점에서는 동일하지만, 태도와 성격 그리고 '미치는' 과정의 경로가 다르므로 각기 따로 다루어야 할 것이다. 우선 여기서 다룰 '광인' 인물형상은 봉건폐해에 파괴되고 짓밟힌 후자의 유형이 아니라, 제국주의와 봉건제도에 침윤된 무지몽매한 식민성을 타파하고 새로운 역사창조를 위해 투쟁하는 전사戰士로서의 '광인'인 전자의 유형임을 밝혀둔다.

　루쉰은 「『중국신문학대계』소설2집 서『中國新文學大系』小說二集序」에서 「광인일기」를 언급하면서 작품의 창작의도가 '가족제도와 예교에 대한 폐해를 폭로'하는데 있다고 지적했다. 즉, 이는 중국 근대문학사상 최초로 '사람을 잡아먹는' 봉건예교에 대한 격렬한 비판이었다. 이 작품은 몇 가지 특징을 지닌다. 최초의 백화소설이라는 칭호가 무색하게 서문에서 유려한 고문古文으로 창작동기와 내용을 소개하고 있다. 루쉰은 고문과 백화를 대비시키는 이러한 형식을 의도적으로 채택함으로써 봉건사회의 폐해를 보다 극명하게 드러내보이고자 시도한 것이다. 루쉰이 의학도였다는 사실을 상기시키기라도 하듯 작품에서는 의학지식이 다분히 녹아있다. 동시에 '광인'에 대한 심리학과 정신분석학적 분석이 두드러진다. 이에 대해 리오우판李歐梵(1942~)은 『중서문학의 회상』에서 루쉰이 "그리고는 크게 웃고 나서 일기책 두 권을 내놓았다. 그는 이 일기책을 읽어보면 아우의 병세를 잘 알 수 있다고 하면서 옛 친구들에게 보여도 좋다고 했다. 그것을 가지고 돌아와서 읽어보니 그의 아우가 '박해증'이라는 병에 걸렸다는 것을 알 수 있었다. 일기의 내용은 거개가 터무니없는 소리고 순서가 없었다. 날짜는 밝히지 않았으나 먹 빛깔이 다르고 글씨체가 다른 것으로 보아 한 번에 쓴 것이 아니라는 것을 알 수 있었다. 일기에는 맥락이 통하는 곳도 더러 있는데 이제 그것을 베껴 의학자들의 연구재료로 제공하려 한다."(「광인일기」, 1-422)라고 쓴 「서문」을 인용하면서 다음과 같이 분석한다. 리오우판은 "이러한 언술은 매우 절묘한 복선으로서, 작품에 대한 신뢰성과 긴장감을 제공하는 장치이다. 내용에 있어서도 정신병리학의 지식이 없이는 서술이 불가능한 곳이 여러 곳 있다. 또한 정상인인 '광인'의 형으로 하여금 '크게 웃게' 함으로써 '정상'과 '비정상'의 투쟁에서 정상이 승리했음을 암시한다고 지적한다. 그러나, 이 역시 정상인의 입장에서 본 승리 일뿐 진정한 승리는 아니다. 리오우판은 '5·4'와 근대의식 간의 관계를 설명하면서 "이 일기의 시작에서 사용하는 백화는 대단히 두드러져 앞 부분의 문언문과는 사뭇 다르다. 게다가 낮이 아니라 밤을 묘사하고 있다. 내 생각에 '훌륭한 달빛'이라는 이미지를 사용한 것은 일종의 인식의 과정을 대표하는 것이라 여겨진다. 이 '광인'이 깊은 사색을 거친 후 갑자기 확 트게 되면서 발견한 것이 바로 이 '훌륭한 달빛'이다. 다른 한 가지는 루쉰이 일본에서 서구 의학을 배우면서 수많은 서구의 심리학 서적을 읽었다는 점이다. 영어의 '달 (라틴어로 'luna')은 '미치다(lunacy 또는 lunatic)'라는 단어의 영어발음과 대단히 유사하다. 다시 말해, 어떤 사람이 달을 너무 오래 보고 있으면 미치게 될 수 있다. 루쉰이 '달'의 이미지로 '광인'의 사상을 드러낸 것이다. …… 사실, 이 '광인'이 싸우려했던 것은 '5·4' 시기 문인들이 생각했던 것과 마찬가지로 '사람을 잡아먹는 예교'였다. 중국의 옛 사회는 모조리 잔인한 것이었기에 그는 그처럼 야수의 이미지를 사용했던 것이다." [15] 라고 주장했다. 작품 속으로 들어가면 정상인의 세계와 비정상인의 세계가 전도되어 있기 때문에 독자가 이를 역전도시켜 읽어야 하므로 다소 이해하기 어려운 부분도 있을 수 있다. 이 작품의 주제가 '봉건사회를 뒤집어엎자'라는 것은 명확하다. 이전에 그 누구도 이처럼 직접적으로 이 주제를 다룬 적이 없었다. 그만큼 이 작품이 지니는 전복성과 충격은 큰 것이었다.

「서문」에는 '광인'에 대한 작가의 소개가 있다. 제1절에서 '광인'이 미쳐버

---

15) 리오우판. 『중서문학의 회상中西文學的回想』p12, 삼련서점홍콩분점, 1986년 5월.

린 것은 '사람을 잡아먹는 사회'에 대한 발견이자 분석이고 고발이다. 제13절에서 '어린이들을 구해야 한다'라는 '외침'은 나아가 서문의 설명에 근거하자면 '광인'의 병이 치료되었고 후보候補 [16]로 보임 받아 모처로 갔다고 해야 한다. 어쩌면 이것이 '사람을 잡아먹는 사회'에 배치되었음을 표현하는 것일지도 모른다. 이러한 과정이 바로 '광인'의 운명이다. 표현형식상 이 운명은 문언으로 씌여진 서문과 백화로 씌여진 1장에서 13장까지의 일기로 표현되어 있다. 문언으로 시작하는 것은 결국 이 세계가 여전히 폐쇄된 봉건 식인의 그것이라는 것의 암시이자 바로 '사람을 잡아먹는 사회' 속에서 좌절당하는 사람의 운명을 묘사하는 것이다. '광인'의 시점과 작가의 시점이 병존하는 이 작품은 반드시 부정되지 않으면 안될 중국의 가족제도와 예교가 상대하기 매우 난감하게 할 정도로 견고하다는 것을 주제로 부각시키고 있다. 생리적으로나 윤리적으로도 혐오스럽게 여겨지는 이 '사람을 잡아먹는' 행위를 통해 개혁의 어려움을 형용하고자 했고, 이를 뒤집어 보자면 사람을 잡아먹는 사회의 동요성과 완고성 및 전통적 역량에 대한 공포의 이면을 암시하고자 한 것이다. 즉, 견고한 전통역량은 사람이 사람을 잡아먹는 사회의 반대자인 '광인'을 '정상인'으로 치료해 다시금 사람이 사람을 잡아먹는 사회 속으로 재배치할 수 있다는 것을 묘사한다. 그러나, 「광인일기」의 결말은 '외침'이 아니라 작가가 '광인'의 치유를 확인하는 것으로 묘사된다. 여기서 광인이 치유되어 정상인으로 돌아가 '후보'로 보임된다는 묘사는 정신계의 전사가 혁명에서 실패하고 좌절한다는 의미이다.

'광인'의 세계는 정상인의 세계와 경계선을 사이에 두고 있다. "여기에는 다만 문지방 하나가 가로 놓여 있을 뿐이다."(1-429)라는 구절에서, '광인'을 격리시키는 경계선을 확인할 수 있다. 정상인과 '광인'은 이 문지방을 사이에 두고 두 세계로 나뉘어진다. 낮의 세계와 밤의 세계, 이리의 세계와 인

---

16) 청나라 관제로, 벼슬만 있고 실제 직책은 없는 일종의 하급관리직.

간의 세계, 과거의 세계와 미래의 세계, 선조의 세계와 후대의 세계, 봉건 세계와 민주 세계, 사람을 잡아먹는 세계와 참 인간의 세계 등. 이원대립항적인 이 두 세계는 각기 배타적이고 독립적인 영역을 지닌다. 만약 이 두 영역을 마음대로 넘나들 수 있는 사람이 있다면 그는 이미 정상인이 아니거나 혹은 '광인'이 아니다. 우선 '광인'의 병증을 검토해보자. 그는 30여년 만에 처음으로 이처럼 맑은 달을 '자각적'으로 바라본다. 그리고는 "오늘밤 달을 보니 전에 없이 기분이 상쾌해 진다."(1-422)라고 서술한다. '광인'의 정신은 달의 명도에 비례해서 맑아진다. 정신병이 발병한 상황의 정신병자에게 있어서 정신이 맑아지는 것은 병자의 병이 악화된다는 의미이다. 따라서 이를 정상인의 관점으로 볼 때 이는 발작상태를 의미한다. 동시에 이는 과거와의 단절 선언이기도 하다. 지난 30년 세월을 단절하고 나서 세상을 바라보기에 세상이 분명히 보이는 것이다. 가족과 친척들을 포함한 모든 주변의 관계들 즉, 이웃 사람들, 나으리들과 하인들, 마을의 여성들과 어린아이들, 그리고 지나가는 개들조차도 더 이상 자기와의 친연성이 없다. 아니 오히려 호시탐탐 자기를 잡아먹으려 노리고 있다. 그가 이 모든 것들과의 결별을 선언했기 때문이다. 결국 그는 이들로부터 격리되어 서고書庫로 쓰던 방에 강금당하고 만다. '광인'의 세계가 정상인의 세계에 포위당했다. '광인'은 언제 잡혀 먹힐지 모르는 긴장상태에 빠진다. 하지만 '광인'은 잡혀 먹히지 않기 위해 더욱 정신을 똑바로 차리고 적들의 공격에 대응해야 한다. '광인'은 자기를 잡아먹을지도 모를 가상의 적들에 대해 생각한다.

"그 가운데서도 제일 험상궂게 생긴 놈 하나가 입을 딱 벌리고 나를 보며 히히 웃었다. 나는 온몸에 소름이 쭉 끼쳤다. …… 그저 20년 전에 꾸지우古久 선생네 케케묵은 출납부를 밟아 그 선생의 기분을 잡치게 한 잘못밖에 없었다. 자오구이趙貴 영감은 꾸지우 선생은 모르고 있지만 그 소문을 듣고 그를 대신해 화풀이를

139

하려는 모양이다. …… 그래서 길 가는 사람들과 짜고 들어 나와 맞서는 것이구나. 그런데 아이 녀석들은 왜 그 모양일까? 그때는 그 녀석들이 아직 태어나지도 않았을 텐데 왜 수상한 눈길로 나를 쏘아볼까? 나를 무서워하는 것 같기도 하고 나를 해치려는 것 같기도 했다. 나는 정말 겁이 더럭 난다. 아리송한 일이며 가슴 아픈 일이다. …… 옳지, 그렇지 그래, 그놈들의 애비 애미가 가르쳐 준 게로구나!"(1-423)

'광인'은 20여년 전에 꾸지우 선생에게 진 묵은 원한 즉, 그의 낡은 장부책을 밟음으로써 봉건역사의 전복을 시도(?)했던 죄를 지금에 와서 동내사람들이 짜고 원수갚음하려 한다고 생각한다. '나'를 제외한 모든 사람들, 심지어 어린아이마저 '나'를 싸고 히히덕거린다. 하지만 어린이들은 유보해 준다. 그들 스스로 '나'를 잡아먹겠다고 생각한 것이 아니라, 그들의 부모가 어린이들에게 가르쳤기 때문이다. "더구나 이상한 것은 어제 거리에서 만난 그 여자다. 그 여자는 자기 아들을 때리면서 '이놈의 새끼, 꽉 깨물어주면 속이 시원하겠다!' 하고 욕을 퍼부었다. 그러면서도 그 여자는 나를 쏘아보는 것이었다. …… 서고에 들어가자마자 닭이나 오리를 가두듯이 밖에서 문을 덜컥 채웠다. 왜 이렇게 하는지 나는 영문을 알 수 없었다. …… 며칠 전에 랑자촌狼子村에 사는 소작인 한사람이 나의 형을 찾아와서 흉년이 든 이야기를 했다. 그는 자기네 마을에 못된 놈이 하나 있었는데 사람들이 달려들어 때려죽이고 그놈의 간을 빼내어 기름에 볶아먹었다고 말했다. 이렇게 하면 담이 커진다는 것이었다. 내가 한마디 삐쳤더니 그 소작인과 형은 나를 흘끔흘끔 바라보는 것이었다. 그들의 눈길이 밖에서 만난 사람들의 눈길과 꼭 같다는 것을 오늘 비로소 알게 되었다. 생각만 해도 머리끝에서 발끝까지 소름이 오싹 끼쳤다. …… 그들이 사람을 잡아먹을 줄 아는 이상 나를 잡아먹지 않는다고 단언할 수 없지 않은가."(1-424) 이 마을에서 '사람을 죽여 간을 볶아 먹었다'라고

한 말을 듣자 '광인'은 마치 자기를 잡아먹을 듯한 기세로 헐떡이며 자기를 노려보던 개의 눈빛과 거리에서 흐흐거리던 사람들의 눈길, 그리고 거리에서 만난 어떤 여자가 자기 자식에게 '이 놈의 새끼, 꽉 깨물어주면 속이 시원하겠다'라고 하던 말들이 떠올랐다. 이들은 모두 한통속이므로 언젠가는 자기들끼리 짜고서 '나'를 잡아 먹을지도 모른다는 두려움을 느낀다. 그리고는 결론을 내린다. "나는 그들의 말속에 독이 가득차 있고 그들의 웃음 속에는 칼이 숨어있다는 것을 알게 되었다. 그들의 흰 이빨은 톱날같이 날이 섰는데 그것은 사람을 잡아먹는 연장이었다."(1-424)

그리고 생각한다. 그가 알고 있는 지식에 비추어볼 때 고서에 씌여진 '인의도덕仁義道德'이란 곧 '사람을 잡아먹기'에 불과함을 인식해냈다. "그래서 역사책을 뒤져보았지만 역사책에는 연대도 밝혀져 있지 않고, 그저 '인의도덕'이라는 글자가 매 장마다 괴발세발 적혀 있을 뿐이었다. 잠을 이룰 수가 없어 밤중까지 열심히 책장을 들여다보았더니 드디어 행간에서 글자가 나타나는 것이었다. 온 책에는 '사람을 잡아 먹는다'는 글자천지였다!"(1-425) '광인'이 마침내 '발견'해낸 것은 무엇일까? 중국의 역사가 곧 '사람을 잡아먹는' 역사였음이었다. 그리고 자기를 포함해 자기의 부모 및 형제자매가 모두 '사람을 잡아먹는 역사'의 주인공들임을 자각한다. "나는 사람을 잡아먹는 자들을 저주해도 먼저 형부터 저주하며, 사람을 잡아먹는 자들을 깨우쳐주어도 먼저 형부터 깨우쳐줄 것이다."(1-427) 이미 아버지 시대는 포기할 수밖에 없었다. "너댓 살 때라고 생각되는데 나는 사랑방 앞에 나앉아 바람을 쏘인 적이 있다. 그때 형은 부모가 병이 나면 자식으로서는 살을 한점 떼어 삶아 대접해야 착한 사람이라고 말했다. 어머니는 그 말을 듣고도 '그래서는 안된다'는 말한마디 하지 않았다."(1-431) 아버지 때는 이미 '사람을 잡아 먹는' 것을 당연히 여기고 '사람을 잡아 먹은' 적이 있었기 때문이다. 그렇더라도 형제세대는 어찌할 것인가? "나는 사람들에게 잡혀 먹히지만 아무튼 나는 사람을 잡아먹는 자의 동생이다!"(1-426) 부자관계에서 형제관계에 이르기까지 모두 '사람을 잡아먹는 역사'의 주인공이다. "누구보다도 가련한 것은 나의 형이다. 그도 사람인 이상 어찌해 조금도 무서워하지 않겠는가? 그리고 작당해 나를 잡아먹으려 하지 않겠는가? 이젠 아주 습관이 되어 잘못인줄 몰라서 그럴까? 그렇지 않으면 양심을 잃어버려서 뻔히 알면서도 그런 못된 짓을 하는 것일까?"(1-427) 형은 아버지 시대를 계승한 장자로서 그중에서도 가장 가련한 존재이다. 이처럼 사람을 잡아먹는 역사는 부자계승성을 지닌다. "나이는 비록 형보다 퍽 어렸지만 그는 형과 한 통속이었다. 틀림없이 애비 애미가 그렇게 가르쳤을 것이다. 그리고 아마 그자는 자기 아들에게도 그렇게 가르쳤을 것이다. 그렇길래 아이놈들까지 나를 독살스럽게 쏘아보는구나."(1-428)

주변에 '사람을 잡아먹는 것'은 이들 외에도 많다. 심지어 개는 이리에서 파생되어 나온 것이고, 이리의 친척뻘 되는 것이 하이에나인데 이들은 모두 한패가 되어 사람을 잡아먹는 것들이다. "'하이에나'는 승냥이와 친척간이며 승냥이는 개와 한 조상이다. 며칠 전에 자오 가네 개가 나를 흘끔흘끔 흘겨본걸 보아 그놈도 벌써 작당에 한몫 끼어든 모양이다."(1-427) 그들은 어떻게 해서든 사람을 잡아먹기 위한 구실을 만들어 낸다. "그들은 마음을 고치려고 하지 않을 뿐만 아니라 손쓸 준비를 다 해놓고 나에게 '광인'이라는 누명을 씌우는 것이었다."(1-430) 그래서 정상인에게 '광인'이라는 누명을 씌움으로써 사람을 잡아먹는 죄를 면책받으려 한다. 그러나, '광인'에게는 전도된 세계를 역전시킬 용기와 정의가 있다. 그는 사람을 잡아먹으려는 이들의 음모를 소리내어 웃게 만든다. "사람을 잡아먹으려고 하면서도 당장 손을 쓰지 않고 교활하게 남의 눈을 가리려고 하는 그놈들의 꼬락서니가 우스워죽겠다. 참을 수 없어 한바탕 크게 웃고 나니 속이 후련했다. 그 웃음 속에는 용기와 정의가 숨어 있다는 것을 나는 알고 있다."(1-426) 그래서 그는 용기를 내어 감히 질문한다. "이놈도 그자들과 한통속이며 사람의 고기를 즐겨 먹는다는 것을 나는 대뜸 알아차렸다. 나는 있는 용기를 다 내어 따지고 들었다. ……
'그래, 옳다고 생각하나?' …… '그걸 물어선 뭘 합니까? 당신은 정말 …… 농
담을 잘합니다. …… 오늘은 날씨가 참 좋은데요.' …… 날씨도 좋고 달도 무
척 밝다. …… 그래도 나는 물어봐야 겠다. '그래, 옳다고 생각하나?'"(1-428)
그리고는 사람을 잡아먹는 세계를 향해 질타한다. "너희들은 지체 없이 마음
을 고쳐야 한다. 진심으로 고쳐야 한다! 앞으로는 사람을 잡아 먹는 자들은
이 세상에서 살 수 없다는 것을 알아야 한다. …… "(1-431) 그러나, 지금과 같
은 현재의 세계에서는 그의 질타에도 불구하고 세계가 변하지 않음을 인식
한다. 한 번도 사람을 잡아 먹은 적이 없고 사람을 잡아 먹지도 않을 진인眞人
을 찾는다. 여기서 그는 아버지 시대와의 단절을 선언한다. 그리고, 한 번도
'사람을 잡아 먹은' 적이 없는 새로운 세대 즉, 미래의 '어린이孩子' 세대의 도
래를 희망한다. "나는 나도 모르게 누이동생의 살을 몇 점 먹었을 수도 있다.
그런데 이젠 내 차례가 됐구나 …… 4천년 동안 사람을 잡아먹은 이력을 가
지고 있는 나는 처음에는 물론 몰랐으나 이제야 참된 사람을 만나기 힘들다
는 것을 알게 되었다."(1-431) 그는 봉건역사를 뒤집어엎을 용사다. 그러나 그
용사는 현재의 세계가 아니라 미래의 세계에서 올 것이다. 그는 바로 '사람을
잡아먹은 적이 없는 사람'이다. 그래서 "어린이를 구원하라救救孩子!"(1-432)라
고 외친다. 그들이 바로 미래의 '전사'이기 때문이다.

「장명등長明燈」 역시 봉건타도를 위해 봉건성의 상징인 마을의 '장명등'을
'꺼버려!'(「장명등」, 『방황』, 2-56)라고 외치는 '광인'의 절규를 묘사한 작품이다.
'장명등'은 이 마을이 생겨난 한漢대 이래 줄곧 한 번도 꺼진 적이 없는 마을
의 부귀와 영화의 상징이다. "그게 아니라, 그 등을 끄면 여기가 바다로 변하
고, 그게 없으면 마을 사람들이 모조리 미꾸라지로 변해버리냐구?"(2-59) 장
명등의 의미는 한마디로 봉건미신에 불과하다. 그러나, 이것이 꺼지면 마을
의 운이 다했다는 의미로 받아들이는 마을 사람들은 '광인'의 시도를 완강

히 차단한다. "그것을 제거하는 것이 무슨 일이라도 된담. 그건 단지 하나의
…… . 뭐라고! 사당을 지을 때 출연금을 낸 그의 선조가 있는데 지금에 와서
그 후손이 장명등을 끄자고 하다니. 이 사람이 못난 자손이 아니고 뭐람? 우
리 그 자식을 호로자식이라 현에 고발하세!"(2-56) 이 장명등을 보수할 때 '광
인'의 조상들도 찬조를 했으니 만약 장명등을 끈다면 조상의 뜻을 어기는 것
이 되므로 이는 '불효죄'에 해당한다고 한다. 봉건시대의 덕목은 불효를 용서
하지 않는다.

그럼에도 불구하고 '광인'은 왜 장명등을 끄려 할까? "나중에 지금과 마찬
가지로 사람들이 그들과 함께 정전正殿의 장명등을 끄자고 한다. 그는 불이 꺼
져도 해충과 통증이 다시는 나타나지 않았다고 말하니, 참으로 하늘같은 중
대사 같았다. 아마도 사귀邪鬼가 몸에 달라붙어, 바른 길 보기가 두려울 다름
이다."(2-58) 마침내 마을사람들이 몰려들어 '광인'을 가두어 버린다. 심지어
그를 살해하려 모의한다. "이 자손들은 정말로 죽어야 해! 응!"(2-63) 갇힌 '광
인'은 "한 손은 나무 창틀을 부여잡고, 다른 한 손은 나무껍질을 벗기고 있다.
그 가운데서 두 눈동자가 말똥말똥 빛을 발하고 있다."(2-66) 제멋대로 부르
는 아이들의 노래소리에 묻혀 가는 '광인'의 '꿈'. "지금 끄면, 스스로 꺼지네.
…… 소리 한 곡조 뽑네, …… 난 불지르네! 하하하! …… 불불불, 요기를 하네
…… 소리 한 곡조 뽑네 …… ."(2-66)

봉건 미신으로부터 깨어나오지 못하는 뿌리깊은 영혼의 식민성을 깨치고
나오라는 '광인'의 절규가 귓가에 저렁저렁 울리는 듯하다.

다. 근대적 지식인의 운명 : 풍자냐 유머냐

루쉰은 「나는 어떻게 소설을 쓰게 됐는가」라는 글에서 창작주제 선정의 원칙이자 주요 목적이 계몽주의를 실천하는 것에 있다고 밝혔다. 그는 기본적으로 병태적 사회현실을 소재로 삼아 발언하고자 했다. "물론 소설을 쓰자면 자기의 주견이 얼마간 있기 마련이다. '왜 소설을 쓰는가'를 예로 들어 말한다면 나는 여전히 10여 년 전의 '계몽주의'를 고집하면서 '인생을 위해' 그리고 이 인생을 개량하기 위해 소설을 써야 한다고 생각했다. …… 나는 이전에 소설을 '심심풀이책'이라고 말하는 것을 더없이 증오했을 뿐만 아니라, '예술을 위한 예술'이란 것이 '심심풀이'의 새 발명에 지나지 않는다고 간주했다. 그러므로 나는 병태적 사회의 불행한 사람들을 많이 취재했는데, 그 의도는 병고를 적출함으로써 그 치료에 주의를 돌리도록 하려는데 있었다. 때문에 나는 될 수 있는 대로 글을 지루하게 쓰지 않았으며, 다른 사람들에게 내 뜻을 충분히 전달했다고 생각되기만 하면 어떠한 군더더기도 붙이지 않았다. 중국의 예극^{豫劇} [17]에는 배경이 없으며, 설에 어린이들이 가지고 놀라고 파는 연화^{年畵} 색종이에도 주요한 인물 몇 사람만 그려져 있을 뿐인 것과 마찬가지이다. 나는 이 방법이 나의 목적에 대해 적절한 것이라고 깊이 믿었다. 그러므로 나는 풍월을 묘사하지 않았으며 대화도 길게 늘어놓지 않았다."(「나는 어떻게 소설을 쓰게 됐는가」, 『남강북조집』, 4-512)

허간즈는 루쉰이 즐겨했던 사상표현의 방법과 형식을 논하는 글에서 루쉰의 유머와 풍자에 대해 다음과 같이 언급했다. "첫째는 베이징 시대의 성인 군자들을 풍자하고, 둘째는 관변 문학가를 풍자하고, 셋째는 중국인들의 미래의 영광을 풍자하고, 넷째는 고유의 도덕을 제창하는 사람들을 풍자한다."[18] 물론 이것은 잡문 등을 다 포함한 것이므로 소설에만 적용할 수는 없다. 따

---

17) 중국 5대 전통극 중 하나로 주로 중언 지역에서 발원하고 유행했다.
18) 허간즈, 앞의 글.

라서, 소설의 풍자에 관해서라면 다음 몇 사람의 평을 들어 볼 수 있다.

한 가지 유념할 점은 루쉰이 창조한 인물형상들 중 수적으로 가장 높은 비율을 차지하는 인물유형은 당연히 지식인 인물형상이다. 루쉰 필하의 대부분의 지식인은 비판 혹은 풍자의 대상이 된다는 점을 간과하지 말아야 한다. 이는 루쉰이 지식인에 대해 매우 큰 기대를 했었고, 그랬기 때문에 또한 그들에게 더 큰 실망을 느꼈었다는 점을 동시에 반영하는 것이다. 루쉰은 뿌리깊은 봉건의식에 사로잡힌 무지몽매하고 마비된 민중들의 '열근성'에 착안해 이를 비판풍자하는 데 힘쓰고 있다. 무엇보다도 그중에는 일정 정도 권력과 재부를 지니고 있다고 볼 수 있는 교사나 서생 및 전통 한의사 등 중간계급 지식인에 대한 풍자는 매우 신랄하다. 그 예로 콩이지, 쓰밍四銘, 자오치 영감趙七大爺, 까오 선생高老夫子, 투 선생禿先生, 백이와 숙제伯夷和叔齊, 천스청陳士成, 뤼웨이푸, 쥐엔썽, 웨이롄수, '나'(「작은 사건一件小事」, 「축복」, 「고향故鄕」 등에 나오는) 등과 전통 한의사(「약」, 『「외침」」자서」, 「내일」, 「아버지의 병」 등) 등이 있다.

이들은 권력과 하층대중 사이의 중간적 계급으로서 지역에서 일정정도 권력과 지위를 누리고 있는 신분이다. 이들은 자신의 신분을 이용해 우매한 대중을 호도하거나 기만한다. 이들과는 달리 지식인 중에서도, 「광인일기」나 「장명등」에 등장하는 '광인'은 가장 깨어있는 지식인으로 형상화되어 있다. 특히 「과객過客」이나 「이런 전사這樣的戰士」 또는 「치수理水」나 「벼린 검鑄劍」에서 만날 수 있는 지식인은 지식인 중에서도 가장 실천적인 지식인이라 할 수 있다. 루쉰의 작품에 등장하는 대부분의 인물형상이 그렇듯이 부정적이건 긍정적이건 모두 매우 큰 애정으로 묘사되어 있다. 하지만 루쉰이 이들을 묘사하는데 있어서 대상에 따라 그 태도나 입장은 매우 다르다. 루쉰이 특히 신랄한 필치로 풍자하고 있는 인물형상은 앞서 이야기한 바와 같이 지식인이다. 그가 유년에 경험한 불쾌한 기억도 기억이지만, 특히 '위선적 인사'와 '사기꾼'에 대해서만큼은 추호의 여지도 주지 않는 그의 견결한 태도는 위선적 지식인들에 대한 철저한 해부에서 잘 드러난다. 일반적으로 그의 작품을 읽을 때, '위선적 지식인', 특히 봉건잔재로서의 전통 한의사나 사숙 선생私塾先生에 대한 풍자가 가장 두드러지는 이유는 바로 여기에 있다.

"루쉰이야말로 중국인을 너무나 사랑했기 때문에 오히려 중국인을 혐오한 최초의 작가였다. 그는 당시 중국사회에 너무나 많은 문제가 있다고 여겼다. 그는 동유럽 문학의 영향을 받아 소설적 형식을 이용해 중국 사람들의 국민성이 도대체 어디까지 잘 못 되어 있는지 탐색해 보고 싶어 했다. 예를 들어, 「풍파風波」, 「비누肥皂」, 「까오 선생」 등에서 풍자되는 사람들이 하나같이 위선자들이다." [19] 자오쩐趙眞은 「보석가루같은 『아침 꽃 저녁에 줍다』」라는 글에서 "『아침 꽃 저녁에 줍다』는 역시 그처럼 신랄한 말들을 동원한 비아냥거림과 복잡하게 얽히고설킨 의도 등은 읽는 사람들로 하여금 웃음을 터트리게 한다. 하지만, 친구들이여 웃지 말게나. 이런 익살스런 글 속에 사람을 일깨워 가르치는 성분이 함축되어 있으니 ……. 모두 작가 유년의 기억에 수많은 잠언이 덧보태어진 것들이다. 이 추억의 묘사를 통해 중국 봉건 종법사회의 추악함을 적나라하게 폭로한다. 이 잠언의 내용은 모두 중국의 지금같은 혼란국면의 문제점들을 피가 터지도록 호되게 꾸짖는 것이다." [20] 라고 지적했다. 그 다음에 『아침 꽃 저녁에 줍다』에서 드러난 풍자 대상을 다음의 세 가지 부류로 개괄했다. "첫째, 양두구육의 거짓 도덕군자를 풍자한다. 이런 사상은 대부분의 천진난만한 청년들이 다소간 지니고 있는 것이다. 루쉰은 이런 가면을 더욱 혐오해, 『들풀』에 수록된 「개의 반박狗的駁詰」에서 '말하는' 개를 등장시킨 후, '사람만도 못하게 부끄럽다!' 라는 욕설로 반박하게 한다. 이토록 맛깔 나는 조롱조 필치야말로 통쾌하기 이를데 없는데 루쉰 선생만이 그렇게 쓸 수 있다! 『들풀野草』은 한 마디 한 마디가 주옥같고, 『아침 꽃

19) 리오우판, 앞의 책, p12.
20) 자오쩐趙眞, 「보석가루같은 『아침 꽃 저녁에 줍다』零金碎玉的『朝花夕拾』」, 『중국독서월보中國讀書月報』 (상하이) 제2권 제8기, 1932년 8월.

을 저녁에 줍다』도 보석가루와 같이 찬란한 작품들이 아닐 수 없다. 예컨대, 「개·고양이·쥐^{狗·貓·鼠}」등에서도 가짜 도덕군자를 매도하는 부분이 많다. 둘째, 돌팔이 전통 한의사를 풍자한다. 루쉰 선생의 아버지는 돌팔이 의사로 인해 병이 악화되어 사망에 이르렀다. 루쉰이 유년기에 겪은 일이지만, 얼렁뚱땅 치료하는 돌팔이 의사에 대해 대단히 부정적인 인식을 가지게 했다. 이로 인해, 루쉰은 마음을 가다듬고 제대로 된 의학을 공부하겠노라 결심하게 됐다. 이러한 생각은 『외침』, 『방황』, 『열풍^{熱風}』, 『들풀』 등에 한결같이 표현되어 있다. 『아침 꽃을 저녁에 줍다』에 수록된 「아버지의 병^{父親的病}」에서도 진지하게 언급된 바 있다. 셋째, 사이비 혁명가를 풍자한다. 사이비에 대한 루쉰의 멸시는 벌레를 대하는 듯 했다. 사이비 혁명가에 대해서만큼은 추호의 거리낌 없이 통렬히 꾸짖는다. 인구에 회자되는 「아Q정전」에 역시 그의 이런 사상은 깊이 있게 표현되어 있다. 같은 책에 실린 「범애농^{範愛農}」중에도 이런 인식이 드러난다. …… 이밖에도 루쉰은 국수^{國粹}주의, 미신, 교육을 비롯해 중요한 여러 가지 사회문제도 다루었다. 묘사를 통한 지적 외에도 반드시 가야할 정당한 길을 암시하고 있는 것도 있다." [21]

이상에서 보듯, 루쉰은 교육 문제, 혁명 문제, 미신 문제, 여성 문제, 문학 논쟁 문제, 허위군자 문제, 돌팔이 의사 문제, 중국의 미래에 관한 문제 등 많은 주제들을 다루면서 여러 가지 사회현실 문제를 지적하거나 또는 풍자한다. 대부분의 문제에 대해서는 논쟁함으로써 그에 대한 비판의 효과를 얻어내는데, 특정한 문제에 관해서는 최대한의 문학적 장치들을 동원해 '풍자'함으로써 그 교정의 목적을 달성한다. 앞서 여러 차례 언급한 바와 같이 루쉰은 '허위'나 '위선'에 대해서만큼은 지나치리만큼 신랄한 비판적 태도를 견지했다. 이는 유년에 직접 체험했던 여러 가지 기억과 더불어 여러 가지 현실상황에서 터득한 가장 혐오스러운 것이 바로 '가악추'였기 때문일 것이다. 따라

---

21) 자오쩐, 앞의 책.

서 이들에 대해서만큼은 한 치의 여지도 주지 않는 신랄한 풍자를 가한다. 가악추는 그러나, 일반 백성들에게서 보다는 일정 정도 신분과 지위가 있고 교육 수준도 높은 이른바 지식인들에게서 가장 많이 발견되는 것이었다. 루쉰은 계몽운동에 있어서 지식인의 역할이 매우 중요하다는 인식아래 지식인들에게 거는 기대가 컸다. 그런만큼 그들에게서 느낀 배반감도 컸다. 그래서, 그는 지식인의 이러한 모습에 대한 비판과 풍자가 다른 어떤 대상에 대해서보다도 신랄하고 철두철미할 수밖에 없었던 것이다.

루쉰의 풍자는 지식인을 다룰 때 특히 두드러지게 강조된다. 이는 루쉰문학의 중요한 특징 중 하나인 '계몽과 실천'을 위한 특유의 방식이었다. 루쉰에게 있어서 지식인 인물형상과 그들에 대한 풍자는 또 다른 의미를 지닌다. 루쉰의 작품 속에 등장하는 지식인들의 의식형태나 행동양식에 따라 지식인의 유형을 1) 위선적 지식인, 2) 방황하는 지식인, 3) 행동하는 지식인 등 크게 세 가지로 분류할 수 있다. 그러나, 위선적 지식인과 방황하는 지식인 유형에서는 풍자분석이 이루어질 수 있지만, 행동하는 지식인에게서는 풍자가 발견되지 않는다. 이는 4장에서 언급한 '열근성' 비판을 위한 방법으로서의 풍자이론에 따르면 당연한 귀결이라 할 수 있다. 따라서 여기서는 행동하는 지식인 인물형상에 관해서는 인물유형만 제시하고 그것에 관한 풍자분석은 진행하지 않기로 한다.

1) 위선적 지식인 : 통렬한 풍자

위선적 지식인은 피교육 내용에 따라 다시 구식 지식인과 신식 지식인 두 가지로 분류된다. 루쉰 작품 중 위선적 지식인 인물형상으로는 「옛 일을 회상함懷舊」(1912)의 투 선생, 「풍파風波」(1919)의 자오치 영감, 「이혼」(1925)의

치 대인^{七大人}, 「고사리를 캐는 사람^{采薇}」(1935)의 백이^{伯夷}와 숙제^{叔齊}, 「출관^{出關}」
(1935)의 노자^{老子}, 「죽은 자 살리기^{起死}」(1935)의 장자^{莊子}, 「비누」(1924)의 쓰
밍, 「까오 영감」(1925)의 까오 영감 등이 있다. 이들을 다시 구식 지식인과
신식 지식인으로 나누면, 투 선생, 자오치 영감, 백이와 숙제, 노자, 장자, 치
대인 등이 구식 지식인에 속하고, 쓰밍, 까오 영감 등은 신식 지식인에 속하
는 인물이다. 이들에 대해 분석해 보기로 한다.

우선 「총명한 사람과 바보와 노예^{聰明人和傻子和奴才}」(1925)의 총명한 사람과 바
보와 노예를 보자. 여기서 '총명한 사람'과 '바보'는 '반어^{反語, irony}'이다. 노예
가 스스로 각성하지 않으면 영원히 노예일 수밖에 없음을 묘사하고 있다. 그
것을 위해 총명한 사람과 바보를 동원해 진정한 총명한 사람과 진정한 바보
는 과연 누구인지를 알려준다. '노예'는 '먹을 것 입을 것 모두 시원찮고 창^窗
도 없는 방에 잠자리도 마음에 들지 않는다'고 불평불만만 지닌채, 만나는 사
람마다 붙들고 하소연한다. 노예의 하소연에 총명한 사람 역시 '참으로 동정
심을 불러일으키도다'라고 참담히 공감한다. …… 탄식하고 있는 총명한 사
람의 눈자위가 붉어지며 마치 왈칵 눈물이라도 쏟을 듯하다. …… "난 당신이
결국에는 좋아질 거라 생각하오……."(「총명한 사람과 바보와 노예」, 2-216) 라고 위
로해준다. 그렇지만 노예의 고충을 해결하기 위해 정작 어떠한 행동도 하지
않는다. 다만 말로써 위로를 해 줄뿐이다. 그러나, 노예의 동일한 하소연에
바보는 '호로자식!'이라며 버럭 고함을 지르고는 성큼성큼 노예가 사는 곳으
로 가, 담장을 허물어버리고 창을 뚫어 준다. 그러나 노예는 자신을 위한 이
러한 행동에 오히려 놀라 고함을 질러 바보를 쫓아버린다. 그리고는 그의 주
인에게 공경하면서도 득의에 찬 모습으로 말한다. "'강도가 와서 집을 허무
는 걸 제가 보고 맨 먼저 소리를 질렀습니다. 그래서 모두들 달려와서 그 녀
석을 쫓아버렸습니다.' 종은 주인한테 공손하면서도 으쓱해서 이렇게 말했

다."(2-217) 이 작품에서 우리는 누가 진실로 총명한 사람이고 바보이고 노예
인지를 알 수 있다. 자기의 삶을 개변시켜줄 혁명을 알아보지 못한 노예는 스
스로 각성하지 않는 한 영원히 노예일 뿐이다. 아무 것도 해줄 수 없고 다만
듣기 좋은 말로써 자기 책임이나 모면하고 체면이나 지키려 하는 총명한 사
람은 위선자일 뿐 혁명과는 아무런 관계도 없는 인물이다. 그러나, 현실 삶에
있어서 다소 우직하고 어리석지만 진정한 혁명가는 행동으로 실천하는 바보
같은 사람이다. 루쉰는 「사상가 루쉰思想家的魯迅」이라는 글에서 다음과 같이 말
했다. "루쉰의 작품 중 특히 풍자 작품의 경우 매 편마다 반어로 자신의 견해
를 표현하기를 즐겼다. 이 역시 환경에 적응하기 위해 불가피하게 구사한 일
종의 전술이었다. 동시에 수사학적 풍자역량 강화를 위한 것이었다. 예를 들
면, 「총명한 자와 바보와 노예」라는 작품에는 '아이러니Irony'의 맛이 대단히
농후하다. 루쉰의 원래 의도는 소위 '총명인'을 타격하면서 '노예'를 풍자하
고 '바보'에게 동정을 보이고자 한 것이다." 22 루쉰은 고의적으로 총명한 사
람과 바보를 명시함으로써 반어적으로 풍자했다. 여기서 루쉰은 우매한 중국
대중은 아무리 불평불만이 많더라도 스스로 각성하고 개조하지 않으면 해방
될 수 없음을 풍자한다. '총명한 사람'에 대한 이상과 같은 분석이 위선적 지
식인 분석을 위한 기본적인 틀을 제공해 줄 것이다.

「옛 일을 회상함」의 투 선생 : '농촌 생활에 대한 일인칭 회상 형식'을 빌어
'장발長毛, 즉 太平軍'의 이야기를 통해 반봉건혁명의 불씨와 그것의 허망함을 묘
사한 이 작품은 루쉰이 쓴 최초의 소설이다. 최초의 백화소설인 「광인일기」
를 쓰기 6년 전에 루쉰이 문언문으로 「옛 일을 회상함」을 썼다. 신해년辛亥年
(1911년) 겨울, 난징정부의 교육부로 부임해 가던 도중 사오싱紹興에 들렀을
때 쓴 처녀작이다. 이 작품은 아홉 살짜리 어린아이의 눈을 시점으로 주인공

22) 루쉰魯迅, 앞의 글.

'나'의 사숙인 투 선생(일명 양성仰聖선생), '나'의 이웃에 사는 지주 야오종耀宗, 문지기 왕 영감王老頭, 리 큰어멈李大娘 등 '푸시蕪市'에 사는 사람들에게 '장발'을 둘러싼 유언비어로 인해 벌어지는 각종 소동을 유머러스한 문언문을 통해 풍자적으로 묘사하고 있다. 유언비어로 인한 소동이라는 주제는 「풍파」의 변발삭발 소동과 「아Q정전」제7장 '혁명'에서의 바이白 거인擧人 영감의 피난소동 등에서도 운용된다. 「옛 일을 회상함」에서 신해혁명 이후 '여우가 사라지자 그 졸개들이 등장하는' 당시 사오싱의 상황을 루쉰은 자신이 지니고 있었던 혁명에 대한 최초의 반응을 어린아이의 눈을 통해 생동적으로 묘사한 것에서 소중한 의의를 찾을 수 있다. 작품에 등장하는 부정적 인물로는 위선으로 가득찬 세 명의 나으리들과 그들의 아버지 허꼬우바오河狗保, 푸시의 야오종과 그의 아버지, 투 선생, 야오종의 첩 및 그들을 따르는 추종자 등이다. 그들에 대한 루쉰의 풍자와 야유는 완곡하지만 강렬한 분노로 충만해 있었다.

사실상 이 작품이 지니는 풍자성은 이후의 작품에 비해 결코 못하지 않다. 이 작품의 주요 인물형상 중 하나인 투 선생의 형상은 전형적인 봉건적 구식 지식인 인물형상으로서 이후 자오치 영감, 치 대인, 자오 영감, 콩이지 등에 이르기까지 면면이 이어진다. 상대적으로 덜 주목받는 이 소설에는 이후 루쉰소설에서 다양하게 전개되는 수많은 요소들이 내장되어 있다는 점에서 재평가가 요구되는 작품이다.

우선 작품에 등장하는 지주 야오종이 어떤 인물인지를 살펴봄으로써 투 선생의 비열함을 두드러지게 관찰할 수 있을 것이다. 야오종은 지나간 일들은 들어도 알아듣지 못하고, 그저 '예, 예'하면서 머리를 끄덕일 뿐이다. 그가 '쌀'을 말할라치면 그저 '쌀' 한 마디밖에 모를 뿐, 그것이 찹쌀인지 맵쌀인지 조차 분간을 못한다. '물고기'를 말할 때도 마찬가지로 '물고기'라고만 하지, 그것이 방어인지 잉어인지 구분하지 못한다. 그가 이해 못할성 싶으면 반드시 많은 주석을 달아 줘야 하지만, 주석 가운데도 수없이 많은 모르는 단어들이 있어 더 많은 주석의 주석을 달아 줘야 한다. 만약 주석의 주석에 또 다시 모르는 단어가 있으면 결국 더 이상 어찌할 방법이 없다. 그와 대화를 나눈다는 것은 참으로 힘이 든다. 하지만, 그들이 들이닥치더라도 마루가 넓은 장순張巡의 수양묘의 뜰을 빌려 그들 중의 절반에게만 음식을 융숭히 대접하고 나면 곧바로 '안민安民'을 포고할 것이라 믿는 정도였다. 왕 영감은 가문의 철칙이라도 되는 듯 그러한 비결을 신봉했다.

사실상 '소쿠리의 밥과 호리병의 간장으로 왕의 군대를 맞이하는 전술'은 『맹자孟子』「양혜왕·하梁惠王·下」의 고사에 근거해 묘사한 것이다. 제齊나라가 연燕나라를 정벌하는 과정에서 연나라 백성들이 강하게 반발하자 제나라 선왕이 자신의 무력 행위를 합리화하며 맹자에게 물었다. "어떤 이는 과인에게 연나라를 빼앗지 말라고 하고, 어떤 이는 과인에게 그것을 빼앗아 버리라고 합니다. 만승의 나라로서 만승의 나라를 쳐서 50일 만에 해치웠으니 사람의 힘으로는 이렇게까지 되지 않을 것입니다. 빼앗지 않으면 반드시 하늘이 내리는 재앙이 생길 것이니, 빼앗아 버리는 것이 어떻겠습니까?" 맹자가 대답했다. "빼앗아서 연나라 백성들이 기뻐한다면 빼앗아 버리십시오. 옛사람 중에 그리한 사람이 있었습니다. 바로 무왕武王입니다. 빼앗아서 연나라 백성들이 기뻐하지 않는다면 빼앗지 마십시오. 옛사람 중에 그리한 사람이 있었습니다. 바로 문왕文王입니다. 만승의 나라로 만승의 나라를 치는데 대나무 소쿠리에 담은 밥과 호리병에 담은 간장을 가지고 왕의 군대를 환영하는 것에 어찌 다른 이유가 있었겠습니까? 물과 불의 재난을 피하려고 했던 것입니다. 만약에 물이 더욱 깊어지고 불이 더욱 뜨거워진다면 역시 다른 데로 옮겨 가버릴 것입니다. 백성에 대한 존중을 설교하는 『맹자』의 이런 표현은 국가정치에 대한 인민대중의 판단을 긍정적으로 서술한 것이다. 하지만, 「옛 일을 회상함」의 주인공인 야오종의 가훈은 자기 자신의 재물을 몰수당하지 않기 위해서라면 노예가 되어도 좋다는 의미로 사용됐던 것이다. 이토록 절개없는 속물적 보신주의 처세술 역시 부정적 가치를 지니는 것이다. 이것이 바로 노예민족의 노예근성을 풍자하는 핵심이다. 그는 이러한 민도가 중국의 노예상황을 창조했다고 여긴다. 혁명이전에 우선 노예근성을 타파하라는 조우룽鄒容(1885~1905)이 '소쿠리의 밥과 호리병의 간장으로 왕의 군대를 맞이한 전술'이 바로 노예근성이라고 주장한데 대해 말하는 것이다. 즉, 적극적 의미를 지니는 전고를 폄훼적으로 운용하는 수법을 '전고의 역설적 운용'이라고 칭할 수 있다고 한다면, 루쉰이야말로 이런 전고를 통한 풍자방식 구사의 달인이라 칭하지 않을 수 없을 것이다.

야오종의 아버지가 예전에 장발과 마딱뜨리자 땅바닥에 무릎을 꿇고 '살려달라' 애원하며 마치 새가 모이를 쪼듯 머리를 땅에 조아려 이마빡이 벌겋게 부어올랐던 적이 있었다. 그래서 였을까. 태평군은 그를 죽이지 않고 군인들의 밥을 짓는 요리사로 임명했다. 이로 인해, 장발의 사랑을 흠뻑받으며 많은 돈도 벌었다. 장발들이 실패하자 그는 교묘히 도망쳐 나와 '푸시'에 거주하면서 나날이 부자가 되어 갔다. 지금은 밥 한 끼를 준비하더라도 '안민安民'의 보증을 받게 되었는데, 이를 그 애비와 비교하자면 참으로 지혜롭지 못한 일이다. 「옛 일을 회상함」의 풍자대상은 비단 야오종, 투 선생, 기만적인 세 명의 나으리들뿐만 아니라 그들의 아버지들까지 포함해 노예근성을 지닌 모든 대중을 다 포함한다. 투 선생은 여느 향촌 서생이 다 그렇듯이 봉건사회의 상징적 권위이다. 모든 사람들이 싫어하는 지주 야오종과는 오로지 투 선생만이 특별히 어울리는데, 오히려 왕 영감 등은 그를 이상하게 여긴다. '나'의 눈에 비친 모습은 다음과 같다. "나는 혼자서 그 까닭을 곰곰이 생각해 보았다. 야오종은 스물 한 살이 되어도 아들이 없자 다급하게 첩을 셋이나 들였다. 투 선생이 불효에는 세 가지가 있는데 그 중에서 후손이 없는 것이 가장 크다고 했다. 그래서 31금金을 투자해 첩 하나를 사가지고 왔다. 후한 예를 갖춘 까닭은 야오종이 효순하기 때문이라고 했다. 왕 영감은 비록 현명하지만 배운

154

바가 선생에 미치지 못했기 때문에 높고 깊은 데를 헤아리지 못하는 것은 이상할 것이 없었다. 나는 며칠간 깊이 생각한 결과 비로소 그 까닭을 알게 되었다."(7-217) 효는 핑계고 결국 여탐의 합리화에 불과한 가소로운 일이다.

그의 허위성은 여기에 그치지 않는다. 장발이 출현했다는 소식이 전해지자 체면도 버리고 제일 먼저 달아날 준비를 한다. 평소에 그는 '선생이 세 명의 나으리들을 흠모하는 것은 성인을 흠모하는 것 보다 더 깊었'으나, '장발이 온다'라는 소식을 듣자 공포에 떨며 '창백한 얼굴이 되더니 책상에 걸려 넘어지고 말았다'(7-217). 마을 사람들은 갈피를 잡지 못하고 우왕좌왕한다. "그 중에는 허쉬何墟 사람이 많았는데 푸시로 서둘러 들어오고 있었다. 그러나 푸시에 살고 있는 사람들은 다투어 허쉬로 달려가고 있었다. 왕 영감은 스스로 예전에 환난을 경험한 적이 있었다고 하면서 다만 우리집만 당황해 하지 않았다고 했다."(7-219) 세상을 알지 못하는 소년 '나'만이 태연하다. 그래서 선생은 "나는 장발의 일에 대해 물어볼 겨를도 없이 청개구리를 깝치고 개미를 잡아다가 밟아 죽였다. 또 바가지로 물을 떠와서 개미구멍 속으로 부어넣어 개미를 괴롭혔다."(7-219) 허둥대는 어른들과 천진난만한 아이의 절묘한 대비를 통해 어른들의 허위성과 소심함을 풍자한다. 그러나 장발는 오지 않았고 소동은 끝이 났다. 투 선생도 돌아와 예전의 권위를 찾으려 했다. "하하, 난민이라! …… 아아." …… 투 선생은 크게 소리내어 웃었다. 조금 전까지 당황해 하던 자신의 어리석음을 비웃는 듯했다. 또한 난민이 더 이상 두려워 할 필요가 없다는 안도의 웃음이기도 했다. 사람들도 역시 웃었다. 투 선생의 웃는 모습을 보고 따라 웃었던 것이다."(7-220) 여기서 투 선생의 허위가 드러난다. "투 선생이 돌아왔다. 나는 상당히 곤혹스러웠다. 그러나 그의 안색을 살펴보니 이전의 엄숙한 모습과는 판이하게 달랐다. 피난을 가지 못해서일 것이다. 은연중에 이런 생각이 들었다. 만약 장발이 들이닥쳐 투 선생의 머리를 이씨 큰어멈의 가슴팍에 던지게 된다면 나는 날마다 개미구멍에 물을 부어 넣을 수 있을 것이고 『논어』를 읽지 않아도 될 텐데."(7-220) 투 선생의 군자연하는 거짓 태도를 꿰뚫어 본 '나'는 투 선생의 허구를 알아차린다. 이들에 비해 "나는 장발이 온다는 소식에 투 선생이 도망가는 걸로 보아 장발이 아주 좋은 사람이라고 생각했다. 그리고 왕 영감은 나를 아껴주시니 틀림없이 장발이었을 거라고 생각했다."(7-221) 라는 구절에서 나타나는 왕 영감의 의연함에서 오히려 혁명성을 발견할 수 있다. 재미있는 것은 「옛 일을 회상함」의 투 선생과 야오종의 관계가 바로 캉요우웨이^{康有爲}(1858~1927)와 광쉬^{光緒}(1871~1908) 황제의 실제 관계를 풍자한 것이라는 사실이다. 혁명가이자 국학자요 동시에 루쉰의 스승이었던 장빙린^{章炳麟}(1869~1936)이 캉요우웨이의 혁명론에 강력히 반박한 「캉요우웨이의 혁명논 반박서^{駁康有爲論革命書}」(1903)를 집필한 것과 쪼우롱^{鄒容}(1885~1905)이 서구의 부르주아 혁명이론에 기초해 혁명의 정의로움과 당위성 등을 천명하고 반봉건 민주공화제를 주창하면서 집필한 저서 『혁명군^{革命軍}』(1903)에 장빙린이 서문을 써 준 일로 인해 '소보안^{蘇報案}' 사건이 촉발됐다. 광쉬 황제를 직접 거명해 비판한 데 대해 청 조정이 격분했다. 1903년 장빙린이 속물보신주의자인 캉요우웨이와 '똥오줌도 못가린 채' 캉요우웨이를 신봉하는 무지한 광쉬황제를 비판한 '반박서'가 그 시발이 된 것은 당연하다. 「옛 일을 회상함」의 투 선생과 투 선생이 존경하는 야오종, 이 두 사람의 관계의 반영일 뿐더러, 1903년 당시 광쉬황제와 캉요우웨이의 관계가 사실상 거의 이와 다르지 않았다는 것이 주지의 사실이다. 이것이 개량파 캉요우웨이와 광쉬황제의 관계를 풍자한 루쉰의 의도였다고 보여진다.

루쉰은 지나치게 희극적인 것과 혁명에 부합하지 않는 사오싱의 혁명 소동에 대해 침묵만 하고 있을 수 없어 붓을 쥐었다. 회상형식은 그런 노골적 인신공격을 은폐하는 위장술이다. 작가와 묘사되는 인물 사이의 거리가 너무 가까우면 작품은 늘 결점을 드러내게 된다. 「옛 일을 회상함」의 결말부분이 늘어진 것도 바로 이런 이유 때문이다. 나는 작자가 풍자한 「옛 일을 회상함」의 부정적 인물군은 루쉰이 직접 체험하면서 눈으로 보고 귀로 들었던 신해혁명 당시 사오싱에 살았던 사람들이라 여긴다. 때문에 나는 「옛 일을 회상함」에 묘사된 부정적 인물들이 실제 신해혁명 시기 인물들과 명확한 상응관계를 지닌다고 생각한다. 실제로 루쉰은 사오싱에서 신해혁명을 맞이한다. 이 혁명은 가련하게 조그만 소리를 내다가 이내 붕괴되어 뜻하지 않는 방향으로 흘러가 버리고 말았다. 『아침 꽃을 저녁에 줍다』에 수록된 「범애농」과 「수감록 56 : '왔다'隨感錄·五十六: '來了'」에서 혁명의 부정적 현상을 비판한다. 또 1912년 2월, 난징임시정부로 부임해 가던 루쉰은 쉬소우상과 대화 중에서 고향에서 벌어지고 있는 혁명의 '꼴'에 관해 '대부분 우스꽝스러운 코미디' 라고 조롱했었다. 「옛 일을 회상함」에 반영되어 있는 신해혁명에 관한 이러한 루쉰의 태도가 루쉰 창작의 원형일 것이다. 「옛 일을 회상함」의 풍자가 바로 그런 매력 중 하나이지만, 신해혁명에 대해 루쉰은 아직 절망하지는 않고 있음을 알 수 있다. 「옛 일을 회상함」의 인물형상과 작가, 그리고 작품 속에 표현되어지는 세계와의 관계는 이런 점을 드러내 주고 있다. 이후, 「광인일기」의 창작과정을 통해 작가는 절망적이고 폐쇄된 중국사회의 불변성에 대한 인식을 얻을 수 있었다. '아! 장발이 온다!, 장발이 온다!' 라고 모두들 두려워하며 호들갑을 떨었지만 정작 장발이 도착하자 아무 일도 발생하지 않는 상황을 목도한 왕 영감이 '입에서 담배를 내려놓고 머리를 끄덕거리는 모습'을 보여줌으로써 혁명이 별것 아니라는 것을 역설한다. 왕 영감의 이런 서술이 중국의 거대한 역사사건인 '태평천국의 난'(1850~1864) 이후 또는 신해혁명 당시에도 농촌 사회는 하나도 바뀐 것 없이 그대로 존재했음을 설명한다. 아울러 여기에는 비애감도 존재한다. 하지만 왕 영감의 얘기를 듣는 사람은 겨우 아홉 살 먹은 주인공뿐이었다는 사실은 또 다른 역설이다. 이것이 「옛 일을 회상함」이 바로 루쉰의 걸작인 「아Q정전」의 원형이라는 주장에 힘이 실리는 이유이기도 하다.

「풍파」의 자오치 영감 : 이 작품 역시 「옛 일을 회상함」에서와 마찬가지로
유언비어 소동을 소재로 지식인의 위선과 백성들의 나약함을 풍자한다. '여
자가 아이를 낳으면 저울로 체중을 재어 그 근수로 아이의 이름을 짓는' 우
스꽝스러운 전통을 지닌 어느 마을에서 일곱 근^{七斤}이라는 이름을 가진 한 남
성이 변발을 잘라버린 이후 벌어지는 일들을 통해 백성의 나약과 비굴함, 그
리고 지식인의 기회주의성과 교활함을 풍자한다. "'흥, 대를 거듭할수록 못
해만 가니, 원!' 이 마을의 풍습은 좀 유별났다. 아낙네들이 아이를 낳으면 저
울에 달아보고 그 근수를 아명^{兒名}으로 삼았다. 아홉 근^{九斤} 할머니는 50살 생
일잔치를 치르고 난 다음부터 점점 불평가가 돼버렸다. 할머니는 자기가 젊
었을 때는 날씨도 지금처럼 덥지 않았고 콩알도 지금처럼 딱딱하지 않았노
라고 입버릇처럼 외곤 했다. 한마디로 말하면 '지금 세상은 글러먹었다는 것
이었다. 증손녀 여섯 근은 증조부에 비하면 서 근이나 적고 아버지 일곱 근
에 비해도 한 근이 적지 않은가' 라고 하면서, 할머니는 이것을 움직일 수 없
는 증거로 삼아 푸념을 늘어놓기가 일쑤였다. '정말 한 대 한 대 못해만 간다
니깐!'"(「풍파」, 『외침』, 1-468) 생산력의 가능성으로 부여하는 기상천외한 아명
명명법. 한 번도 '사람^人'의 가치를 인식해본 적이 없는 중국역사의 한 단면을
풍자한다. 동시에 역사발전의 가능성을 부정하는 구세력의 선언을 빌려 봉건
세력의 몰락과는 무관하게 봉건성이 지속됨을 암시한다.

일곱 근이 "비록 농촌에서 살고는 있지만 오래전부터 출세나 해볼까 하는
생각을 가지고 있었다. 할아버지 대로부터 그에 이르기까지 삼대가 호미자루
라곤 쥐어보지 않았다. …… 아닌게 아니라 그는 마을 유지 중의 한 사람이었
다."(1-468) 하루는 그가 성내 사람들처럼 변발을 잘라버리고 돌아 왔다. 대부
분의 마을 사람들은 의아해하면서도 그의 결단을 잘한 것으로 받아들였다.

조정이 무너지고 혁명이 성공했더라면 변발을 자르는 일쯤은 아무런 문제도 되지 않았을 것이다. 그러나, 기대와는 달리 황제가 다시 용상에 앉았다는 소문이 퍼졌다. 그를 반증이라도 하듯 자오치 영감이 마을에 나타났다. "자오치 영감은 이웃마을 '마오웬茂源 술집' 주인인데 사방 삼십리 인근에선 둘도 없이 뛰어난 사람이었고 학문도 높은 사람이었다. 그는 학문이 있어서 그런지, 어딘가 이 망해버린 청조淸朝의 신하와 같은 고리타분한 냄새를 풍기고 있었다."(1-470) 봉건시대의 학문이란 오직 황제의 권위를 수호하기 위한 것일 뿐. 그 역시 아홉 근 할머니와 마찬가지로 '대를 거듭할수록 나쁘게 변해가는' 현실을 내심 불만스럽게 여기고 있었다. 물론 일곱 근이 변발을 자른 것은 봉건왕조의 권위를 부정한 것인 만큼 몹시 못마땅하게 바라보고 있던 차였다. 그는 마음 속으로 왕조의 복벽復辟을 희망하고 있었다. '신해혁명 후에 그는 도사처럼 머리채를 머리 위에 틀어 얹고 다녔다'. 그러나, 눈썰미가 좋기로 소문난 일곱 근 아주머니는 자오치 영감이 오늘은 도사차림이 아니라 정수리 앞쪽을 빤빤하게 깎고 새까만 머리채를 뒤로 땋아 늘였다는 것을 어느새 알아차렸던 것이다.

「옛 일을 회상함」의 투 선생이 장발을 피해 달아날 때나 장삼長衫을 피해 달아날 때도 장삼을 입었던 것과 같다. "그것을 보고 그 여자는 틀림없이 황제가 용상에 올라앉았고 그렇다면 반드시 머리채가 있어야 하는데, 드디어 일곱 근이 매우 위험에 처할 것이라는 것을 대뜸 알아차렸다. 그도 그럴 것이 자오치 영감은 그 두루마기를 좀처럼 꺼내 입지 않았기 때문이었다. 그는 그 두루마기를 삼년 동안에 단 두 번밖에 입지 않았다. 한번은 그와 앙숙이던 곰보아저씨가 병들었을 때였고, 다른 한번은 그의 술집을 박살낸 라오따老大 영감이 죽었을 때였다. 그런데 오늘 세 번째로 이 옷을 입었으니 틀림 없이 그에게는 경사스러운 일이 생겼을 것이고 앙숙이 진 집에는 재앙이 생겼을 것이다."(1-470) 이 일이 있은 후 자오치 영감의 권위가 점점 더 커져갔고 그럴

수록 일곱 근은 오히려 가슴조리며 처벌만 기다리는 죄인이 되어갔다. 황제가 용상에 다시 앉으면 자오치 영감은 모반으로 상실당한 권위를 찾을 수 있는 것이고, 변발을 자르는 모반에 가담해 봉건 황제를 부정했던 일곱 근은 사형을 당할 것이 뻔하기 때문이다. 팽팽한 긴장은 며칠동안 계속되어 갔다. 그러나, 그 누구도 일곱 근을 체포하러 오지 않았다. 그리고, 누군가가 보았다는 자오치 영감은 다시금 앉아서 책을 읽고 변발을 머리 위로 틀어 올리고, 장삼도 입지 않았다고 한다. 사람들은 자오치 영감의 행색에서 복벽이 실패로 끝났음을 알아차렸다. 황제가 용상에 앉지 않을 거라고 생각한 것이다. 봉건 황권 앞에 머리 조아리던 자오치 영감은 「옛 일을 회상함」의 투 선생과 마찬가지로 다시 침잠해 들어간다. 마침내 마을은 일상의 생활로 돌아가고, 일곱 근 역시 복권한다. "지금 일곱 근은 다시금 일곱 근 아주머니와 마을사람들로부터 상당한 존경과 대우를 받고 있다."(1-475)

「이혼」의 치 대인 : '봉건적 우매 인물 형상'에서 아이꾸의 이혼에 끼어든 치 대인의 위압적이고 비루한 성격을 확인했다. 봉건 사회의 시골에서 봉건적 지식인은 봉건 사회 전체의 질서를 수호하면서 나아가 봉건 통치 세력의 말단 대리자 역할을 한다. 그들은 봉건 사회의 안정을 위해 자발적으로 하층 백성을 억압하는 역할을 담당한다. 봉건적 지식을 무기로 권력을 행사할 수도 있고, 시골 마을의 권위로 군림할 수도 있다. 결국, 통치질서를 유지하기 위해 횡적으로는 지주나 지방토호 및 관료들과 교분을 갖는다. 이렇게 함으로써 총체적인 통치 구조의 한 부분으로 편입되는 것이다. 아이꾸는 치 대인을 '도리를 잘 안다', '우리 시골 사람들과는 다르다' 라고 여겨 존경해 마지않았다. 그러나, 치 대인은 오히려 그 점을 이용해 아이꾸를 위협함으로써 이혼을 성사시킨다. '외국'까지 들먹이며 아이꾸의 이혼을 유도하는 치 대인은 이미 사실 판단의 객관성을 상실했을 뿐만 아니라 특정한 계급의 이익을 옹호하는 기능적 지식인임을 드러내고 만다. '짐이 곧 법'이라는 봉건 질서의 기본 논리를 파악한 루쉰은 '아이꾸의 이혼 송사'를 통해 치 대인이 어떻게 법을 왜곡시키는 지를 보여준다. 뿐만 아니라 봉건 사회의 재판이 힘있는 자들을 위해 어떻게 복무하는 지를 적시해준다. 루쉰은 봉건지식인의 이러한 허위성을 풍자하고자 한 것이다.

「고사리를 캐는 사람」의 백이와 숙제 : 『옛 이야기 다시 엮다』는 선진제자^{先秦諸子}의 고사들을 현실 상황에 비추어 재평가하면서 다분히 풍자적으로 묘사한 역사 소설집이다. '다시 엮다^{新編}'라는 제목이 말해주듯, 제자들에 대한 전통적인 시각을 벗어나 완전히 새롭게 재평가하고 있다. 유가의 덕목으로 보면 불사이군의 절개를 지킨 것으로 이해되어 온 백이와 숙제를 위군자로 그리고 있다. 그들은 선왕에 대한 도리를 지키는 점에 있어서나 왕위를 서로 양보했던 것처럼 형제간의 우애가 깊은 것도 아니었다. 특히 숙제는 빈사에 빠진 백이를 위해 가져온 강탕을 자신이 다 마셔 버린다. "강탕 단지를 받아들고 좋건 싫건 완강하게 권하는 바람에 백이는 한모금 반을 마셨지만 아직도 적잖이 남겼다. 그러자 숙제는 자신의 위가 아프다고 하면서 자기가 다 마셔버렸다. 벌겋게 달아오른 눈자위를 하고는 공손하게 강탕의 역량을 찬양하면서 그 마님의 호의에 감사했다. 이로써 이 큰 분규는 해결됐다."(「고사리를 캐는 사람」, 『옛 이야기 다시 엮다』, 2-399) 다음의 묘사는 속마음과 달리 진지한 것처럼 가장하는 숙제를 풍자하는 것이다. "숙제는 진지한 사람이다. 때문에 그들의 이야기가 황제의 머리로부터 여자의 발에까지 옮아가는 것을 듣게 되자 두 미간을 찌푸리고 귀조차 막아버리고 몸을 돌려 방안으로 뛰어 들어갔다"(2-401) 하지만 그들이 '고사리'만 먹었다 하더라도 이것 역시 "'천하에 왕의 땅이 아닌 곳이 없거늘', 그들이 먹고 있는 고사리가 우리 성상의 것이 아니란 말인가?"(2-409) 라는 비난을 받을 수밖에 없다. 결국 그들이 절개를 위해 아사했다고는 하나, 그들 역시 선왕에 대한 도를 지킨다는 이상과 배고픔이라는 현실 사이의 갈등에서 탐욕이 없었다고는 말할 수 없다. "때로 백이와 숙제를 생각하기도 하지만, 황홀하게 그들이 석벽 아래에 쪼그리고 앉아서 큰 입을 벌리고 필사적으로 사슴고기를 뜯고 있는 것을 본 듯하다"(2-412)라 비꼰다.

「출관」의 노자 : 노자의 경우도 예외가 아니다. 노자는 관문을 지키는 수위로부터 조롱당하고서도 자기가 조롱을 당했는지조차도 모르는 지경으로 묘사되어 있다. 노작가를 대하는 어느 관문 수위의 태도는 무지하면서도 오만하다. 노자라는 노작가의 대작에 대해서 역시 예술적 가치와는 무관하게 평가한다. "하지만 떡과자를 참으로 낭비한다. 그때, 우리의 취지가 신예작가 선발로 변경됐다고 말하기만 했다. 두 묶음의 원고에 떡과자 다섯 개만 주면 충분했다."(「출관」, 『옛 이야기 다시 엮다』, 2-448) 시간이 지나, 『도덕경오천언道德經五千言』을 "관윤이 드디어 기꺼이 소매자락으로 책상 위에 쌓인 먼지를 쓰윽 털어내고, 두 뭉치의 목찰을 들어 올려서는 소금, 호마, 포, 콩, 떡과자 등이 쌓여 있는 탁자 위에 놓았다."(2-449) 이는 현실 사회에서 차별당하고 있는 출판계와 문인학자들에 대한 풍자이자, 『도덕경』의 지위에 대한 풍자이다. 그러나 고소를 자아내게 하는 것은 이러한 말단 관원의 태도에도 아무말 못하고 '재삼 사의를 표한' 노자의 비굴한 모습이다.

「죽은 자 살리기」의 장자 : 장자의 허구성은 다음과 같다.

"장자 : 천천히, 천천히. 내 옷은 낡고 헤어져 잡아당길 수도 없네. 당신이 내 말 몇 마디 좀 들어 줌세. 먼저 옷 생각만 하지는 말아 주게. 옷이란 있을 수도 있고, 없을 수도 있는 것이야. 아마도 옷이 있는 것이 옳을 것 같기도 하고, 옷이 없

는 것이 옳을 것 같기도 해. 새가 깃털이 있고 짐승이 털이 있지만, 오이나 가지
는 벌거벗고 있지. 이를 두고, '이 놈도 시비戶非고, 저 놈 또한 시비' 라는 걸세.
자네 결코 옷 없는 것이 옳다고 말할 수는 없네. 하지만 또한, 어찌 옷이 있는 것
이 옳다고 말 할 수 있겠는가?

......

*장자 : 당연히 괜찮다네. 옷이란 원래 결코 나의 것이 아니라네. 다만, 내가 지
금 초楚 왕을 만나러 가는 길에 두루마기를 입지 않으면 안된다네. 또한 적삼을
입지 않은 채 두루마기만 입어서도 안된다네.* ......"(「죽은 자 살리기」, 『예 이야기 다시
엮다』, 2-477)

두루마기를 입겠다는 의지를 그냥 표명하면 될 일을 한참 에돌려 설명하는
모습에서 구식 지식인의 비루함을 읽을 수 있다.

이상에서 구식 지식인들에 대한 풍자 묘사를 검토했다. 위에서 언급한 바
와 같이 구식 지식인들이 봉건사회를 반영하는 것과 마찬가지로 신식 지식
인들은 근대사회를 반영한다. 시대상을 반영하듯, 이들의 거주지 역시 농촌
사회에서 도시로 옮아온다는 점은 주목할 사실이다. 이들은 일정한 신식교육
을 받았으므로 상당한 지식수준과 문화적 수준을 향유하고 있다. 그러나, 이
들이 지니고 있는 사상과 의식은 여전히 봉건성을 벗어나지 못한채 가악추의
모습을 띠고 있다. 물질과 명예에 대한 탐욕, 권위와 체면에 대한 집착 등이
이들의 전유물이다. 이들은 하나같이 겉과 속이 다르고 모든 것은 위선으로
가득차 있다. 다음으로는 신식 지식인 중 위선적 인물을 분석해보기로 한다.

「비누」의 쓰밍 : 쓰밍은 자기합리화가 대단히 강한 인물이다. 일이 잘못되
면 그 잘못된 책임을 자기자신이 아니라 자기외부로 전가하는 습관을 지니

고 있다. 자기의 잘못은 은폐하고 타인의 잘못은 들추어내어 비난한다. 그러면서도 체면이 깍이는 것에는 크게 화를 내는 위군자이다. 쓰밍은 한때 '광쉬光緒 년간에 학당 설립을 열렬히 제창했었다.' 그러나, 비누가게에서 학생들이 그에게 뭐라고 쑥덕거린 사실을 들어 학생들을 싸잡아 매도한다. "현재의 학생은 학교의 폐해가 이토록 막대함을 상상조차 하지 못하는데, 무슨 해방입네, 자율네 한단 말인가. 참된 학습은 없이 소란만 피우는 게지." 라고 투덜댄다. 뿐만 아니다. 자기가 알아듣지 못한 영어 단어를 아들 쉬에청學程에게 물었으나 대답하지 못하자, '그 자식을 위해 무지 많은 돈을 썼지만 죄다 헛 쓴 게야' 라고 쉬에청을 비난한다. 한술 더 떠 서구식 학교의 무용성을 주장하기도 한다. "그 녀석을 중국식과 서구식을 절충한 학교에 겨우 들여보냈단 말이요. 게다가 영어과는 '말하는 것과 듣는 것을 다 병중해야 한다'고 했거늘. 그래 당신은 그만하면 괜찮은 줄 알았는가, 흥! 그런데 일년이나 배웠다는 녀석이 '오더 푸old fool'가 뭔지도 모르다니! 그러니까 아직도 죽은 글을 배우는 모양이군. 참 학교란 게 그런가? 무슨 인재를 배양했나? 차라리 학교 문을 죄다 닫아 버리는 게 나을 것 같애!"(『비누』, 『방황』, 2-46) '올드 풀'이라 읽어야 할 단어를 '오더푸'라 읽은 자기 자신의 영어 발음이 엉망이라는 사실은 차치해두고, 아들의 청력만 탓하는 쓰밍을 보면서 코웃음이 쳐지지 않을 수 없다.

나아가, 그는 난데없이 '여성교육'에 대해 맹렬히 비난한다. "슈얼秀兒 걔들은 학교에 보낼 필요가 없어. 이전에 아홉째 할아버지九公公가 '계집애들이 글은 무슨 글이냐?' 하면서 여자애들을 학교에 보내는 것을 반대할 때 나는 그래도 그 분을 공박해 나섰댔소. 그런데 지금 와보니 옛날 노인들의 말씀이 틀린게 없어요. 계집애들이 무리를 지어 거리를 싸지르고 다니는 것만 해두 눈꼴사나운데 게다가 또 단발까지 하려들거든. 난 단발한 여학생들이 제일 미워. 정말이지, 군인들이나 비적들은 그래도 괜찮은 편이지. 세상을 어지럽히는 것이 그녀들이니 엄하게 단속해야 한다고 생각해. …… "(2-47) 이전에 아

164

홉째 할아버지가 '여자가 공부는 무슨 공부를 해?' 라며 여학교를 반대했을 때 쓰밍은 그를 공격했었다. 그러나 지금은 반대다. 그렇다면 그가 신식교육을 주장하고 여성교육에 대해 지지했던 것은 어떤 철학적 기초에서 였던가. 새로운 교육이 봉건사회의 구습에 공격적이고, 따라서 보수적 입장을 지닌 사람들에게는 젊은이들의 모습이 날로 악화되어가는 현상으로 보일 것은 당연한 도리일 것이다. 그는 계속해서 젊은이들을 비난한다. "그들은 '신문화, 신문화' 하고 떠벌이더니 이 지경이 되고 말았어. 그래도 아직 직성이 풀리지 않는 모양이지? 학생들에게도 도덕이 없고 사회에도 도덕이 없으니 이제 방법을 찾아 돌려세우지 않는다면 중국은 틀림없이 망하고 말거야. 당신 좀 생각해보오. 그게 얼마나 통탄할 일인가? ……"(2-48)

쓰밍은 쉽사리 자기의 주의주장을 바꾸는 사람일뿐더러 자기의 욕망을 위해서는 가족도 돌보지 않는 사람이다. 함께 식사하는 식탁에서도 그의 탐욕은 줄어들지 않는다. 음식을 놓고 자식들과 다툴뿐더러, 맛있는 음식을 자식이 먹어치운 것에 대해 매우 불쾌하게 여긴다. "자오얼招兒이 밥그릇을 엎질러 국물이 탁자 절반을 적셔버렸다. 쓰밍은 뱁새눈을 부릅뜨고 자오얼을 쏘아보았다. 자오얼이 울먹울먹하자 눈길을 돌리면서 이미 봐두었던 배추 속을 젓가락을 내밀어 집으려 했다. 그러나 그것은 벌써 사라지고 없었다. 좌우를 둘러보니 쉬에청이 그것을 집어다가 크게 벌린 입 속으로 넣고 있었다. 그래서 그는 멋쩍게 누런 잎을 한 젓가락 집어먹었다."(2-50) 그의 성격에는 권위, 탐욕, 비열, 위선의 요소가 모두 내포되어 있다.

어느날 그는 길에서 거지소녀를 목격하고 거지소녀에 대해 "저 화상을 더럽다고만 여기지 말거라. 비누 두 장을 사다가 몸을 잘 씻겨주기만 하면 깨끗해 질거야!"(2-49) 라는 대화에서 '비누'가 '연상'됐다. 그러나 연상은 거기서 끝나지 않는다. 일전에 가게에서 비누를 사고 있던 중에 학생들에게 모욕을 당한 적이 있었고, 집에 와서 식구들에게 모욕당한 분풀이를 하다가 결국

학생들을 비난하기에 이르기도 했었다. 그러나, 쓰밍은 문제의 원인을 한 번도 자기 스스로에게서 찾지 않았다. 어찌됐건 쓰밍은 비누를 샀다. 사서는 아내에게 준다. 뜻밖의 비누에 아내는 놀라면서도 한편 쑥스러운 맘이 든다. 자기가 깨끗하지 않은 것을 탓하는 것 같았기 때문이다. "'음, 당신은 이제부터 그걸 쓰우 ……' 남편이 이렇게 말하면서 자기의 목덜미를 쏘아보자 그 여자는 관골아래쪽 볼이 화끈 달아오르는 것을 느꼈다. 그 여자는 우연히 자기 목덜미, 특히 귀밑을 만져볼 때도 있었지만, 그때마다 손가락 끝에 닿는 살결이 깔깔했던 생각이 났다. 그 여자는 그것이 여러 해 묵은 때라는 것을 알고 있으면서도 별로 개의치 않았었다."(2-45) 선물로 비누를 선택한 것은 거지소녀에게서 느낀 음욕^{淫慾}을 대리만족하기 위한 의도가 숨어 있음을 아내는 알지 못했다. 쓰밍은 거지소녀를 돕기 위해서라면 차라리 몇 푼의 돈으로 동냥을 했어야 했다. "한두 잎 주자니 무엇 하더란 말이요. 그 처녀는 보통거지와는 달라. 대체로 ……."(2-49) 긴거리의 여하생은 비난하면서 그들과 비슷한 나이 또래의 이 거지소녀에게는 관심을 갖는 이유는 '비누'만 준비하면 된다고 여기기 때문인가. 그러나, 마침내 아내마저도 쓰밍의 속셈을 알아차린다.

"당신은 그 효녀를 주려고 성의를 다해 사오지 않았었나요? 그러니 어서 그년의 몸이나 잘 씻겨주시구려. 나 같은 게 비누를 쓸 처지가 되나요. 내겐 비누가 필요 없어요." 대답을 못하는 쓰밍이 "난 그 효녀의 덕을 보구 싶진 않소. 아니 그게 다 무슨 소리람? 계집들이란 참……" 하면서 얼버무려 넘겼다. 그의 얼굴에 쉬에청이 권술 연습을 하고 났을 때처럼 진땀이 흘러내렸다. 그러나 그것은 뜨거운 밥을 먹은 탓일지도 모른다."(2-51)

쓰밍은 음심을 끊임없이 은폐시켜 간다. 마치 자신의 뜻이 참으로 거지소녀의 효심을 표창하기 위한 것인양 신문에 거지 소녀의 일을 투고하기도 한다. 쓰밍은 말한다. "우리는 이 제목에다 설명을 달아 신문에 내겠습니다. 그렇게 하면 첫째로, 그 처녀를 표창할 수 있고, 둘째로, 이 기회에 사회를 질책할 수도 있지요. 지금 사회는 말이 아니란 말입니다. 나는 옆에서 한나절이나 보고 있었지만 누구 하나 그 처녀에게 동전 한 푼 주는 걸 보지 못했습니다. 이게 그래 몰인정한 짓이 아니고 무엇입니까. …… "(2-53) 하지만 이는 '견마지록見馬指鹿'에 불과한 것임을 누구나 다 알고 있다. 진심으로 사회현실과 그 거지소녀의 미래를 걱정하는 사람이라면 학생에 대해 그런식의 비난을 하거나, 거지소녀에게서 '비누'를 연상하지는 않을 것이다. 또한 자기의 무정함을 반성하기도 전에 사회의 타락을 비난하지도 않을 것이다.

그날밤 쓰밍은 잠에 들지 못했다. "그는 몹시 서글펐다. 그 효녀처럼 '하소연할 곳 없는 백성'이 된 듯해 그는 외로움을 느꼈다. 이날 밤 그는 매우 늦게서야 자리에 들었다."(2-55) 하지만, 쓰밍이 슬픈 진짜 이유가 무엇이었을까? 그에게서 참된 반성과 고뇌의 흔적을 찾아볼 수 있을까? 루쉰은 그를 고뇌하는 지식인이 아니라 거짓과 탐욕으로 똘똘 뭉쳐진 위선적인 지식인으로 풍자하고 있는 것이다. 루쉰 풍자의 다양성에 관해 쉬친원許欽文(1897~1984)은 다음과 같이 언급했다. "「비누」에서 쓰밍과 도통道統과 웨이웬薇圓 따위에 대해서 철저하게 풍자한다. 또한 의도적으로 하는 다소의 잔소리라 할 수도 있고, 혹은 조롱이라 할 수도 있다. 혹자는 풍자나 조롱 모두 엄숙함을 상실한 것으로 여긴다. 하지만 비로소 명백해 졌다. 루쉰 선생의 전략과 정교한 무기는 다양하다. 그렇듯, 기회를 포착해 어떤 사람이건 그 사람에게 맞는 어떤 수단을 동원한다. 하지만, 그의 유작 중 장엄한 작품이 대단히 많다는 것은 더 이상 의심의 여지가 없다. …… 이런 류의 사람들이 깨끗이 죽어 없어지기 전까지 「비누」의 표현은 여전히 주목할 가치를 지닌다." [23]

23) 친원欽文, 「루쉰 선생의 『비누』魯迅先生的『肥皂』」, 『문계월간文季月刊』(상하이) 제2권 제1기, 1936년 12월 1일.

「까오 선생」의 까오 선생 : 앞에서는 거지소녀에게 느꼈던 음욕이 발각됨으로써 심한 모욕감을 느낀 쓰밍을 분석했다. 까오 선생에 이르면 음욕의 정도가 더욱 심해지고 보다 구체화한다. 여학교 교사가 되는 목적이 궁극적으로 여학생들을 보고 즐기는 것이라고 노골적으로 발설하는 까오 선생. 그에게서는 이미 지식인으로서의 최소한의 양심도 발견할 수 없는 지경에 이르고 만다. 만약 누군가 '여인들이 한 무리 한 무리 거리를 거니는 것은 더 이상 아름다운 일이 아니다. 그녀들은 게다가 머리까지 단발로 잘랐다. 그 자신이 가장 뚫어지게 바라보는 것은 그 머리를 짜른 여학생이다. 이는 한 마디로 군인이나 토비는 그나마 정상참작의 여지가 있지만 세상을 교란시키는 자들이 바로 그녀들이다. 반드시 엄히 다스려야 한다.' 라고 생각한다면, 그런 사람을 여학교 교장으로 맡길 수 있었을까? 입으로는 여학생들의 활발함을 비난하면서, 거지소녀를 보고는 '비누로 전신을 빡빡 문질러 씻는' 모습을 연상하는 사람이 여학생들을 교육할 수 있을까? 심지어 러시아의 대문호 고리끼(중국식으로는 高爾基라 표기하고 까오얼지라 읽는다)를 흠모해 이름까지 까오얼첸^{高爾謙}으로 개명한 그런 인물이!

그는 스스로 "여학생을 구경하려 교사가 되고 싶다"(「까오 선생」, 『방황』, 2-75)라고 말한 바 있다. 그는 교사 초빙 하루 전날 아침부터 오후까지 하루 온 종일 시간을 거울 보는 것으로 소비했다.(2-74) "지금 그는 남달리 머리를 길게 길러서 좌우로 갈라 빗어 드리운 덕분으로 겨우 허물을 가릴 수는 있었으나 쐐기의 끝만은 가릴 수 없었다. 어쨌든 이것도 결점이니 여학생들에게 들키는 날이면 업신여김 당할 것이 뻔한 일이었다. 그는 거울을 내려놓고 원통해서 한숨을 톺아올렸다."(2-74) 그는 얼굴에 난 흉터를 여학생에게 들킬까봐 두려워했다. 마치 아Q가 머리에 난 두창자국을 보고 남들이 놀려대는 것을 괴로워 한 것처럼. 하지만, 그가 교사가 된 목적은 강의에 있지 않고 여학생을 구경하는 데 있었다. 어떻게 『중국역사교과서^{中國曆史敎科書}』, 『원료범 강감

^{袁了凡綱鑒}」등 서적을 읽고 강의를 잘 할 수 있었겠는가? 뿐만 아니라, 그는 자신의 신분이 바뀌면 친구도 버리는 의리없는 사람이다. 그의 오랜 친구인 황산(黃三)은 일주일 전까지만 해도 그와 함께 마작을 놀았고 연극구경을 다녔고 술을 마셨고 여자들의 꽁무니를 따라다녔다. 그러나 『대중일보^{大衆日報}』에 게재해 인기를 끈 「모든 중국인이 국사를 정리해야 할 의무를 지니고 있음에 대해 논함」이라는 논문의 유명세로 인해 셴량^{賢良}여자중학교의 특강 요청을 받은 후부터, 그는 이 황산을 '어떠한 장점도 갖지 않은 하등인물'(2-75)로 치부했다. 그러나, 황산이 여느 때처럼 마작판을 벌이자고 기별하러 왔을 때, 매우 거드름을 피우면서도 '참여하지 않겠다'는 말은 끝내 하지 않았다. 교사가 되었어도 전혀 거리낌없이 촌놈을 등쳐먹기 위한 협잡에 가담하기로 약속한다. "까오 선생은 천천히 일어서서 침대머리로 다가가더니 마작함을 집어다 그에게 주었다."(2-77) 그리고는 강의시간이 되었으니 가봐야 한다는 듯 시계를 들여다 보며 뜬금없이 시간을 강조한다. 마침내 강의가 시작되었다.

"그러나 까오 선생은 이에 대해 고담준론을 발표할 수 없었다. 그것은 '동진^東晉의 흥망'에 대한 그의 준비가 불충분한 데다가, 이때 마침 그 부족한 것마저 거의 잊어버렸기 때문이다. 그는 초조하고 괴로웠다. 어수선해진 머리에는 여러 가지 토막생각들이 떠올랐다. 교단에 설 때는 자세를 위엄 있게 가져야 하며, 이마의 허물은 반드시 가려야 하고, 교과서는 천천히 읽어야 하며, 학생들을 볼 때는 점잖아야 한다. 이런 생각을 좇고 있는데 야오푸^{姚圃} 선생의 말이 어렴풋이 들려왔다. …… 까오 선생은 갑자기 외로움을 느꼈다. 야오푸 선생은 나가버리고 그 혼자 교단 옆에 서 있었던 것이다. 그는 하는 수 없이 교단에 올라가서 경례를 하고 정신을 가다듬었다. 그는 위엄 있는 태도를 보여야 겠다고 생각하면서 천천히 책을 펴놓고, '동진의 흥망'에 관한 강의를 시작했다. …… '호호!' 누군가 몰래 웃는 것 같았다. …… 까오 선생은 얼굴이 화끈 달아 올라 얼른 책을 들여다

보았다. 그러나 그의 강의는 틀리지 않았다. 책에는 확실히 '동진의 무정부 상태'라는 글이 씌여 있었다. 책의 웃머리 너머로 보이는 것은 여전히 교실 절반을 차지한 푸시시한 머리카락 뿐이고 다른 동정은 보이지 않았다. 그는 이것이 자신의 의심에 지나지 않은 것일 뿐, 사실은 누구도 웃지 않았다고 생각했다. 그래서 그는 다시금 정신을 가다듬고 책을 보면서 천천히 강의를 해내려갔다. 처음에는 그래도 자기가 무슨 말을 하고 있다는 것을 제 귀로도 들을 수 있었으나 점점 머리가 얼떨떨해지더니 나중엔 자기가 무슨 말을 하는 지조차 모르게 되었다. 그러다가 '석륵石勒(274~333, 오호십육국五胡十六國 시대 후조後趙의 개국 군주)의 웅대한 계획'에 이르렀을 때는 키드득거리는 소리마저 들려왔다. …… 그는 얼떨결에 교단 아래를 바라보았다. 처음과는 전혀 다른 장면이었다. 교실 절반에는 눈동자와 깜찍한 등변세모꼴 뿐이었고, 그 세모꼴 안에는 콧구멍이 두개씩 있었다. 그것들은 하나로 어울려 설레는 깊은 바다를 이루었다. 그 드넓은 바다의 물결은 번쩍거리면서 그의 시선을 향해 밀려들고 있었다. 그러다가 그가 다시 고개를 돌린 순간 교실 절반이 푸시시한 머리칼로 꽉 차버렸다. …… 그는 서둘러 눈길을 돌렸다. 그리고는 교과서에서 눈길을 뗄 엄두를 못냈다. 부득이한 경우에는 눈을 들어 천정을 쳐다보았다. 그것은 누렇게 변색된 흰 횟가루 천정이었다. 천정 한가운데는 동그라미의 능선이 있었다. 그런데 그 동그라미들이 살아서 움직이더니 커졌다 작아졌다 하는 바람에 눈이 아물거렸다. 그가 만일 눈길을 아래로 떨구었다가는 다시금 그 무서운 눈과 콧구멍들이 한데 어울려 이루어진 바다를 보게 될 것같은 예감이 들었다. 그래서 그는 얼른 시선을 교과서로 옮겼다. 그때는 벌써 '비수의 싸움'에서 놀란 부견苻堅(338~385 , 십육국十六國 시기, 대진천왕大秦天王이라 칭해졌던 전진前秦의 군주)이 '초목을 병사로 여기는 장면'을 강의하고 있었다. …… 그는 많은 학생들이 소리죽여 웃는 것 같다는 생각이 들었으나, 그런대로 꾹 참고 강의를 계속했다. 틀림없이 오랫동안 강의를 했지만 종이 울리지 않았다. 그렇다고 손목시계를 볼 수도 없었다. 그러면 학생들이 깔볼 것이 아닌가. 그런데 강의를 한참 해 나가다가, 이번에는 '탁발拓跋씨의 흥기'에 대해 거론해 버렸다. 그 다음은 바로 '육국흥망표六國興亡表'인데 오늘은 거기까지 강의 진도가 나가지 않을 줄 알고 준비를 하지 않았던 것이다. …… 그는 문득 강의를 중단하고는, '오늘은 첫날이니 이것으로 마치겠습니다. ……' 그는 한참이나 당황해서 머뭇거리다가 이렇게 더듬더듬 말하고는 머리를 끄덕였다. 그리고는 교단에서 내려 와 교실 문을 나섰다. …… '호호호!' 수많은 학생들의 웃음소리가 등 뒤에서 나는 것 같았고, 그 웃음소리는 깊은 콧구멍의 바다에서 흘러나오는 것 같았다. 정신없이 온실로 들어선 그는 맞은편 교무실을 향해 성큼성큼 걸어갔다."(2-78~81)

실패의 기념과도 같은 첫 강의는 어떻게 끝이 났는지도 모르게 끝이 나고 그에게는 낭패감만 물밀 듯이 몰려왔다. '여학생을 구경하는' 만족감을 주기는커녕, 그에게 당혹감만 안겨준 첫 강의를 마치자마자 사직을 결심했다. "난 더 이상 가르칠 생각이 없네. 여자학교가 무슨 꼴이 될지 정말 모르겠네. 나처럼 점잖은 사람은 그런 데서는 일하지 못하겠더군 ……."(2-83) 그러나, 정작 강의 준비도 하지 않고 마음이 콩밭에 가 있던 까오 선생은 학생들의 불경不敬 탓으로 돌리면서 자기를 변호하기에 급급했다. 이 강의 장면은 이후 첸종수錢種書의 장편소설 『포위된 도시圍城』에서 주인공 팡훙젠方鴻漸이 유학을 마치고 귀국해 고향에서 강연을 하다가 겪는 낭패와 거의 흡사하다. 까오 선생 역시 아Q와 같이 '망각'에 익숙하다. 그러나, 아무리 망각을 잘하는 까오 선생이지만 이번 일만큼은 머리채를 떠나지 않고 자꾸만 되살아난다. 기대로부터 배반당한 낭패의 기억이기 때문이다. "그는 무엇이나 쉽게 잊어버리는 성미였으나 이번만은 세상풍기가 걱정되기만 했다. 그의 앞에는 선택할 수 있는 패가 점점 불어나긴 했으나 그의 마음만은 개운치 않고 기쁘지도 않았다. 그러나 마침내 시간이 가면 풍속도 바뀔 것이니 세상풍기도 좋아질 것이라는 생각이 들었다."(2-83) 다만 시간의 문제일 따름이다.

　루쉰이 주목한 위선적 지식인 중에는 봉건말단관료, 사숙선생 및 신식 교육제도하의 교사 등이 위주이지만 직업이 뚜렷한 다른 한 무리가 있다. 바로 전통 한의사들이다. 루쉰의 눈에 비친 한의사는 의학지식을 악용해 무지한 백성들의 주머니를 털어 먹고 사는 존재였다. 왜냐하면 한의사에 대해 루쉰은 남다른 경험을 지니고 있었기 때문이다. 그의 부친의 죽음은 한의사에 대한 깊은 불신을 심어주었고, 마침내 서구의학을 전공하기로 결심하도록 루쉰의 초기 의식형성에 깊은 영향을 미치기도 했던 까닭이다. 「내일」에서 싼쓰 아주머니가 한의사와 나누는 대화는 거의 벽을 보고 말걸기하는 수준이다. 싼쓰 아주머니가 불안한 심정을 떨칠 수 없어 조심스럽게 '선생님, 우리집 바오얼寶兒이 무슨 병에 걸렸나요?'라는 질문에 '중초가 막혔수다.'라고 대답하자 다시 '별일 없겠나요?'라고 묻자 '약을 뒤 첩 먹여 보시우다.'라는 대답이다. 환자나 환자가족에 대한 배려심은 전무하다. 절정은 '숨쉬기조차 힘들다'는 말에 '그건 금金이 화火에 눌렸기 때문이우다.'라는 대답에는 그저 말문이 턱 막혀버린다. 병든 아이를 들쳐 엎은 젊은 과부 싼쓰 아주머니의 심정을 이해하고도 남고, 질문에 답하고 처방을 내는 한의사의 태도는 오만불손 그 자체다. 이것이 루쉰 작품에 묘사된 한의사들이 공통적인 형상이다. 그래서 루쉰은 「광인일기」에서 '광인'을 진맥하러 온 한의사에게 말한다. "이렇게 대답은 했지만, 내가 어찌 이 늙은이가 인간백정인 줄 모르랴! 맥을 짚어 보는 체하면서 살이 쪘는지 여위었는지를 알아보려는 게 틀림없어. 그 공으로 살을 나누어 먹으려는 게 분명했다."(「광인일기」, 1-425) 이처럼 전통 한의사 역시 '사람을 잡아먹는吃人' 것은 마찬가지라는 통렬한 풍자의 연장이다.
　이상에서 위선적인 지식인을 구식 지식인과 신식 지식인으로 구분해 분석했다. 그 결과 신/구에 관계없이 이들이 지닌 공통점은 허위, 무책임, 탐욕,

불의, 민중경시, 기회주의, 자기합리화, 자랑질, 갑질 등 가악추의 모든 현실을 한 몸에 지니고 있는 악마적 존재들이다. 루쉰은 이들에 대해 예리하면서도 무정하게 풍자했다.

2) 방황하는 지식인 : 눈물을 머금은 풍자

위선적인 지식인과는 달리 방황하는 지식인들은 가악추를 타파하고 진선미로 나아가고자 고뇌하고 실천하지만, 가악추의 현실 속에서 출로를 찾지 못해 결국 방황하는 인물형상이다. 이들은 현실변혁을 위한 실천의 현장에서 대부분 좌절하거나 파괴당하는 것으로 묘사된다. 그러나 좌절과 파괴의 양상은 사뭇 다르다. 주관적 의식 세계와 객관적 현실 세계의 길항관계 양상에 따라 그들의 형상화 양상이 달라진다. 주관의식에 기초해 적극적인 실천을 하다가 현실의 벽에 부딪혀 좌절당하는 경우가 있는 반면, 이와 달리 너무나 두껍고 잔혹한 사회현실에 의해 자신이 파괴당했다는 사실조차도 모르는 경우도 있다. 이들에 대한 묘사는 대단히 비극적이다. 주저와 부연敷衍, 때로는 광기 등이 그들의 일반적인 태도이다. 그들 중 일부는 마침내 출로를 찾아 헤쳐 나가기도 하지만 다른 일부는 비참한 죽음을 맞이하기도 한다. 이들의 죽음은 사회학적 의미에서 볼 때 모두가 타의에 의해 사회적 타살을 당한 피해자들이다. 때문에 루쉰은 이들을 무정하고 신랄하게 풍자하지만은 않는다. 방황하는 지식인에 대해서 루쉰은 또 다른 태도를 취한다. 즉, 풍자의 신랄함과 강도가 약해지고 부드러워 진다. 연민과 동정으로써 '눈물을 머금은 풍자'를 하는가 하면, '반어의 풍자'로 비극성을 강조하기도 한다.

위선적인 지식인 중에는 봉건사회의 구식 지식인이 많았다면 방황하는 지식인 중에는 근대사회의 신식 지식인이 많은 것이 차이다. 이는 근대사회로 옮아가면서 봉건사회의 과거제도가 폐지됨으로써 신식교육을 받은 신식 지식인이 늘어났기 때문이다. 다른 한편, 농촌사회를 주요 묘사대상으로 하던 것에서 도시사회로 묘사대상을 옮아감에 따라 그 주요대상이 변화하는 것은 당연한 결과이다. 그리고, 보다 중요한 것은 루쉰 스스로가 지식인에 대해 매우 큰 기대와 관심을 지니고 있었다는 사실이다. 루쉰 역시 한 사람의 지식인이고, 당시 현실 변혁과정에 지식인의 역할이 그만큼 중요했었기 때문이기도 한다.

　방황하는 지식인 역시 다시 신/구 두 유형을 나누어서 분석할 수 있을 것이다. 구식 지식인으로는 「콩이지」(1919)의 콩이지와 「백광」(1922)의 천 쓰청이 있다. 이에 반해, 신식 지식인은 비교적 여러 명의 인물형상이 있다. 「술집에서」(1924)의 뤼웨이푸, 「고독자」(1925)의 웨이렌수, 「죽은 이를 그리워 함傷逝」(1925)의 쥔성 및 「작은 사건」(1920), 「고향」(1921), 「축복」(1924) 등에 등장하는 일인칭 주인공 '니'를 들 수 있다. 이 사람들 모두 봉건사회 속에서 몰락한 지식인 계층이다. 그들의 사상행동을 자세히 들여다보면 우스꽝스러운 유머를 머금고 있음을 확인 할 수 있다.

　「콩이지」의 콩이지 : 봉건사회의 폐해를 가장 극명하게 드러내주는 대표적인 인물형상으로 아Q와 더불어 콩이지를 꼽을 수 있다. 그러나, 아Q와는 달리 "열두 살 때부터 루쩐魯鎭거리 모퉁이에 있는 셴헝 술집咸亨酒家에서 심부름꾼으로 일했다. 술집주인은 나보고 너무 미련하게 생겨 두루마기를 입은 단골손님들을 접대할 것 같지 못하니 밖에서 일을 거드는"(「콩이지」, 「외침」, 1-434) '나'라는 3인칭 관찰자 시점으로 등장한다. 콩이지의 행색은 다음과 같다. 키가 훤칠하게 크고 얼굴이 창백하고 서리가 내린 수염을 더부룩하게 기른 그의 주름살 갈피에는 언제나 상처자국이 나 있다. 그는 비록 두루마기를 입긴 했으나 그것이 어떻게나 더럽고 해졌는지 십년은 깁지도 빨지도 않은 것 같앉다. 콩이지라는 이름의 유래는 다음의 서술에서 확인할 수 있다. "그는 사람들과 말할 때면 언제나 별스러운 문투를 썼다. 그래서 사람들은 그의 말을 잘 알아듣지 못했다. 그의 성이 콩孔이었기 때문에 사람들은 습자책 첫머리에 나오는 '상따런콩이지上大人孔乙己'라는 알듯 말듯한 말 가운데서 '콩이지'라는 석자를 따서 그의 별명으로 불렀다. 콩이지가 술집에 나타나기만 하면 술꾼들은 모두 그를 보고 웃었다."(1-435)

"콩이지는 원래 글공부를 좀 했으나 종시 과거에 급제하지 못한데다가 살림도 할 줄 모르니 날이 갈수록 구차해져 이젠 밥을 빌어먹을 지경에 이르렀다는 것이다. 다행히도 글씨를 잘 쓰는 덕으로 남의 책을 베껴주고 이럭저럭 끼니를 이어갔다. 그런데 유감스럽게도 술을 좋아하고 일하기 싫어하는 고약한 버릇을 가지고 있었다. 그는 남의 책을 베껴주는 일을 시작한지 며칠 안되어 책이며 종이며 붓이며 벼루 따위를 가지고 어디론가 종적을 감추곤 했다. 이런 일이 몇 번 거듭되다보니 책을 베껴달라는 사람도 없게 되었다. 콩이지는 하는 수 없이 이따금 도둑질을 하지 않을 수 없었다."(1-435) 그러나, 그가 도둑질했다는 말을 듣고 얼굴이 벌겋게 달아올라 핏대를 올리며 몇 마디 논쟁을 벌였다. '참으로 사람 성질나게 하고 가소로운', '먹기만 하고 일은 하지 않는' 콩이지가 사람들 대신 글을 베껴 써주다가 지필묵과 벼루를 몽땅 들고 튈 수가 있을까? 콩이지는 봉건사회에서 통치계급 내부로 진입하지 못한 서생의 필연적 말로이다. 그러나, 그에게는 아름다운 품행이 있었다. "그는 우리 술집에 와서는 누구보다도 행실이 좋았고 외상을 다는 법이 없었다. 어쩌다가 돈이 떨어져서 얼마동안 칠판에 이름이 적혀 있을 때도 있었지만, 한 달이 채 못되 죄다 갚아버리기 때문에 칠판에서 콩이지라는 이름이 곧바로 지워지곤 했다."(1-435) 즉, 술집에서의 신용도는 대단히 높았다.

뿐만아니라, 스스로 배운 사람으로서의 책임의식도 느꼈다. 그래서 점원인 '나'는 주점 앞에서 놀고 있는 아이들을 불러 '회回'자 쓰는 방법 등을 가르치기도 한다. 그는 사대부로서 권력핵심으로의 진입을 열망해 과거를 준비한 경력도 있었다. 사대부가 되기를 열망한만큼 사대부가 지니는 어투나 행동이 배어 있었다. 콩이지는 술집에서 술을 마실 때나 남에게 말을 걸 때면 항상 '지^之, 호^乎, 자^者, 야^也'를 들먹거려 다른 사람들로 하여금 어리둥절하게 만들었다. 백화로 이야기해도 될 내용조차도 "많지 않노다, 많지 않도다! 많을손가? 많지 않노라."(1-437) 따위로 사대부들의 문어체를 흉내내어 말하곤 했다. 그러나, 사람들은 이러한 콩이지를 늘 웃음거리로 여겼고, 때문에 콩이지의 주변 환경은 늘 울고 웃지 않을 수 없는 분위기였다. 함께 술을 마시는 짧은 옷 입은 녀석들과 술집주인은 콩이지에게서 재미를 찾았다. 그들은 걸핏하면 그의 말 못할 사정을 까발리곤 했다. 그의 얼굴이 벌겋게 달아오르게 만들고 나서는 득의양양해 하며 박장대소를 했다.[24] 콩이지는 이처럼 사람들을 유쾌하게 했지만 설령 그가 없더라도 사람들은 살아가는 데 아무런 지장이 없었다. 콩이지는 어른들과는 말할 재미가 없다고 생각해 주로 아이들에게 말을 걸었다.(1-436) 하지만 그가 아닌 다른 사람들 대부분도 이렇게 살아간다. 칠판의 이름이 한달이 지나도록 지워지지 않던 어느날, 그의 이름이 사람들의 기억에서도 점차 사라져 갈 즈음, 콩이지가 부러진 다리를 끌면서 술집에 나타났다. 콩이지가 스스로 인정하지는 않았지만, '책을 훔치다 잡혀 다리가 부러졌다'는 소문이 사실로 확인된 셈이다. 그는 '공부하는 사람이 책 훔치는 것이 뭐가 죄가 된다구?' 라고 말한 적이 있다. 즉, '책 도둑은 도둑질로 칠 수 없어 …… 책 도둑질 …… 공부하는 사람의 일이 도둑질이라 할 수 있는가?' 봉건 독서인이 지닌 의식상태의 단면이다. 술집에서 '술에 물타기'하는 것이 다반사이듯이 독서인이 책을 훔치는 것은 당연하다는 그의 논리는 부정당했다. 그리고 그는 마침내 징벌을 받았다. 그는 여느 때처럼 술을 주문했다. '나'는 술잔을 받아든 콩이지의 손이 온통 흙먼지투성이인 것을 보았

---

24) 우요우烏尤, 「콩이지와 그 환경孔乙己及其環境」, 『신보·자유담申報·自由談』(상하이), 1933년 9월 23일.

다. 콩이지는 다리대신 손으로 땅을 짚으며 기어서 온 것이다. "나는 술을 데 워가지고 나가 문턱에 놓았다. 그는 다 해진 겹옷 호주머니에서 동전 네 잎을 꺼내 나의 손에 놓았다. 그의 손은 흙투성이었다. 그는 두 손으로 땅을 짚으며 여기까지 온 것이었다. 얼마 후 술을 다 마신 그는 여러 사람들의 웃음소리를 등 뒤에 남기고 두 손으로 땅을 짚으며 엉금엉금 기어 나갔다."(1-438) 그날 이후 오늘까지 콩이지를 본 사람은 아무도 없다.

　"구식 몰락 문인인 콩이지는 가소롭고 가련하고 가증스럽다. 그리고, 그 주위의 사람들이 그런 그에게서 맹목적인 재미를 찾는다. 여러 차례에 걸쳐 고의로 그를 난감하게 만들고, 그것 때문에 고통스러워하는 모습을 보며 득의양양해 하며 즐거워 했다." [25] 사람들로 하여금 주변인물들이 주인공을 놀이개감으로 여기는 것을 독자들이 인식하게 함으로써 고소를 자아내게 한다. 그러나, 펑원빙馮文炳(1901~1967)은 「『외침』」이라는 글에서 콩이지의 심각성에 대해 다음과 같이 언급한다. "루쉰의 찌르는 듯하면서도 우스꽝스럽게 묘사한 필치는 어디서나 만날 수 있다. 예로 「백광」의 천쓰청, 「단오절端午節」의 팡센줘方玄綽 그리고 아Q에 이르기까지 웃으며 즐길 수 있게 한다. 하지만 오직 콩이지만은 나는 웃을 수 없다. 처음 '뒤후자이多乎哉? 부둬예不多也'를 읽는 순간 나도 모르게 웃음이 새어 나올 뻔 했지만 곧 바로 가다듬고 침통해졌다." [26] 이는 고문에서 사용되는 문투로 '많소이까? 많지 않소이다!' 정도의 구절이다. 봉건지식인 습속이 콩이지의 어투에 배어 있음을 확인한 독자는 파안대소할 것이다. 그럼에도 불구하고, 콩이지 역시 봉건사회의 폐해에 가해를 당한 하나의 피해자이기 때문에 콩이지만을 우스갯감으로 여길 수 없다는 의미이다. 콩이지뿐만아니라 콩이지로 즐거워하는 주변의 인물들을 강조함으로써 봉건사회를 총체적으로 부정하는 것이다. 즉, 이러한 부정적인 측

---

25) 친원欽文, 「콩이지의 유머孔乙己的幽黙」, 『신보申報』(상하이), 1935년 11월 22일.
26) 펑원빙馮文炳, 「『외침』『吶喊』」, 『신보부간晨報副刊』, 1924년 4월 13일.

면을 드러내기 위한 장치로써 사회분위기라는 '배경'을 강조한 것이다.

「술집에서」의 뤼웨이푸 : 이 작품의 구성은 귀향모티프^{motif}를 사용하고 있다. 북쪽의 어느 도시로부터 S시로 귀향한 '나'는 우연히 술집에서 오랜 친구 뤼웨이푸를 만난다. 그와 함께 희망과 이상에 부풀었던 과거의 세계로 회상해 들어가다가 찌들고 무력해진 그로부터 환멸감을 느낀다. 그는 한때, 혁명을 얘기하던 혈기 넘치던 지식청년이었지 않은가. 그러나 지금은 시골 사숙에서 '공자왈 맹자왈'을 가르치고 있다니. 그는 더 이상 과거의 뤼웨이푸가 아니었다. 둘은 거나하게 취해 술집을 나와 헤어졌다. 둘은 전혀 반대방향으로 각자의 길을 걸었다. 여전히 내리는 눈을 맞으면서. 그리고 '나'는 다시 북쪽의 도시로 힘없이 돌아온다. 이 작품의 기본 플롯은 생각보다 단순하다.

루쉰 소설에 있어서 귀향모티프의 구조는 '현재·도시(부정/긍정적 세계) → 과거·고향 혹은 시골(긍정/부정적 세계) → 현재·도시(부정/긍정적 세계)'를 기본으로 하고 있다. 이 플롯은 「술집에서」뿐 아니라 「고독자」, 「고향」, 「축복」 등에 차용되어 있다. 도시적 세계가 근대화 세계를 상징한다면 향촌적 세계는 여전히 봉건세계를 상징한다. 도시로 떠났던 '귀향자'는 도시적 세계의 세례를 받아 향촌적 세계와는 이미 단절되어 있다. 그래서, 귀향은 언제나 낯설고 고독하다. 공간적·시간적 격절은 귀향자를 '이방인^{異邦人, stranger}'으로 치환한다. 루쉰 작품에 있어서 귀향모티프는 매우 중요한 의미를 지닌다. 귀향은 공간적 의미 뿐아니라 시간적 의미도 함축한다. 공간적으로는 대부분 고향 또는 고향과 유사한 시골로의 회귀이고, 시간적으로는 소년 또는 청년기의 과거로 회귀한다. 근대화가 일정정도 도시화와 현재화를 의미한다고 할 때, 시골 또는 과거로의 회귀는 '반^反근대'를 의미한다고 할 수 있다. 즉, '현재'를 부정하고 대안으로 제시되는 것이 '과거'이다. 여기에 루쉰식 희망의식의 역향성^{逆向性}이 있다. 미래에 대한 희망이 아득하거나, 현재가 참담할수록 과거는 향수로 다가온다. 그러나, 과거는 현재의 부정에 대한 대안일 수 없음을 루쉰은 너무나 잘 알고 있었다. 그리하여 귀향했지만 고향 또는 과거에 환멸을 느끼고 다시 도시 또는 현재로 돌아오게 만든다. 이것이 귀향모티프를 설정한 루쉰의 반봉건 의도이다. 여기서 귀향모티프는 반봉건성과 반근대성을 동시에 지니는 독특한 구조이므로 매 작품의 의도에 따라 달리 읽어야 할 것이다.

'나'는 '북쪽 지방이 결코 내 고향이라 여기지는 않지만, 남방 또한 기껏해야 여행자의 거처일 뿐이라'는 감정을 느끼면서 펑펑 내리는 '눈'을 맞는다. '나는 지금 갑자기 이곳의 눈이 촉촉하고 사물에 붙어 떨어지지 않고 영롱한 빛을 발해, 북풍 한설의 눈가루가 일반적으로 건조해 휙 바람이 일면 온 천지에 날아올라 안개처럼 되는 것과는 사뭇 다르다는 생각을 한다.' 북방의 북풍 한설이 '흩날리고' 남방의 포근한 눈이 '촉촉'하다는 것은 화학적 성질을 말하는 것이 아니다. 그것은 귀향의 푸근함과 쾌적함을 상징한다. 그러나, 보다 기본적으로 눈의 이미지는 자연의 불변성을 상징하고 있는 것이다. 즉, 변하지 않은 것은 '포근한 눈' 뿐. 그래서 그는 느낀다. "나는 이때 촉촉해 무엇에 들어붙으면 잘 떨어지지 않고 반짝반짝 광택이 나는 이 고장 눈은 바람만 불면 흩날려 안개처럼 온 하늘을 뒤덮는 북방의 메마른 눈과는 판이하게 다르다는 생각이 문득 떠올랐다. …… 북방은 원래 나의 고향이 아니지만 남방에 와서도 길손에 지나지 않으니 그곳의 메마른 눈이 어떻게 흩날리건 또 이곳의 부드러운 눈이 어떻게 마음을 끌건 나와는 아무런 상관도 없었다. 나는 애수에 잠기긴 했으나 기분 좋게 술을 한 모금 마셨다. 술맛도 좋았고 두부도 잘 볶았다. 그런데 유감스럽게도 고추장은 맵지 않았다. S시 사람들은 매운 것을 먹을 줄 몰랐다."(「술집에서」, 『방황』, 2-24) 애수에 잠긴 '나'는 오랜만의 귀향을 잠시 즐기면서 회상한다. 거기서 뤼웨이푸를 만난다. 희망과 이상과 활기로 함께 공부하고 토론하던 과거의 뤼웨이푸. '나'와의 대화 중 뤼웨이푸의

심정을 자술한 부분을 재구성해보자.

"'아, 자네는 내가 왜 이전과는 이렇게도 판이하게 달라졌는가 궁금해서 그렇게 눈이 뚫어져라 날 바라보는 거지? 우리가 함께 성황묘^{城隍廟}에 가서 신상^{神像}의 수염을 뽑던 시절과 밤을 새워 중국을 개혁할 방법을 의논하다가 싸움까지 했던 시절을 나는 아직도 기억하고 있다네. 하지만 난 지금 이 꼴이 되었네. 어물어물 두루뭉술하게 살아간다네. 나도 때론 옛 친구들이 나를 보면 아마 친구 축에 넣지 않을 거라구 생각하네. 여하튼 나는 지금 이 꼴이 되었네.' '자네의 안색을 보니 아직도 나에게 그 어떤 기대를 걸고 있는 것 같군. 하긴 난 지금 멍청이가 되고 말았지만 그런 눈치쯤은 챌 줄 아네. 그래서 나도 적이 감격되지만, 아직도 나에게 호의를 갖고 있는 옛 벗들의 기대를 저버리지나 않을까 해서 못내 불안하기만 하네.' …… '이까짓 하찮은 일이 뭐가 그리 대단한가? 그저 어물쩍해 넘기면 돼. 설이나 쇠구 그저 어물어물 「공자 가라사되, 시경에 이르기를」 따위나 가르치러 가면 된다네.' '그럼 앞으로 어떻게 할 작정인가?' '앞으로 말인가? 그건 나도 모르겠네. 그때 우리가 예상했던 일이 한 가지라도 제대로 된 게 있나? 난 지금 아무것도 모르고 있네. 내일 어떻게 될 지도 모르고, 심지어 일분 후에 어떻게 될지도 모른다네. ……"(2-29~34)

한때, 뤼웨이푸는 가슴 가득 큰 뜻을 품고 한바탕 무엇인가를 이루어 보고자 했었다. 하지만 수천 년 전통의 회색 인생이란 환경은 그를 억압하고 실패자로 만들어 버렸다. 그리하여, 패기어린 과거의 모습을 모조리 잃고 말았다. 세월의 흐름에 인생을 맡긴채 현실에 안주해버렸다. 현실과 타협한 지식인의 '얼렁뚱땅하고 애매모호'한 삶이 그대로 배어난다. "실패 후 뤼웨이푸는 '어영부영하고 되는대로 살아가는' 비관논자가 되었다. 과거의 꿈을 다시 불러 일으킴으로써 자신의 비애를 더하고 싶지 않았다. 적막 속에서 적막하게 자

신의 종점인 무덤에 이르는 한이 있더라도 다른 사람의 아름다운 꿈을 깨려 하지 않았다." [27]

　뤼웨이푸는 어쩌면 루쉰 자신의 또 다른 모습일지도 모른다. 뤼웨이푸가 고향에 돌아온 이유는 동생의 무덤을 이장하는 일과 아순阿順에게 카네이션 꽃을 사다주라는 어머니의 부탁 때문이었다. 이 대목은 실제 루쉰이 일본유학에서 조기 귀국한 것이 빨리 집에 돌아와 가계를 책임지라는 그의 어머니의 당부 때문이었다는 사실과 매우 흡사하다. 그는 타인의 부탁에 그저 따르기만 하는 우유부단한 실패한 지식인이 되어 있었다. 뤼웨이푸에게는 젊은날의 신사상과 혁명에 대한 열정은 사라진 채 권태감과 무책임성만 남았다. 그렇게 열망하던 혁명과는 정반대로 사숙 선생이 되어 '공자왈 맹자왈'을 가르치는 뤼웨이푸. 그러나, 이는 뤼웨이푸 한 사람의 절망과 좌절이 아니다. 신해혁명 실패와 '5·4'운동 퇴조 이후 '근대화 기획'이 무산되는 것에 대한 불안과 좌절이었기 때문에 당시 대부분의 지식인들이 공통적으로 느낀 20세기적 절망감이었다. 그 근원은 무산된 근대기획의 일정과 봉건적 신념의 해체에서 오는 세기적 불안과 위기의식이었고, 동시에 '미래'에 대한 막연한 두려움이었다. 그래서 그는 단지 '내일'도 알 수 없는 상황에, 미래를 애기할 수 없다고 잘라 말할 수밖에 없었을 것이다. '과거'와 '현재'라는 양극단에 '이상'과 '현실'이 존재한다. 기억 속에서 긍정적인 세계였던 과거는 부정적인 세계로 확인되었다. 더 이상 희망도 남기지 않고 둘은 약속도 없이 헤어졌다. "우리는 같이 술집을 나섰다. 그가 묵는 여관은 내가 묵는 여관과는 정반대 쪽에 있었다. 그래서 우리는 문 앞에서 바로 헤어졌다. 나는 혼자서 내가 묵는 여관을 향해 걸어갔다. 찬바람과 눈송이들이 얼굴을 때렸으나 도리어 상쾌했다. 날은 벌써 저물었다. 집과 거리는 펑펑 쏟아지는 흰 눈 그물 속에 얽혀지고 있었다."(2-34) 변함없이 눈은 펑펑내린다. 사위를 덮으며 쌓이는 눈

---

27) 팡삐·선옌빙, 앞의 글.

으로 인해, 고향에서의 상봉은 기억 저편으로 지워져 갔다.

「고독자」의 웨이렌수 : 「술집에서」의 뤼웨이푸와 더불어 웨이렌수 역시 『방황』 중 가장 특색 있는 지식인 인물형상이다. "중국에 새로운 교육운동이 일어난 지 비록 20년이나 된다고 하지만 한스싼寒石山이란 곳에는 아직 소학교조차도 없었다. 온 마을에서 타지에 나가 공부를 하고 돌아온 사람이라고는 웨이렌수 하나밖에 없었으니, 마을사람들의 눈에 그가 확실히 별다른 사람으로 보였을 것이다."(「고독자」, 『방황』, 2-86) 그러한 웨이렌수가 어떻게 파멸해 가는 지를 통해 중국의 교육이 안고 있는 문제와 절망/희망을 알 수 있다. 봉건사회의 구습, 현실사회의 완고함, 주변의 질시와 압박 등에 의해 그의 패기와 야망은 점차 기력을 잃고 현실에 타협해 간다. 그는 삯 바느질로 자신을 길러준 조모의 장례식을 위해 고향에 돌아온다. 봉건사회의 질서에 젖어 있던 친척들과 시골 마을의 장로들은 '서구물 먹은 신당新黨'인 웨이렌수를 봉건 법도로써 길들이려 한다. 그들은 "의논 끝에 웨이렌수가 와서 지켜야 할 세 가지 조건을 결정했다. 첫째는 흰 상복을 입을 것, 둘째는 무릎을 꿇고 절을 할 것, 셋째는 스님이나 도사를 청해 법사法事를 치를 것이었다. 요약해 말하면 모든 것을 옛 법 그대로 한다는 것이다. …… 마을사람들은 침을 삼키면서 궁금해하며 소식을 기다렸다. 그들은 웨이렌수가 외국식 교육을 받은 '신당'이어서 워낙 경우를 따지지 않을 것이라 여겼다. 그러니 분명 큰 분란이 일 것이며 어쩌면 뜻밖의 신기한 일이 생길지도 모른다고 생각했다."(2-87) 그러나 정작 논의가 시작되자 일전불사를 각오한 듯하던 그들의 기대와는 전혀 반대로 "웨이렌수는 안색도 변하지 않은 채 '아무래도 다 좋아요' 라고 간단히 대답했다. 전통 장례법도를 요구하는 마을 장로들의 말에 '서구물 먹은 신당'이 순순히 응하자 그들이 오히려 의아해 한다. 이는 봉건사회가 '근대'를 무조건적으로 거부하거나 대립적으로 인식하기 때문에 발생한 전도된 현상이다.

　여담이지만, 조우쥐런은 나중에 발표한 회고록에서 부친의 장례식에 참석한 루쉰이 웨이렌수와 똑 같았었다고 회고한 바 있었다. 어쨌건, '나'와 웨이렌수는 장례식과 인연이 있다. 오랫동안 연락이 없었던 두 사람이 이 장례식에서 만났다. '나'의 눈에 비친 장례식상의 웨이렌수는 어떤 모습이었을까? "나도 문득 렌수가 눈물 한 방울 흘리지 않고 거적자리에 앉아서 두 눈만 반짝거리고 있는 것을 발견했다. ······ 이처럼 놀라움과 불만스러운 분위기속에서 입관이 끝났다. 사람들은 시큰둥해서 흩어져갈 기미를 보였으나 렌수는 그대로 거적자리에 앉아서 생각에 잠겨 있었다. 그런데 별안간 그는 눈물을 주르르 흘리다가 울음보를 터뜨리더니 대성통곡했다. 그것은 마치도 상처 입은 이리가 깊은 밤중에 광야에서 슬피 우는 것 같았다. 그 슬픔 속에는 분노와 비애가 뒤섞여 있었다."(2-88) 깊은 사색 끝에 터진 통곡의 의미는 과연 무엇일까? 비애와 분노가 섞여 있는 슬픔의 정체는 무엇인가?

　'나'는 알 수 없는 회의에 빠져든다. 그는 어머니 없이 할머니 손에서 키워지는 집주인의 아이들 넷에게 하모니카를 네 개나 사서 하나씩 나눠줄 정도로 어린이들을 사랑했다. "'아이들이란 다 훌륭하지요. 그들은 참으로 천진난만하거든.' ······ '꼭 그런 것도 아니지요.' 하고 '나'는 건성으로 대답했다. '아닙니다. 어른들이 가지고 있는 나쁜 버릇이 아이들에게는 없지요. 후에 나빠지는 것은 당신이 늘 공격하는 바와 같이, 환경이 그렇게 만들어 준 것이지요. 원래는 결코 나쁘지 않았으며 천진난만했지요. ······ 내가 중국에 희망을 가지는 것은 바로 이 한 가지 때문입니다.'"(2-91) 이 때는 아직 어린이들에 대한 희망을 갖고 있었다. 뿐만 아니라 그는 집에 있을 때면 늘 스스로 '불행한 청년' 또는 '잉여 인간' 손님이라 자칭했다. 그러나, 그의 혁신적인 교육과 실천은 봉건사회의 공격을 받기 시작했다. '신문에서 익명의 사람이 그를 공격했고, 학계에서는 항상 그에 대한 유언비어가 돌고 있었다. 하지만, 이는

183

더 이상 이전 같이 단순한 말짓거리에 지나지 않는 것이 아닐 뿐더러 이미 그에게 심각한 상해를 끼치는 것이었다.' 그의 입지는 점점 약화되다가 급기야 '교장에 의해 쫓겨나기'에 이르고 말았다. 마침내 그에게는 찾아오는 사람들조차도 없어지고 그가 사랑해주던 아이들마저도 더 이상 그를 찾지 않게 되어, 그의 집은 마치 '겨울의 공원'처럼 되어 버렸다. 그 후로 그는 너무나 심한 좌절과 절망으로 세상을 비관하고 인생을 냉소하게 되었다. '그는 스스로 너무 고뇌했고, 인간들을 너무 나쁘게만 여겼다.' 그는 원래 '누군가가 세상에 떨어져 썩어짐으로써 새로운 세상을 만들 수 있다'고 생각했다. 웨이렌수는 '너는 정말 네 스스로 외톨이가 되어 누에고치처럼 스스로를 그 속에 틀어박아 넣었어. 너는 세상에 나와 광명을 봐야 해' 라는 '나'의 충고에 다음과 같이 대답한다. "당신은 제 손으로 누에고치를 틀고 그 속에 들어앉는 셈이지요. 세상을 좀 더 명랑하게 봐야 합니다.' '그럴는지도 모르지요. 그러나 이디 말해보시오! 그 고치실은 어디서 오는 겁니까? 물론 세상에는 우리 할머니 같은 사람도 있는 것입니다. 내 비록 할머니의 피를 나눈 바는 없지만, 할머니의 운명만은 계승하는 지도 모르지요. 그러나 이런 것은 아무래도 다 좋습니다. 나는 벌써 그때 다 울어버렸으니까. …… "(2-96) 그가 조모의 장례식 때 통곡한 이유는 '스스로 외톨이가 되어 누에고치처럼 스스로를 그 속에 틀어박아 넣은' 조모의 운명을 공감했었기 때문이라고 한다. "하하! …… 그런데 그때 무슨 영문인지는 몰라도 할머니의 일생이, 스스로 고독을 만들고 또 그 고독을 스스로 씹어 삼키는 사람의 일생이 눈앞에 떠오르더란 말입니다. 이렇게 고독한 사람이 세상에는 무척 많다고 생각되었습니다. 이러한 사람들을 생각하니 자연히 슬퍼지면서 눈물이 나질 않겠습니까. 그보다도 그때 내가 지나치게 감상적인 기분에 사로잡혀 있었기 때문에 울었던 겁니다. …… "(2-97~98) 그에게 결단의 순간이 점점 다가왔다. '스스로 외톨이가 되어 입 속에 들어 앉아 씹어대는 사람의 인생'을 운명적으로 받아들일 것인가?

184

적들의 공격이 심해질수록 살고 싶은 욕망도 비례적으로 강해졌다.

'교육민주화운동'에 열렬히 참여하던 그는 "꼼짝도 할 수 없게 되었다. 그러다보니 수업시간을 제외하고는 문을 닫아걸고 집안에 숨어 있는 수밖에 없었다. 혹시 담배연기가 문틈으로 새 나가도 그것이 학교에서 소동을 일으킨 혐의가 되지 않을까 해서 가슴을 졸였던 것이다."(2-99) "나 ……, 나는 몇 일 더 살아야 해 ……."(2-99) 그러나, 웨이렌수는 삶을 포기하고 말았다. 육체를 살리기 위해 정신을 죽이고 말았다. "그래도 나는 바라는 바가 있었습니다. 나는 그것을 위해 동냥을 했고 그것을 위해 헐벗고 굶주렸으며 그것을 위해 고독하게 살았고 그것을 위해 고생했습니다. 하지만 멸망은 바라지 않았습니다. …… 나는 벌써 이전에 나 자신이 증오했고 반대했던 그 모든 것을 몸소 해보았습니다. 그리고 이전에 나 자신이 숭배했고 주장했던 모든 것을 포기해버렸습니다. 나는 정말 실패한 사람입니다. 그렇지만 나는 또 승리한 사람입니다."(2-101) 그는 '먹이'를 위해 현실에 타협하고 말았다. "일은 매우 간단합니다. 나는 요즘 사단장 두 사람의 고문이 되어 매달 80원씩이나 받습니다."(2-101) 더 이상 그에게는 '교육'에 대한 희망이 없었다. 과거에 꿈꾸던 모든 이상을 포기하고 봉건군벌의 하수인으로 전락한 이후 타락한 세계에서 만나는 '새로운 것들'에 빠져 살았다. "여기에는 새로운 손님, 새로운 선물, 새로운 찬사, 새로운 영달, 새로운 절과, 새로운 인사, 새로운 마작과 벌주놀이, 새로운 경멸과 혐오, 새로운 불면증과 각혈이 있습니다. ……."(2-102) 그리고 '나'에게 말한다. "그러나 우리가 걷는 길이 같은 것 같진 않습니다. 그렇다면 당신은 제발 나를 잊어주십시오. 나는 당신이 전에 나의 살림을 심려해준데 대해 진심으로 감사드립니다. 하지만 이젠 나를 잊어주십시오. 나는 이미 '좋아'졌으니까요."(2-102)

이렇게 함으로써 웨이렌수는 자신의 타락을 '나'에게 확실히 증명해 준다. 이전에 의기투합했던 '이상'은 더 이상 존재하지 않고, 가는 길도 이제 서로 달라져 버렸다. 그후 그는 '범상치 않은 사람이니까 범상치 않은 일을 할 수 있습니다'라며 말을 마친다. 봉건세력에게 투항한 지식인의 행로가 이렇게 달라지는 것인가! 그렇다고 적에게 투항한 장수의 삶이 건전하고 희망적일 수 있을까? 눈앞에 보이는 재물과 안락함이 영원할 수 있을까? "웨이 나리께서는 운이 트이자 전혀 딴 사람이 되었어요. 얼굴도 번쩍 쳐들고 의기양양해 다녔지요. 사람들을 대할 때도 이전처럼 그렇게 우물쭈물하지도 않고 말입니다."(2-105) 과거의 그를 아는 사람들은 현재의 그에 대해 이렇게 말했다. 그러나, 그에게는 '내일'이 없었다. 어린이를 더 이상 사랑하지도 않았다. 생활도 엉망이 되었다. "쇼핑을 예로 들어 말하자면, 오늘 구입했다가도 내일이 되면 다시 내다 팔거나 아니면 깨부숴버렸어요. 정말이지 무슨 영문인지 몰랐어요. 죽음이 다가올 때까지 아무 것도 없이 다 망쳐 버렸어요. 그렇지 않다면 오늘 이처럼 냉정할 수는 없었을 것입니다 …… ."(2-106) 결국 피를 토하면서 죽음을 맞이할 수밖에 없었던 그에게 남은 것이 무엇일까? '모든 것은 죽음처럼 고요하다, 죽은 사람도 산 사람도.' 변절해 적에게 투항한 자의 말로에 대한 비수같은 폭로다. '나'는 자신의 삶 속에서 '스스로도 알지 못한 기묘한 불안과 극히 가벼운 떨림을 느꼈다.' 웨이렌수의 죽음으로 분노와 비애가 섞인 슬픔도 끝이 났다. "나의 귓속에서는 무엇인가 빠져나가려고 오래오래 부대끼고 있었다. 그러다가 드디어 빠져나갔다. 그것은 길게 울부짖는 소리 같기도 했다. 마치 상처 입은 이리가 깊은 밤중에 광야에서 울부짖는 것 같은 그 슬픔 속에는 분노와 비애가 뒤섞여 있었다. …… 그는 어울리지 않는 의관을 갖추고 고요히 누워 있었다. 눈을 감고 입을 꼭 다물고 있었다. 그의 입가에는 싸늘한 미소가, 이 우스꽝스러운 시체를 비웃는 듯한 싸늘한 미소가 어려 있었다."(2-107) 요컨대, 그는 이처럼 자기변신을 시도해 자신을 파괴함으로써 '복수'를 감행하려 했다. …… 그는 승리했다. 하지만 그는 자신의 예정된 프로그램대로 자신을 훼멸했다. 이것이 그의 '복수'이고, 그 '복수'에

대한 '풍자'이다. [28]

　「죽은 이를 그리워 함」의 쥐엔썽 : '5·4'를 전후해 지식청년들이 느꼈던 희망과 절망, 이상과 현실의 대비가 가장 극명하게 나타나 있는 작품이다. 대학생인 즈쥔子君과 쥐엔썽은 열애 끝에 동거를 결심한다. 그들의 사랑이 열렬했으므로 영원한 행복이 보장될 것이라고 믿었고, 대담하게 실행에 옮겼다. 그러나, 이상으로서의 사랑은 생계라는 현실에 부딪히면서 파국으로 접어든다. 희망이 클수록 절망도 큰 법. 결국 그들의 대담한 연애는 즈쥔의 가출과 죽음으로 끝나고 만다. 루쉰은 대안없는 열정이 얼마나 큰 파국을 몰고 오는지를 남녀의 연애를 통해 보여주고 있다. 작품은 주인공 쥐엔썽이 즈쥔과의 사랑의 시말을 '회한과 비애'로 회상하는 형식으로 전개한다. 지식청년이었던 즈쥔과 쥐엔썽은 "나는 가정 독재에 대해, 낡은 습관을 타파할 문제에 대해, 남녀평등에 대해, 입센에 대해, 타골에 대해, 쉘리에 대해 이야기했다. ……."(「죽은 이를 그리워 함」, 『방황』, 2-111) 마침내, "나는 나 자신의 것이에요. 그분들은 누구도 나의 생활에 간섭할 권리가 없어요!"(2-112)라고 결심하면서 동거를 선언한다. 당시로서는 얼마나 힘든 결심이었는지 쉽게 이해할 수 있다. 길에서 때때로 흥미로운 탐색과 조롱, 외설, 경멸의 눈빛을 만나지만 그녀는 오히려 아무런 두려움도 없을 뿐더러 이런 것에 대해 전혀 무관심하다. 뿐만아니라 그녀의 이러한 선언과 태도는 쥐엔썽으로 하여금, "중국의 여성들은 결코 염세주의자들이 지껄이는 것처럼 그렇게 절망적이지 않으며 그들에게도 가까운 앞날에 서광이 비칠 것이라는 것을 알고 말 못할 기쁨에 잠기게"(2-112) 했다. 아직까지 현실의 광폭함을 접해보지 않았을 그 때, 쥐엔썽이 '애정은 반드시 시시때때로 갱신, 생장, 창조해야 하는 것'이라고 믿으면서, 이러한 사랑만 있다면 무슨 난관도 다 이겨낼 수 있다고 주장했다. 그리고, '외부의 타격은 사실상 우

28) 팡삐·선옌빙, 앞의 글.

리의 새로운 정신을 진작한다'라 여겼다. 기대가 크면 실망도 크다. 현실은 개인을 돌보지 않는다. 생계문제가 대두하면서 그들 사이에는 점점 간격이 커져갔다. 집에서 쥔썽의 위상도 '전통 애완용 개叭兒狗나 중국 토종 닭油雞과 다를 바 없는' 신세라고 여겨졌다. 그리고 쥔썽은 생각했다. '사람이 그 얼마나 변하기 쉬운 존재이던가!'(2-119) 희망에 들떠있던 생활의 암연이 보이면서 애정은 변해가기 시작한다. 나중에 첸종수는 자신의 단편 「기념紀念」에서 「죽은 이를 그리워 함」을 그대로 패러디parody함으로써 루쉰을 오마쥬했었다.

"아무렇지도 않아요. 뭐 아무 일도 없어요.' 나는 드디어 즈쥔의 말과 행동에서 즈쥔이 나를 마음이 모진 사람으로 여기고 있다는 것을 알게 되었다. 사실 말이지 나 혼자뿐이라면 살아가기도 그렇게 막막하지는 않았을 것이다. 비록 나는 교만한 탓으로 세상 사람들과 등진 생활을 했고, 여기로 이사 온 후에는 또 낯익은 사람들과도 삐걱거리게 되었지만, 어디든 멀리 떠나버린다면 살길은 얼마든지 있을 것이다. 지금 내가 괴로움을 씹어 삼키면서 억눌린 살림을 하는 것도 즈쥔을 위해서가 아닌가? 그리고 아수이阿隨를 내다버린 것도 다름 아닌 그녀 때문이 아닌가? 그런데 즈쥔은 소견이 좁아져서 이러한 사정도 몰라주는 것 같았다. 밖에 나가 다니면 아는 사람을 자주 만나게 되고 그들이 던지는 멸시의 눈총을 받게 되지만 이곳에서는 그런 봉변은 당하지 않을 수 있었다. 나를 멸시하는 자들은 언제나 다른 곳에서 난로를 쪼이고 있지 않으면, 자기 집 화독 곁에 앉아 있을 것이다. …… 요즘에 와서는 즈쥔보다 더 쌀쌀해진 나의 태도가 즈쥔에게 의혹을 사게 했다는 것을 알고 있었던 나는, 즈쥔을 다소라도 위안해 주려고 억지로 웃으며 말했다. 그러자, 나의 웃음과 나의 말은 공허한 것이 되고 말았다. 그러자 그 공허한 것은 나 자신에게도 참을 수 없이 저주로운 비웃음이 되어 나의 귓전을 울려주었다. …… 나는 고민 속에서 늘 생각해보았다. 진실을 말하자면 큰 용기가 없이는 안되는 데, 만일 이러한 용기가 없이 허위에 빠지고 만다면 그

것은 새로운 살길을 개척할 수 없을 것이다. …… 즈쮠은 벌써 오래전부터 책을 읽지 않았다. 그러다 보니 즈쮠은 인간생활에서 첫째가는 것이 살기 위해 투쟁하는 것이라는 것을 모르고 있었다. 살길을 개척하려면 손을 맞잡고 나아가거나 아니면 단신으로 투쟁해야 한다. 그런데 남의 옷자락에 매달리기만 하면 그가 비록 투사라 할지라도 싸울 수 없게 되어 둘 다 함께 멸망하는 수밖에 없는 것이다. …… 나는 새로운 희망은 우리들이 갈라짐으로써만 올 수 있는 것이라고 생각했다. 즈쮠은 마음을 다잡아 먹고 물러가야 한다. 나는 느닷없이 즈쮠의 죽음에 대해 생각해 보았다. 나는 즉시 가책을 받고 후회했다. 다행히도 이른 아침이어서 시간이 넉넉히 있었다. 나는 진심을 털어놓을 수 있었다. 우리가 새로운 길을 개척하자면 다시 없는 좋은 방도였다."(2-120~122)

생계를 해결할 방법이 없었던 그들의 동거는 더 이상 지속될 수 없었다. 쮠 썽은 자기의 견해를 솔직히 말해야 한다고 생각했다. 그리고 자신의 의견과 주장을 말했다. 둘이 다 멸망하지 않기 위해서 새로운 길을 개척하며 새로운 생활을 창조해야 한다고. '그렇소, 사람은 거짓말을 해서는 못쓰오. 솔직히 말하면 난, 난 당신을 사랑하지 않소!' 라고 작별의 이유를 말했다. 말이 서로를 위한 작별이지 '동거녀'를 버린 것이다. 그는 이미 허용할 수 있는 도덕적 한계를 넘은 상상을 했다. "나는 느닷없이 즈쮠의 죽음에 대해 생각해 보았다. 그러나 즉시 가책을 느끼고 후회했다."(2-124) 이는 그의 도덕이 극도로 타락했음을 보여주는 것이다. 즈쮠도 이제서야 깨달았다. "용감하게 깨달은 즈쮠은 조금도 원망하는 기색없이 결연히 그 차디찬 방을 박차고 떠났으며, 아무런 원한의 빛도 보이지 않았다." 즈쮠이 떠남으로써 쮠썽의 모든 것이 해결되는 줄 알았다. 그래서, 그는 희망에 부푼다. "나는 구름처럼 가볍게 공중에서 떠다녔다. 위에는 푸르른 하늘이 보이고 아래는 높은 산, 깊은 바다, 고대광실, 싸움터, 자동차, 조계지, 화려한 저택, 번화한 시장, 캄캄한 밤이 보였다. ……."(2-124) 그러나 세상의 이치가 그처럼 단순하지 않다. 그의 떠남은 회한과 비애를 가져왔다. 때문에 "나는 이전처럼 바깥출입도 자주 하지 않고 드넓은 공허 속에 파묻혀 죽음과도 같은 적막이 나의 정신을 좀먹게 내버려 두었다. 죽음과도 같은 적막은 때로는 전율하다가도 때로는 없어지곤 했는데, 이러한 속에서 무엇인가 새로운 것, 꼭 찍어 말할 수 없는 뜻밖의 것이 어른거리곤 했다."(2-128) 아무리 회한에 쌓여 후회하고 기대해도 즈쥔은 이미 이 세상 사람이 아니었다. 그럼에도 불구하고 쥐엔썽은 "나는 지옥의 세찬 바람과 시뻘건 불길 속에서 즈쥔을 포용하고 즈쥔에게 용서를 빌던가 기쁨을 주던가 하리라. ……."(2-130) 파괴된 사랑, 희생된 즈쥔을 위해 살아있는 쥐엔썽은 참회한다. "나는 살아있다. 그러므로 나는 새로운 생활의 첫걸음을 내디디지 않으면 안된다. 그 첫걸음이란 즈쥔을 위해 그리고 '나' 자신을 위해 '나'의 뉘우침과 슬픔을 적어보려는데 지나지 않는다."(『방황』, 2-130)

「작은 사건」의 '나' : 루쉰 소설 중 가장 편폭이 짧은 이 작품은 한 지식인이 인력거꾼에 대한 편견을 바로 잡는다는 줄거리를 갖고 있다. '나'가 탄 인력거가 급하게 달리다가 중년의 부인을 치었다. 인력거꾼는 즉시 인력거를 멈추고 행인을 일으켜 세운 후 문제해결을 위해 스스로 경찰서를 향해간다. 그 순간 인력거꾼들에 대해 지니고 있던 편견이 사라지면서 민중의 건강성과 신뢰성에 대한 인식을 새롭게 하게 된다. "순간 나는 갑자기 이상한 감을 느꼈다. 온몸이 먼지투성이인 인력거꾼의 뒷 모습이 삽시간에 우람하게 보였으며 그가 걸어갈수록 그 모습은 점점 더 커지는 것이었다. 그래서 나는 그 모습을 우러러보지 않을 수 없다. 유독 이 사소한 사건만은 눈에 삼삼하게 떠오르며 때로는 그것이 더욱 선명해진다. 그리하여 나에게 부끄러움을 느끼게 하며 새로운 사람이 되도록 편달해주며 용기와 희망을 안겨준다."(「작은 사건」, 『외침』, 1-459~460.) 매우 짧은 에피소드에서 건강한 민중성과 지식인의 소심함을 영상적으로 묘사한다.

「고향」의 '나' : 앞서 언급한 귀향 모티프가 사용된 작품이다. 유년의 기억 속에 살아 있는 건강하고 쾌활한 룬투閏土를 상상하면서 찾아 온 고향. 그러나 룬투는 더 이상 기억 속의 룬투가 아니었다.

"이때 나의 머리에는 신기한 그림 한 폭이 문득 떠올랐다. 쪽빛하늘에 누런 둥근달이 걸려있고 그 아래 바닷가 모래밭에는 검푸른 수박이 일망무제一望無際 하게 덩굴져 있었다. 목에 은목걸이를 건 열한두 살 쯤된 사내아이가 그 수박밭에서 쇠작살을 들고 오소리를 힘껏 찌른다. 오소리는 홱 돌아서서 사내아이의 바지가랑이 밑을 빠져 달아난다. 옛집은 점점 멀어져 가고 고향산천도 점점 멀어져 갔으나 나는 아무런 미련도 느끼지 않았다. 나는 네 면으로 된 보이지 않는 높은 담장 안에 홀로 떨어져 있는 듯해 몹시 답답증이 났다. 수박밭에 은목걸이를 걸고 서 있는 어린 영웅의 형상은 원래는 아주 또렷했으나 지금은 어렴풋해졌다. 그래서 나는 또 더없이 서글퍼졌다. …… 나는 깊은 생각에 잠겼다. (나와 룬투 사이는 마침내 이렇게 멀어지고 말았구나. 그러나 우리들의 후대들은 여전히 한마음으로 이어져 있다. 홍얼宏兒은 지금 수이썽水生을 그리워하고 있지 않은가. 나는 그들이 나를 닮지 말기를 바라며 사람들 사이에 장벽이 생기지 말기를 바란다. …… 그렇다고 해서 나는 그들이 한마음으로 잇닿아 있기 위해 나처럼 고난에 시달리면서 방랑생활을 하는 것을 원치 않으며, 또 그들이 룬투처럼 고난에 시달리면서 아무 희망도 없는 생활을 하는 걸 원치 않는다. 그리고 또 다른 사람들처럼 고난에 시달리면서 방탕한 생활을 하는 것도 원하지 않는다. 그들에게는 마땅히 우리들이 아직 겪어보지 못한 그러한 생활이 있어야 한다.) …… 나는 생각했다. 희망이란 원래부터 있다고도 할 수 없고 없다고도 할 수 없는 것이 아닌가. 그것은 마치 땅위에 난 길과도 같은 것이 아닐까. 사실 말이지 길이란 원래부터 있은

191

것이 아니라 다니는 사람들이 많아지면서 차차 생긴 것이다. "(1-475~485)

룬투에 대한 아름다운 추억은 실망으로 전도된다. 룬투에 대한 실망의 깊이만큼 수이썽과 홍얼 세대의 인간적인 사회관계에 대한 희망도 부각된다. 「고향」의 화자인 '나' 역시도 루쉰 자신의 형상이다. 루쉰은 '오랜 동안 고향을 떠나 지식인이 되어 고향에 돌아온 후에 농민과 매끄럽게 어울리지 못했다.'라고 언급한 바 있다. …… 루쉰은 화자와 소설주인공 간의 소통과 불통의 상황을 이용해 내심의 곤경을 표현하려고 했다. 그는 '5·4'문화혁명이 결코 빠르게 성공할 수 있다고는 생각지 않았다. 사람과 사람간, 사람과 사회간에는 아주 큰 간격이 있어, 각성한 한 개인의 역량으로 사회를 개조한다는 것이 얼마나 어려운 지 잘 알고 있었기에, 그래서 그의 소설 속 주인공은 대부분 '고독자'인 것이다.

3) 행동하는 지식인 : 절망과 희망의 변주곡

사회변혁과 진보를 위해 건강하게 행동하는 지식인이 풍자의 대상이 되는 경우는 없다. 풍자가 가악추 인물에 대한 비판, 부정, 조롱 등에서 발생하기 때문이다. 그래서, 위선적 지식인에 대해서만큼은 통렬하게 비판하고 풍자한다. 루쉰은 다음과 같이 말했다. "지금 중국에는 마음속으로 불평하고 분개하는 자들이 너무 많다. 불평은 그나마 개조의 발단이 된다. 그러나 먼저 자신부터 개조한 다음 다시 사회를 개조하고 세계를 개조해야지, 절대 불평만 가져서는 안된다. 그리고 분개만 하는 것은 거의 아무런 소용도 없는 짓이다. …… 우리는 더욱이 '세상에는 공정한 도리가 없고 인도주의도 없다'는 말로 자포자기하는 행동을 덮어 감추지 말아야 한다. 스스로 '분하다'고 하면

서 분에 못이겨 죽을 것 같은 상을 짓는 사람은 기실 분에 못이겨 죽지 않는
다."(『수감록62 : 분에 못이겨 죽는다^{隨感錄六十二 : 恨恨而死}』, 『열풍』, 1-360) 거짓 세태에 대한
비판이다.

「벼린 칼^{鑄劍}」의 연지오자^{宴之敖者} : 미간척^{眉間尺}의 부친은 왕에게 충성을 다해
보검^{寶劍}을 만들어 바쳤으나 억울한 죽임을 당했다. 오랜 세월 복수의 칼을 갈
던 미간척이 부친의 원한을 갚기 위해 16세 되는 날 새벽 길을 떠난다. "미간
척은 눈두덩이가 부석부석한 채 뒤도 돌아보지 않고 대문을 나섰다. 푸른 옷
을 입고 푸른 검을 등에 진 그가 성큼성큼 걸어서 서울로 올라갈 때 동녘하늘
에는 아직 햇빛도 비치지 않았다."(「벼린 칼」, 『옛 이야기 다시 엮다』, 2-422) 그러나,
그의 힘으로는 폭군을 당해낼 수 없음을 알고 기회를 노리기로 작정하고 왕
의 산행을 기다렸다. 하늘은 스스로 돕는 자를 돕는다. 마침, 미간척의 웅지
를 눈치채고 기다리던 협사 연지오자가 그를 도우러 나선다. 드디어 기회는
왔다. 왕은 산행을 시작했고 미간척은 왕의 암살을 기도한다. 백성들은 왕의
비열함과 잔인함에는 눈감은 채, 지나가는 행차라도 알현해 영광을 누리려
다투었다. "이때 성안의 이르는 곳 마다에서는 국왕의 산행이며 의장이며 위
엄을 두고 의논들이 자자했다. 사람들은 국왕을 뵙게 된 영광에 대해 자랑했
으며, 자기는 땅에 얼마나 낮게 엎드려 읍^揖을 하고 있었다는 둥, 국민의 모범
이 되어야 한다는 둥 하면서 벌떼처럼 윙윙거렸다. 남문 가까이 이르러서야
차차 어둑어둑해지기 시작했다."(2-424) 이들의 노예근성은 폭군도 알아보지
못할 지경이다.

연지오자는 미간척의 복수를 위해서 미간척의 목이 필요하니 목을 내달라
고 한다. "이 일은 모두 너한테 달려있다. 네가 나를 믿어준다면 나는 네 원수
를 갚으러 가고, 믿어주지 않는다면 그만두겠다."(2-426) 그러나, 미간척은 부
친의 원수를 갚아야 한다는 효심과 그러기 위해서는 연지오자를 믿을 수밖에

193

없음을 잘 알고 있었다. 그래서 그는 추호의 의심도 없이 그 자리에서 자신의 목을 잘라준다. 신념과 실천이 합치되는 순간이다. 연지오자의 꾀에 넘어간 왕은 결국 목이 잘려 끓는 가마솥에 떨어진다. 가마솥의 끓는 물속에서 뒤엉켜 싸우는 왕과 미간척과 연지오자의 머리통은 폭군에 대항하는 민중의 간고한 투쟁을 상징한다. 결국 미간척은 연지오자의 도움으로 부친의 원수를 갚는다. 이들의 형상에서 민중의 영웅은 헌신적 희생의 실천에서 탄생함을 확인할 수 있다.

「치수理水」의 우공寓公 : 우공은 매우 긍정적인 인물로 묘사되고 있다. 때문에 「치수」에서의 풍자는 우공에게서 이루어지는 것이 아니라, 우공의 배경이 되는 여타의 인물에서 발견된다. 여기서는 주로 실천은 하지 않고 말로만 떠드는 위선적 보신주의자, 문인, 학자, 관료들을 풍자하고 있다.

"비거飛車는 기굉국奇肱國을 향해 살같이 날아갔다. 하늘에서는 아무 소리도 들리지 않았으며 학자들도 잠잠했다. 모두들 식사를 하고 있다. 산허리를 감도는 물결만이 철썩철썩 바위를 때리고 있다. 낮잠에서 깨어난 학자들은 원기백배해서 파도소리를 짓누르며 학술토론에 열을 올렸다. …… 그 사람은 그 후부터 유명세를 타서 몹시 바삐 지냈다. 그의 머리에 난 혹을 보려고 사람들이 구름처럼 모여들다 보니 하마터면 뗏목이 가라앉을 뻔하기도 했다. 그 후 학자들이 그를 불러다가 깐깐히 연구한 결과 그 혹이 정말 얻어맞아서 생긴 혹이라는 것을 확인했다. 그러다 보니 조두鳥頭 선생도 더는 자기 주장을 고집할 수 없어서 '고증학'을 남에게 넘겨주고 그 자신은 민간의 가요들을 수집하기 시작했다. …… '재해가 별로 크지 않으니 식량도 그럭저럭 이어갈만합니다.' 학자들의 대표격인 묘족苗族 언어학자가 말했다. '빵은 달마다 하늘에서 떨어지고 생선도 모자라지 않습니다. 감탕내가 좀 나긴 해도 무척 살진 고기들입니다. 백성들의 사정을 말씀드리면, 그들에게는 느릅나무 잎과 김은 얼마든지 있습니다. 각하, 그들은 온종일 배불리 먹고 있으며 마음고생이란 없습니다. 말하자면 속태울 일이 없다는 말입니다. 그들은 그런 것만 먹어도 족합니다. 우리도 맛을 좀 보았는데 맛이 괜찮았습니다. 별미라고 할 수도 있습니다.' …… '게다가' …… , 『신농본초神農本草』를 연구하는 다른 학자 하나가 끼어들었다. '느릅나무 잎에는 비타민W가 들어 있고 김에는 요드가 있어서 부스럼증이나 옴병을 고칠 수 있습니다. 두 가지 다 몸에 좋습니다.' …… '이것을 가리켜 넋을 잃었다고 하지요.' 뒷줄에 앉아 있던 팔자수염을 기른 복희伏羲 시대의 소품小品 문학가가 웃으며 말했다. 그런데 이미 없어진 혹자리가 갑자기 바늘로 쑤시는 듯 아파왔다. 그는 징징 울면서 대표가 되느니 차라리 죽는 편이 낫다고 딱 잡아뗐다."(2-377)

'문화'라는 이름아래 제국주의에 투항한 사이비 문인과 학자들은 실천은 하지 않고 공염불이나 하면서 식량타령을 하고 있었다. 이러한 반실천적 작태를 신랄히 풍자한다. 수해조사단 역시 이름만 거창할 뿐 구체적인 어떠한 조사도 하지 않고, 단지 자신들의 이익만 따지고 있다. 이들은 일반 대중들의 괴로운 생활고를 조사하거나 이해할 생각은 않고, 자기 배를 채우기에만 급급하다. 학자들은 만나기만하면 이러쿵저러쿵 갑론을박하지만 현실생활에는 전혀 쓸모가 없다. 「치수」의 목적은 지식인의 이러한 허구성을 통렬히 풍자하는 데 있다.

그밖에도, 「전쟁반대非攻」의 묵자墨子와 「이런 전사這樣的戰士」의 이런 전사 등을 이 범주에 포함할 수 있을 것이다. 우선 「전쟁반대」에는 긍정적 인물인 묵자가 출현한다. 묵자의 견결함을 부각함으로써 항전 이후 파행하던 국민당을 풍자하는 작품이다. 1931년 만주사변 발발 후, "우리가 저들에게 중국인의 민족적 기개를 보여주자! 우리 모두 죽으러 가자!" 라고 외치던 국민당의 태도를 풍자한다. "어제 성안에서 차오 공자ﹺﹺﹺ公子가 연설하는 걸 들었는데 예외 없이, '기개'요 '죽음'이요 하고 떠들어 대더군. 그렇게 실속 없는 소린 그만하라고 말해주게. 죽는 것이 나쁘진 않으나 어렵기도 해. 그 죽음이 백성들에게 이로와야 하네!"(「전쟁반대」, 2-457) "나는 사랑으로 끌어당기고 공경으로 막아내오. 사랑으로 끌어당기지 않으면 친근하지 않고, 공경으로 막아내지 않으면 믿음이 가지 않고, 친근하지도 않고 믿음도 가지 않는다면 결국 이내 흩어지고 마오. 그러므로 서로 사랑하고 공경하면 피차에 다 이로운 것이오. …… 사람들에게 이로운 것이라야 묘하고 좋은 것이라 할 수 있소. 사람들에게 이롭지 못한 것은 졸렬하고 나쁜 것이요."(2-463) 「이런 전사」의 '이런 전사'는 '창을 들고' 있다. 진정한 투쟁을 위해 무기를 들지 않는 이는 전사가 아니다. "머리 위에는 자선가요, 학사요, 문인이요, 연장자요, 청년이요, 신사요, 군자요 ……, 하는 듣기 좋은 이름들을 수놓은 깃발도 없고, 고개 아래에는 학문이요, 도덕이요, 국수주의요, 민의요, 논리요, 정의요, 동방문명이요 ……, 하는 보기 좋은 무늬들로 수놓은 외투도 걸치지 않은"(「이러한 전사」, 2-214) 전사는 창을 들고 있다. 온갖 감언이설로 무장한 봉건 수구세력과 싸우기 위해 허위의식이나 과대포장이 아니라, 가장 구체적이고 치명적인 창을 들고 찌를 줄 알아야 전사다. 실천적 투사에 대한 찬사다.

이상의 분석에서 지식인 인물형상을 크게 세 가지 유형으로 분류해 분석했다. 인간에 대한 신뢰와 실천 그리고 이타심이 강조되어 있음을 확인했다. 그 중에서도 위선적인 지식인과 방황하는 지식인에 대해서는 풍자가 이루어지고 있지만 행동하는 실천적 지식인에 대해서는 풍자가 성립하지 않음을 확인할 수 있다. 그러나 풍자가 이루어지는 위선적 지식인이나 방황하는 지식인에 대한 풍자의 방식이나 태도 및 정도는 각기 다르다. 이것은 이들 대상에 대한 루쉰의 인식이 각기 달랐기 때문이었다. 루쉰은 특히 위선적인 지식인에 대해서만큼은 한 치의 양보도 없이 신랄하고 통렬히 풍자했다. 그들이 지닌 허위의식과 기회주의 등 가악추에 대해서는 끝까지 투쟁하겠다는 저항정신이 그대로 풍자에 반영되었다. 그러나, 봉건사회와 근대사회의 사이에 끼어 출구를 찾지 못해 방황하는 지식인에 대해서는 동정과 연민의 여지를 남겨주고 있다. 그들 역시 가혹한 현실에 찌든 피해자이기 때문이다. 그래서 그들에 대해서는 '눈물을 머금은' 풍자를 하는 것이다.

루쉰의 풍자는 인간에 대한 뜨거운 애정이 전제되어 있다. 루쉰은 중국의 현실을 타개해 나가야 한다는 사명감을 인식하고 있었다. 그래서 그는 '철창으로 만든 집 안에서 외치는鐵屋的吶喊' '정신계의 투사'를 갈망했다. 이는 보다 나은 중국의 미래를 염원했기 때문이다. 그래서 모든 봉건적 구습과 악폐를 철폐하기 위한 '신인류', 즉 '어린이孩子'의 탄생을 희망했다. 한 마디로 요약해 '절망에 저항하고 미래를 희망하자'는 것이었다.

사랑의 가장 여실한 표현방식이 다름 아닌 '투쟁'이다. 일생을 투쟁으로 살아온 루쉰은 그러므로 가장 치열하게 사랑할 줄 안 사람이었다. 그런 만큼 그는 자신의 삶도 사랑했다. 죽음을 앞둔 그가 삶에 대해 '욕망'을 느낀 것은 결코 죽음에 대한 두려움이나 삶에 대한 개인적이고 세속적인 욕망 때문이 아니었다. 그것은 참된 삶에 대한 초월적이고도 숭고한, 그리고 당당한 열망이었다. 그는 눈을 감기 한 달여 전인 1936년 9월 5일에 발표한 「이것도 생활이다這也是生活」라는 잡문에서 죽음을 앞 둔 심정을 다음과 같이 묘사했다.

"가로등의 빛이 창문을 통해 들어오면, 집 안에 희미한 빛이 어려 있다. 내가 쓰윽 하고 훑어보면 익숙한 벽과 벽 끝의 모서리, 익숙한 책더미와 아직 묶지 않은 그림책들. 창 밖에 비낀 어두운 밤, 아득히 먼 곳, 무수한 사람들, 이 모든 것들이 모두 나와 유관하다. 나는 존재하고 있고 나는 생활하고 있다. 또 나는 살아갈 것이다. 나는 비로소 내 자신이 더욱 실제와 가까와졌음을 느끼며 움직여 보

고 싶었다. 하지만 얼마 지나지 않아 나는 다시 잠에 빠져 들고 말았다."(「이것도 생활이다這也是生活」, 『차개정잡문 말편且介亭雜文末編』, 6-601)

생의 마지막 공간에 대한 느낌이다. 그 속에는 무력하지만 '잘' 살아온 사람의 당당함이 묻어 있다. 이러한 당당함은 투쟁해 본 사람만이 느끼고 말할 수 있는 것이다. 그는 일생을 통해 너무 많은 절망과 고독과 적막을 느껴야 했다. 때문에 그는 다른 어떤 사람보다도 더 많은 희망을 지니고 있었던 사람이다. 루쉰은 누구보다도 절망의 깊이를 잘 알고 있었기 때문에, 그 절망의 덧없음도 알았다. 루쉰은 누구보다도 더 많은 고독과 적막을 느꼈기 때문에, 그 고독과 적막의 허망함을 알고 있었다. 그래서 루쉰은 좌절하지 않았고, 끝까지 '미래'에 희망을 걸 수 있었다. 미래는 청년들의 세계이다. 특히, 새로 태어날 '어린이'는 봉건의 찌꺼기에 때묻지 않은 가장 순수한 미래의 주인이다. 그의 여러 작품에서 희망에 대한 신념을 읽을 수 있다. 그는 「희망」이라는 글에서 희망과 절망의 변증적 관계를 다음과 같이 인식하고 있음을 보여준다. "…… 그런데 그 어두운 밤은 어디에 있는가? 지금은 별도 달빛도 없고 웃음의 허망함과 사랑의 너울거리는 춤도 없다. 청년들은 자못 고요하다. 그리고 나의 앞에서는 마침내 참다운 어두운 밤마저 없어지고 말았다. …… 절망이란 희망처럼 허망한 것이어라!"(「희망」, 『들풀』, 2-178) 그 희망은 살신성인의 희생에서 창조된다. "하지만 나는 암흑과 광명사이에서 방황하기는 싫소. 차라리 암흑 속에 잠겨버리는 것이 나을 것이요. …… 하건만 나는 황혼인지 여명인지 알지 못하고 광명과 암흑사이에서 방황하고 있소."(「그림자의 결별影的告別」, 『들풀』, 2-165) 이는 자신이 암흑 속에 침몰되는 한이 있더라도 다른 사람들에게는 광명을 주고 싶다는 강렬한 의지이다. 그러나, 그 광명은 광명을 누릴 수 있는 자격을 갖춘 사람만이 누리는 것. 「과객過客」에는 '노인'과 '어린이'의 미래관을 대비하는 구절이 있다. 이 대비를 통해 과객으로 표상되는 루쉰의 미래관을 읽을 수 있다.

늙은이 : 저 앞 말이우? 거기는 무덤이외다.

과객(놀라며) : 무덤이라구요?

어린 소녀 : 아니, 아니에요. 거기엔 개나리와 들장미가 많이 피어 있어요.
전 자주 거기 가서 그것들을 구경하며 놀아요.(「과객」, 『들풀』, 2-190)

노인의 미래는 무덤이다. 그러나, 어린이의 미래는 꽃들이 만발한 낙원이다. 여기서 미래세계의 주인이 결국 어린이일 수밖에 없음을 루쉰은 강조하고 있다. 뿐만 아니라, 루쉰은 죽어버린 과거의 그림자인 봉건사회의 찌꺼기를 찬양하는 사람들을 '현재의 학살자'라고 규정한다. '현재의 학살자'에게는 희망도 미래도 없다. "인간으로 태어나서 신선이 되려 하며, 지상에 살면서 하늘에 올라가려 하며, 분명히 현대인으로서 현재의 공기를 마시면서도 기어이 썩어빠진 예교와 죽은 언어를 강요함으로써 현재를 여지없이 모멸하는 자들은 모두 '현재의 학살자'들이다. '현재'를 죽이면 '미래'도 죽이는 것이다. 미래는 후손들의 시대이다."(「현재의 학살자現在的屠殺者」, 『열풍』, 1-350) 이것이 루쉰의 '미래관'이다.

기존의 어떠한 사상이나 제도도 이미 '봉건이라는 세균'에 감염되었기 때문에 미래의 희망은 '어린이'들에게나 있다고 여겼다. 루쉰이 어린이에 대한 관심과 애정을 버리지 않는 이유를 충분히 이해할 수 있다. 그래서 그는 "우리는 또 사랑이 없는 슬픔을 외쳐야 하며, 사랑할 것이 없는 슬픔을 외쳐야 한다. …… 우리는 묵은 문서가 말끔히 청산될 때까지 외쳐야 한다. …… 묵은 문서를 어떻게 해야 청산할 수 있을까? 나는 '우리의 어린이들을 철저히 해방해야 한다!'고 말하고 싶다."(「사십四十」, 『열풍』, 1-323) 사랑이 없는 슬픔을 외치고 어린이를 구해야 한다. 이것이 루쉰이 '인간에 대한 사랑'에서 궁극적으로 '어린이에 대한 사랑'으로 연결되는 희망의 전개과정이다. 그래서, 「광인일기」에서 외치지 않았던가!

"어린이를 구원하라!"

6 · 풍자정신의 계승과 발전

19세기 중엽 이후 중국의 지식인들은 전통의 해체와 서구의 충격 등으로 인해 심각한 정신적 혼란을 겪었다. 동시에 격렬한 정치, 사상, 학술, 문화예술 등 중국사회의 역사적 변화의 전 과정에 걸쳐 직간접적으로 관건적 작용을 해왔다. 특히, '5·4'운동으로 시작된 반제·반봉건운동은 20세기 중국변혁운동의 주류를 형성하면서 20세기 계급운동의 핵심이 되었다. 이러한 운동과정에서 지식인의 역할은 매우 크고도 중요한 위치를 차지해왔다. 조국과 민족에 대해 사랑과 열정을 지닌 양심적 지식인들은 하나의 공통된 꿈을 지니고 있었다. 그 꿈은 즉, 낙후하고 빈곤한 중국과 중국인의 현실을 개조해 현대화된 부강한 국가 건설을 위해 분투헌신하는 것이었다. 양심적 지식인 작가들은 문학적 실천으로 꿈을 찾았다. 작품에 현실개혁 의식을 주제로 반영했다. 즉, 반제·반봉건 사상의식을 고취하는 한편, 조국과 민족의 광명한 미래를 방해하는 모든 가악추와 무지와 미신 세력에 대해 격렬히 공격했다. 세계역사상, 혁명시대의 작가가 '쓰고 싶은 대로 쓰는' 창작의 '자유'를 누려 본 적이 없었던 것처럼, 그들의 문학적 변혁운동 실천에는 한계가 있었다. 우선, 당권세력의 검열과 통제를 피하면서 예술적 감동으로 대중들이 젖어 있는 영혼의 식민성을 흔들어 깨우는 '계몽啓蒙'과 가악추와 무지와 미신 세력에 대한 공격을 가하기 위해서 여러 가지 방법을 강구해야 했다. 그러한 모색의 결과 그들에게 채택된 하나의 방법이 '풍자'였다. 풍자가 일종의 사회비판이 되기 위해서는 '희극적 부정'이 되어야 했다. 대변혁 시기인 20세기 초 중국작가들에게 있어서 '풍자'는 하나의 '완강하고도 자극적인 전투방식' [1]이었다. 뿐만아니라, 예술적 의미에서 이 전투방식은 지식인 작가가 현실변혁의 문학적 실천 가운데 일관되게 견지해온 하나의 '정신'이기도 했었다.

20세기 전반기 중국 지식인 작가들에게서 공통적으로 발견되는 '풍자'가 하나의 정신으로 자리 잡아 '풍자정신'이라 호명될 수 있었던 것은, 이 '풍

1) 종쥐에宗珏, 『문학적 전술론─'루쉰풍'으로부터 간파한 '고도'잡문文學的戰術論─從 '魯迅風' 所看到的 '孤島' 雜文』, 『루쉰풍魯迅風』(주간)(상하이)제3, 4기 p1070, 1939년 1월 25일~2월 1일.

자정신'이 20년대 루쉰으로부터 시작해 30년대를 거쳐 40년대에 이르기까지 주류를 형성하면서 계승발전해 왔기 때문이다. 20세기 초에 활동한 풍자작가들은 루쉰 이후, 썬충원沈從文, 마오둔, 라오서(1899~1966), 장톈이張天翼, 조우원周文, 싸팅, 리제런李劼人, 왕시옌王西彦, 쉬제許傑, 왕런수王任叔, 황야오민黃藥眠, 첸종수錢鍾書(1910~1998), 스퉈師陀, 샤오홍蕭紅, 페이밍廢名, 장헌수이張恨水 등에 이르기까지 그 수를 헤아릴 수가 없다. 이들은 1919년 '5·4'에서 1949년 신중국 건설까지 다양한 풍격과 특징을 보여주면서 중국풍자문학사의 줄기를 이어왔다. 풍자문학은 소설에만 국한하지 않는다. 장르에 있어서도 루쉰의 잡문 이외, 날카로운 폭로와 풍자가 되기 위해서는 보고문학이나 희극 또는 시 등도 동일한 임무를 다해야 했다. 이렇듯, 작가와 장르를 막론하고, 풍자가 하나의 문학정신을 형성해 강렬한 주제의식을 표출하는 중요한 주제사상이 되었다는 점은 20세기 전반기 중국 풍자작가들이 공통적으로 보여주는 특징이다. 이러한 풍자정신을 구현하고 있는 20세기 전반기 풍자작가들 중 직간접적으로 루쉰의 영향을 받지 않은 작가는 없다고 해도 과언이 아니다. 루쉰이야말로 '5·4'시기를 비롯한 20년대를 대표하는 풍자작가가 아닐 수 없다. 30년대에는 국공대립의 혼란한 정치상황과 '9·18'사변(1931)으로 인한 민족적 위기감으로 풍자문학은 더욱 발전한다. 이러한 현실에서 장톈이, 마오둔을 비롯한 많은 작가들이 등장하는데, 이들은 루쉰의 풍자풍격을 상당부분 계승하고 있다. 그러나, 이들과는 달리 라오서는 인생에 대한 동정과 연민을 기초로 하는 풍자를 창작함으로써 30년대를 대표하는 또 다른 풍자작가가 될 수 있었다. 20세기 전반기를 통털어 중국에서 가장 복잡하고 혼란한 시기는 40년대일 것이다. 그 결과, 40년대의 문단 상황은 보다 복잡하고 창작성과도 다양하다. 공산당 통치지역인 해방구와 국민당 통치지역인 국통구國統區, 그리고 일제강점지역인 함락구淪陷區 등의 지역적 특성은 물론 작가들의 문학사상도 2, 30년대와는 사뭇 다른 면모를 보여준다. 이러한 배경에서 첸종수가 탄생한다. 첸종수의 풍자풍격이 루쉰과 다른 것은 물론, 라오서와도 또 다른 특성을 보여준다. 이러한 의미에서 볼 때, 20년대의 루쉰과 30년대의 라오서 그리고 40년대의 첸종수를 중심으로 하는 각 연대별 풍자소설의 궤적을 역사적으로 검토해볼 수 있다면 그 자체만으로도 풍자를 이해하고 풍자정신을 해석하는 데 있어서 매우 흥미로운 결과를 얻어 낼 수 있을 것이다. 광활한 시공간적 배경 위에서 전개되는 역사와 현실의 결합 가운데, 이들 풍자소설에 대한 완벽한 조망과 종합적 관찰이 가능할 수 있다면 자연스레 중국현대문학의 광범위한 예술세계를 훨씬 더 다채롭게 펼쳐낼 수 있을 것이다. 그것은 대상 자체를 인식하게 할 뿐만 아니라 적어도 '풍자정신'이라는 이 같은 '특수 거울'을 통해 시대를 통찰하게 할 수 있을 것이기 때문이다. '시의성'을 장악한 문학현상과 예술적 특징은 풍자문학이 공통적으로 지닌 특징과 규율을 탐색하게 함으로써, 우리들에게 더욱 신뢰성 높은 근거들을 제공해 줄 것이다.

가. 지식인 의식과 풍자정신의 계승

일반적으로 20세기 전반기를 정치역사현실 등에 기초해 다시 세 시기로 나눌 수 있다. 즉, "5·4'계몽기의 20년대', '민족위기감 고조기의 30년대', '전승해방기의 40년대'로 구분된다. 이 세 시기는 각각 고유한 특징을 지니고 있기 때문에 자세히 검토해 볼 필요가 있다.

꿈을 찾는 지식인들은 반제반봉건 과제를 수행함으로써 현대화되고 부강한 중국, 계몽된 중국인을 열망했다. 뜨거운 열정과 희망을 지니고 사회현실 변혁을 실천하던 이들의 눈에 비친 현실세계 지식인들의 실제 모습은 어떤 것이었는가? 지식인들에 대한 기대와 희망이 클수록 그들에게서 느끼는 실망과 배신감도 컸다. 그래서 그들의 작품에 등장하는 인물형상은 때로는 방황하는 모습으로, 때로는 실의에 빠진 모습으로, 또 때로는 추악하고 비열한 모습으로, 또 때로는 얼렁뚱땅하는 모습으로 등장한다. 그러나 이러한 지식인들의 작품 속에서 이들은 가차 없이 비판되고 풍자당한다. 원래 '지식인'은 전통의 시각으로 보면 가장 가치 있고 위엄을 지닌 중심적 존재였다. 그러나, 20세기 중국 현실의 변화과정 속에서 지식인의 권위는 점점 약화되고 거세되어 간다. 즉, 지식인의 지위는 '중심'으로부터 '주변화'되어 갔다. 이러한 주변화는 루쉰, 라오서, 첸종수 등을 잇는 지식인 인물형상 계열의 풍자소설에서 매우 분명하게 확인된다.

우선, 루쉰의 작품에는 신식/구식 지식인이라는 두 가지 유형의 지식인이 등장한다. 이들은 지위와 신분을 막론하고 봉건의식에 젖어 있다. 그들 중 일부(투 선생, 자오치 영감, 치 대인 등)는 철저한 봉건의식에 휩싸여 깨어 나오지 못한 채 허위와 위선으로 일관하는 위선적 지식인군이고, 나머지 일부는 신식교육의 세례를 받아 새로운 의식을 지니고는 있지만 출로를 찾지 못해 방황하거나(웨이렌수, 뤼웨이푸, 쥔셩 등) 의기소침한(콩이지와 천쓰청 등)

지식인군이다. 그러나, 당시 루쉰은 이들에 대해 봉건성과 허위의식을 깨고 나와 지식인으로서의 역할과 기능을 다해주기를 희망하는 태도를 견지하고 있었다. 『치수』에 등장하는 '우공'같은 인물은 바로 루쉰이 지향하는 모범적인 지식인의 전형이다. 이러한 의미에서 볼 때, '우공'이 바로 '이런 전사'이지 않을까 라고 여겨지기도 한다. 20세기 전반기의 중국현실에서 지식인의 역할과 기능은 그만큼 중요한 것이었다. 때문에 그들이 비록 제국주의 식민성과 봉건구습을 벗어나지 못하고 위선적이고 방황하고 있긴 했지만 그들에 대한 연민과 동정과 희망을 포기할 수 없었다. 루쉰이 그들을 가혹하고 신랄하게 풍자한 것은 이를 통해 지식인의 각오와 반성을 촉구했기 때문이었다. 루쉰은 조국과 민족을 사랑했다. 너무나 사랑했기 때문에 그의 풍자가 그처럼 신랄할 수 있었다. 그 신랄함의 저변에는 바로 인간에 대한 믿음과 뜨거운 사랑이 흐르고 있음을 우리는 주목해야 한다. 어찌됐건 20년대의 현실 속에서 대부분의 지식인들은 각성해 변혁실천을 수행하고 있었고, 아직은 변혁실천에 나서지 않고 있다손 치더라도 변혁적 사회현실 속에서 그 역할과 기능이 기대되는 '중심'계층으로서의 일정한 지위를 누리고 있었다.

30년대에 이르러, 지식인들은 일제의 침공으로 빚어진 민족적 위기상황과 국공내전의 본격화에 따른 이상과 행위, 사상과 실천의 불일치 상황 속에서 모순을 격게 되었다. 심각한 우환의식과 애국심을 지니고 있던 라오서의 눈에 비친 이러한 지식인들의 삶은 철저히 비판해야할 대상으로 비쳐졌을 것이다. 라오서가 『고양이 도시 이야기貓城記』를 쓰게 된 이유도 거기에 있다. 30년대 풍자소설에 등장하는 지식인들은 루쉰에게 신랄히 풍자당하기는 했으나 희망과 기대를 받고 있었던 20년대 지식인들과는 달리, 주동적으로 타락하거나 실의에 빠진 모습을 노정한다. 그래서 그들은 우리를 매우 '실망'시킨다. 『고양이 도시 이야기』의 학자, 교수, 교사들이 바로 그들이다. 그들은 스스로 더 이상 지식인이기를 포기하고 가악추와 손잡고 자신만 '등 따시고 배

부르면 된다'는 관념에 빠져 국가와 민족의 안위문제는 쉽사리 망각한다. 원래 라오서의 풍자풍격은 신랄함이 아니라 유머스러움에 그 특징이 있다. 그럼에도 불구하고 『고양이 도시의 이야기』에 이르러 신랄함을 특징으로 하는 풍자로 돌아선 것은 바로 이러한 현실적 요구가 있었기 때문이었다.

이후, 40년대의 지식인들은 완전히 '주변화'된 인물로 등장한다. "40년대에 이르러, 특히 항전抗戰 이후, 지식인 제재 소설의 '영웅'적 색채는 옅어져 갔다. 작가들은 비교적 냉정하게 자신들이 걸어 왔던 길을 회고하면서 탐색하기 시작했다. 작품에는 일종의 역사적 무게감이 보편적으로 번져갔다." [2] 『포위된 도시圍城』, 『고양이猫』 등은 40년대의 이러한 소설 창작 풍조 속에서 형성된 묵중하면서도 심각한 문제적 소설이라 할 수 있다. 이들 작품에 등장하는 지식인 인물형상은 더 이상 사회역사적인 사명감이나 책임의식을 찾아 볼 수 없는 얼렁뚱땅하는 '두 다리를 가진 털 없는 바보 버러지'로 타락해 있다. 지식인이 사회역사적 현실로부터 탈리되어 주변화한데는 두 가지 원인이 있다. 첫째, 노농계급 혁명의 시대에 지식인의 지위과 역할을 하찮은 것이라 여기고 비판하는 외부적 요인이 있었고 둘째, 지식인 스스로 자신의 역할과 지위 및 존재가치에 대해 자기비판하고 성찰하는 내부적 요인이 있었다. 그 결과, 자신의 생존과 이익을 위해 사회역사적 사명감을 포기한 채 정치변혁 운동의 '중심'으로부터 스스로 '주변화' 되어갔다. 또한 그들 중 일부는 가열찬 혁명운동을 외면하고 어영부영하는 인생으로 타락한다. 40년대의 풍자소설에 등장하는 지식인 인물형상에게서는 일말의 희망이나 기대도 발견할 수 없고 '두 다리를 가진 털 없는 바보 버러지'로 타락한 지식인만 만날 수 있는 이유가 여기에 있다. 첸종수는 이러한 인물형상을 풍자하면서 중국지식인이 걸어가야 할 진정한 길을 제시하고 있다. 『포위된 도시』의 주인공 팡훙젠

---

2) 원루민溫儒敏, 「『포위된 도시』의 3단계 의미층위圍城』的三層意蘊」, 『현대문학연구총간現代文學研究叢刊』p160, 1989년 제1기.

이 모든 것을 다 잃어버리고 충칭重慶으로 떠나기로 결심한 그날 새벽에 느끼는 어렴풋한 '희망'에서 첸종수의 '희망'도 함께 확인할 수 있다는 것은 그나마 불행중 다행이다.

나. 루쉰, 라오서, 첸종수 풍자의 특징

20세기 전반기 중국 풍자소설의 궤적과 특징을 이해하기 위해 20년대, 30년대, 40년대를 대표하는 루쉰, 라오서, 첸종수 등 세 명의 풍자소설을 좀 더 정밀하게 비교할 필요가 있을 것이다. 이 세 작가를 통해, 풍자에 관한 이들 상호간의 계승관계와 풍자풍격의 독특성을 입체적으로 분석 검토함으로써 20세기 전반기의 중국 지식인 소설에 나타난 공통적인 하나의 특징이라 볼 수 있는 '풍자정신'을 추출해낼 수가 있기 때문이다. 또한 20세기 전반기의 중국 지식인 소설이 갖고 있는 의미를 통해 20세기 전반기 중국소설 전체가 지니는 독특성을 거시적으로 검토할 수 있다. 나아가, 중국소설사 특히, 20세기 이후 중국소설 발전의 내외적 원동력이 무엇이었던가 하는 문제의 해답을 위한 실마리도 제공할 수 있게 될 것이다.

우선 이 세 사람의 공통점을 분석해 보자. 첫째, 그들의 작품에 나타난 주제는 공통적으로 반제반봉건 의식을 내포하고 있다. 그들은 몰락한 봉건가정 출신이다. 때문에 많건 적건, 긍정적이건 부정적이건 일정정도 식민지 봉건사회적인 구습의 영향을 받으면서 성장했다. 동시에 이들은 봉건의 폐해에 대해 일찍 깨닫고 이를 극복하기 위해 새로운 모색을 시도하는 신식 지식인의 길을 밟아 갔다는 공통점을 지닌다.

우선, 루쉰은 몰락한 봉건지주 가정 출신이다. 그의 조부 때까지 만해도 중농의 지위를 누릴 수 있었지만, 조부의 투옥과 부친의 사망 이후 하루달리 기우는 가세 때문에 그는 봉건지주의 권세를 누려보지 못하고 말았다. 라오서의 부친은 청 왕조의 하급병사였다. 부친이 전사하자 어머니의 삯바느질로 유년을 보낸 라오서는 빈곤이 몸에 배어 있었다. 때문에, 청 왕조에서 만주족滿洲族으로서 누릴 수 있는 어떠한 권한도 누려볼 수 없었다. 이들과는 달리 첸종수의 부친은 중문학자이자 교수였던 첸지보鐵基傳 선생이다. 유명세를 탔던 부친의 명성에서 보듯, 첸종수의 가정 형편은 루쉰이나 라오서에 비해 훨씬 나앗겠지만, 봉건적이고 고루한 부친의 성격 때문에 봉건적 가학을 계승해야 한다는 무거운 짐을 지고 유년을 보내야 했다. 이들은 많든 적든 봉건에 의한 피해와 억압을 받았었고, 때문에 봉건에 대한 반감과 거부가 남달랐다 할 수 있다. 루쉰에 있어서, 반제반봉건은 거의 모든 작품의 주제가 된다. 라오서의 『고양이 도시 이야기』는 직접 일제 침략과 항일투쟁이라는 반제반봉건의 주제를 다루고 있는 특이한 작품이다. 첸종수 역시 예외는 아니다. 첸종수는 교수였던 부친의 영향으로 박학한 지식을 갖출 수 있었고, 이것은 이후 그가 지식인 사회를 해부하는데 특장을 보이는 자산이기도 했다.

둘째, 루쉰이 일본으로 유학 갔던 것처럼 라오서와 첸종수는 영국유학 생활의 경험을 지니고 있다. 그들은 공히 해외유학파 지식인이다. 당시로서 해외 유학생은 상층 중의 상층 지식인에 속했다. 이들은 외국에서 선진적인 현대 서구사회를 직접 경험하면서 중국의 근현대화에 대한 이상과 비전을 갖게 된다. 때문에 그들은 반제반봉건운동을 남들보다 빠르고 정확하게 이해하고 인식할 수 있었다. 작품창작에 있어서는 자신들이 익숙한 지식인 사회를 묘사하는데 유리했고, 거꾸로 지식인 사회의 흑막과 추악에 대해서도 남들보다 훨씬 더 잘 알 수 있었다. 그 결과, 그들 스스로 지식인에 대해 희망 → 실망 → 포기의 과정을 작품으로 형상화할 수 있었다.

셋째, 그들은 근대화에 대한 열망과 우려를 동시에 지니고 있었다. 루쉰이 초기 저작에서 보여주고 있는 강렬한 근대의식은 당시 지식인들 중에서도 보기드문 예라 할 수 있다. 루쉰은 중국의 근대화를 위해 우선 중국인의 '열근성'을 개조해야 한다고 여겼다. 그래서 과학과 민주정신과 애국심에 기초해 민족과 조국의 미래를 희망적인 것으로 '계몽'하고자 했다. 라오서 역시 애국애민정신이 충만한 작가이다. 유학시절 그는 고국으로부터 들려오는 혁명소식에 매우 큰 관심을 가지고 있었다. 그러한 성격적 특징 때문에 그는 일제에 의해 참혹하게 유린당한 동포들의 희생을 보고 심한 굴욕감을 느꼈다. 그 영향으로 라오서는 작품경향을 전향해 애국구망愛國求亡 운동의 주제를 채택하기에 이르렀다. 그리하여 그는 민족적 위기에 대한 극복과 저항의식을 작품으로 형상화하고자 했다. 일제 침략으로 야기된 국가의 안위에 대한 인식을 유발하기 위해 『고양이 도시의 이야기』 등의 작품을 창작했다. 그는 이 작품에서 국가와 민족의 미래에 대해 깊은 우려를 보여준다. '근대의식'의 중요표지인 '국가' 개념에 대해 깊은 인식을 가졌다는 점은 주목할 만한 점이다. 첸종수 역시 루쉰이나 라오서와 마찬가지로 국민성개조와 항전을 인식하면서, 나아가 인간자체의 삶에 대한 근본적인 고뇌와 깊이 있는 분석을 보여준다. 이를 통해 현대사회의 폐해와 서구 물질사회의 한계점을 인식하게 해준다. 이들은 현실인식과 철학사상에서 각기 차이를 보임에도 불구하고, 중국의 근대화에 대한 관심과 우려를 공통적으로 지니고 있다. 특히 『포위된 도시』에서 현대와 전통, 서구와 중국을 대비시킴으로써 그 사이에 끼어 이것도 저것도 아닌 인생을 살아가고 있는 중국 지식인들을 풍자하고자 한 것은 이러한 의도에서 였다고 할 수 있다. 왜냐하면, 그들이 국외에서 체험한 유학생활이 서구 현대문명의 병폐와 현대인의 곤경에 대해 가장 실천적인 체험과 동시에 깊은 성찰이 가능하게 했기 때문일 것이다.

이들 각각에게는 차이점도 존재한다. 우선, 그들은 현실변혁을 위해 적들에 대해 비판과 폭로를 해야했고, 그 방법으로써 '풍자'를 채택한 것은 동일하다. 하지만, 풍자소설의 창작방법과 태도는 다르다. 그 이유는 그들이 각기 서구 풍자문학을 흡수한 경로가 다르기 때문이다. 작가의 창작특징을 나타내는 가장 중요한 요소는 작가의 기질과 문학관일 것이다. 하지만 이들처럼 외국의 문학으로부터 많은 영향을 받은 작가들일 경우 그들이 차감하는 대상이 무엇인가에 따라 매우 큰 특징적 차이를 노정한다. 루쉰은 민족적 계급적 억압을 받고 있는 세계피압박민족에 관심을 갖고 있었다. 때문에 러시아와 동유럽에 대해 관심을 보였던 것은 당연한 일이다. 제정 러시아의 고골리, 체홉 등은 루쉰을 위해 좋은 본보기를 제공해 주었고, 루쉰 또한 그들로부터 '눈물을 머금은 신랄한 풍자'를 차감할 수 있었다. 라오서는 루쉰과 다른 경향을 보인다. 그는 영국 유학 시절 스위프트나 디킨스의 작품을 즐겨 읽었고, 또한 의식적으로 그들을 모방하려 애썼다. 따라서 이들의 특징인 '유머'를 차감하게 되었다. 첸종수는 이들과 또 다르다. 그 역시 영국에서 유학하면서 서구 풍자작가들을 차감하기는 했지만, 라오서와는 달리 유머에 대해 큰 호감을 지니지 않았다. 그리고 마크 트웨인을 일컬어 '형식화된 유머'를 창작하는 작가라고 비난하기도 했다. 단, 그는 박학다식함에 기초해 고도로 정제된 '기지機智'를 구사함으로써 기지풍자의 새로운 장을 열었다. 20세기 전반기 중국 풍자소설에는 러시아의 풍자전통을 수용한 루쉰식 풍자가 주류였음이 사실이다. 루쉰식 풍자는 이후 장톈이, 사팅, 쓰퉈 등에게 직접적으로 계승 발전되어 간다. 라오서의 경우는 이들과 달랐다. 그럼에도 불구하고, 의도적으로 루쉰식 풍자를 채택해 창작한 『고양이 도시의 이야기』는 실패한다. 이는 라오서가 자기 자신의 특장인 '유머'를 포기하고 일제 침공에 의한 민족적 위기 상황이라는 시대 분위기를 쫓아 루쉰식 풍자를 '모방'하고자 했기 때문에 야기된 결과이다. 이는 동시에 라오서의 풍자가 그 나름대로 독특한 풍격을 지닌다는 역설이기도 하다.

둘째, 풍자의 대상과 내용이 다르다. 따라서, 그들이 창조하는 지식인 인물 형상에 차이가 난다. 루쉰의 경우 거의 모든 형태의 지식인이 등장한다. 봉건적 지식인과 신식 지식인이 다 등장하는가 하면, 위선적 지식인과 방황하는 지식인 및 실의에 빠진 지식인은 물론 진보적 지식인도 등장한다. 그리고 풍자의 태도에 있어서도 루쉰은 신/구 지식인 중에서도 위선적 지식인들에게 대해서는 한 치의 여지도 없이 신랄하게 풍자한다. 그러나, 출로를 찾지 못해 방황하거나, 봉건적 현실에 의해 희생된 실의에 빠진 지식인 등에 대해서는 풍자하면서도 한편으로는 깊은 연민과 동정을 보인다. 라오서는 비교적 부드러운 성격을 소유하고 있었기에 풍자하는 인물이 각 계층에 골고루 분포되어 있을 뿐더러 잠깐 언급만 할 뿐 집요하거나 끈질기게 악착같이 물고 늘어지지는 않았다. 라오서의 작품 중에도 여러 유형의 지식인이 등장한다. 그 중에서도 특히 지식인군에 속하는 대표적 직업이라 할 수 있는 교사가 주로 등장한다. 이는 라오서 자신이 오랜 교사생활을 한 것과도 무관하지 않다. 단, 교사라는 지식인 형상을 그리는데 있어서 그 배경만 지나치게 강조함으로써 교사에 대한 진정한 해부분석에까지는 이르지 못하는 한계를 보인다. 그러나, 첸종수는 전력을 다해 지식인을 비틀었다. 기교적으로도 전혀 손색없을 정도로 정교하면서도 치밀했다. 질풍노도와도 같은 계급투쟁의 시대, 분노해 책임을 묻는 '정치풍자'의 정수를 선보임으로써 문학의 주류가 될 수 있었다.

하지만, 정치투쟁이 점차 평온으로 전환되어 갈 즈음, 유머나 기지의 웃음소리 역시 새로운 시대의 풍자가 지니지 않으면 안 될 레파토리가 되고 있었다. 첸종수는 자신의 박학다식한 지적 토대와 탁월한 상상력으로 동서양의 풍습과 전고典故 그리고 사람들의 비하인드 스토리와 다양한 분과학문 등에 대해 일필휘지로 창작해 내려갔음에도 불구하고, 인물의 신분이나 말투, 성격 등에 척척 들어 맞았다. 중요한 대목에서는 한 층 더 끌어당겨 세상 이치를 훤히 꿰뚫어 보여주기도 했다. "30년대의 문학과 비교하자면 이 시기의 풍자는 사회비판적 특징이 더욱 선명하게 폭로되어 있다. 항전 시기의 대후방大後方에서의 생활은 국민당통치 하의 썩어 빠진 작태를 여지없이 드러냈다. 정권이 이미 죽음 같은 광기를 드러내고 있어 항쟁과 폭로를 불러일으키지 않을 수 없게 했다. 그러나, 폭로하는 사람의 정신적 지위의 우월성과 현대 풍자예술의 끊임없는 발전은 마침내 질책을 더욱 희화화시킴으로써, 추악과 불행을 조롱으로 대하는 기술을 진정으로 터득할 수 있게 했다. 또한, 속물적이고 천박한 작가들조차 자신들의 풍자적 재능을 발휘할 수 있는 최적의 시기를 맞이해, 그들의 필봉이 정치적 적폐와 역사적 쓰레기들을 직접 향하게 함으로써, 관료, 정치가, 토착자본가, 얼치기 신사, 낙후한 농민, 신식 지식인 등을 향해 마구 찔러 대게 했다. 중대한 풍자전형(각종 관료들)과 플롯 창작의 완벽성을 지님으로써, 장/단편이라는 두 갈래의 창작에서 예전의 어떤 시기보다 출중한 성과를 보였다." [3] 그 정점에 첸종수가 우뚝 서 있다.

셋째, 이들은 작품을 통해서 보여주는 지식인들의 인생경로가 다를 뿐만 아니라, 그들 자신의 인생 역시 매우 다른 경로를 보여준다. 이를 통해 우리는 중국 지식인의 인생행로를 확인할 수 있다. 루쉰은 마오쩌둥을 비롯한 많은 사람들로부터 찬양받았던 신新민주주의 혁명의 전사였다. 마오쩌둥은 루쉰을 낡은 중국과 낡은 체제에 대해 인정사정없이 폭로 비판한다고 여겼다. 그래서, '루쉰의 방향'이란 곧 '비판'에 있다고 여기고, 아울러 새로운 중국의 정치수단을 폭로하는 것 역시 정권 쟁취의 수단이라고 했다. 라오서의 말로는 비극적이었다. 민주주의 작가였던 라오서는 문학창작과 문예행정가로서 많은 업적을 낳았다. 그럼에도 불구하고 문화대혁명(1966~1976)이 발발하던 그해 홍위병들로부터 모욕과 핍박을 당해 분사憤死한다. 지식인의 역할과 기능에 대한 홍위병의 잘못된 판단 때문에 빚어진 역사적 비극인 셈이다. 첸종수 역시 라오서보다는 덜하지만 문화대혁명의 상처를 안고 살았다. 그는 문화대혁명 시기 하방당해 사상개조의 과정을 겪어야 했다. 이 세 사람의 인생행로를 통해 중국 지식인의 부침을 엿볼 수 있을 것이다. 즉, 역사사회 발전의 '중심'으로부터 '주변'으로 내몰리는 주변화의 과정은 이들의 인생에도 나타난다. 1990년대 초반에 출현했던 '지식인의 위기' 또는 '인문정신의 위기' 역시 이때로부터 계승된 지식인의 주변화 현상의 연장선상에 있는 것이 아닐까.

---

3) 첸리췬錢理群 우후후이吳福輝 원루민溫儒敏 왕차오빙王超氷, 『중국현대문학30년中國現代文學三十年』p469, 상하이문예출판사上海文藝出版社, 1987년, 상하이.

이상에서 루쉰, 라오서, 첸종수를 중심으로 20세기 전반기 중국 지식인 소설과 풍자정신의 특징을 살펴보았다. 이를 통해 우리는 20세기 전반기의 지식인들은 낙후한 중국현실과 중국인의 '열근성'에 대해 매우 심각한 위기감을 느끼고 이를 개조극복해야 한다는 사명감과 책임감을 지니고 있었음을 확인할 수 있다. 즉, 사상가이건, 혁명가이건, 작가이건 양심적 지식인이라면 누구나 중국의 부강과 중국인의 계몽에 대해 심각히 우려했다. 봉건 2천 년의 낡은 역사 속에서 깨어나지 못한 채 갑작스럽게 몰려들어온 서구 제국주의의 충격은 이들에게 위기감을 주기에 충분했다. 각성한 지식인들은 민족과 조국의 미래에 대해 걱정했고, 때문에 '국민성 비판'의 주제의식은 19세기 말에서 20세기 중엽에 이르기까지 일관되게 계승되어 올 수 있었다. 그리고, 제국주의 열강의 침략과 일본의 침공은 또 다른 위기국면을 조성하면서 중국현실을 더 급박한 상황으로 몰아갔다. 지식인들은 격동의 현실 속에서 자신의 위치를 이렇게 정위할 것인지를 고민해야 했다. 대부분의 지식인들은 중국 전통 지식인들이 그랬듯이 조국과 민족에 대한 우환의식에 기초해 현실극복을 위한 길을 찾아 나아갔다. 이러한 길을 찾는 과정에서 일부 양심적 지식인 작가들은 한편으로는 찬송의 방식으로 이를 실천했고, 다른 일부의 작가들은 풍자나 비판의 방식으로 이를 실천했다. 특히, 루쉰, 라오서, 첸종수는 각기 자신이 주로 활동한 시대현실을 반영하면서 독특한 풍격의 풍자를 창작함으로써 변혁을 실천했다.

이 작가들은 20세기 전반기 중국현실에서 특히 지식인의 의미와 역할에 대해 깊이 사고했다. 현실변혁의 주체로서 지식인의 역할과 기능에 대해 그들은 기대와 관심을 포기하지 않았다. 비록 그들 작품에 형상화된 지식인 인물형상이 추악하고 방황하고 어영부영하는 부정적인 모습으로 출현한다 하더라도, 이들이 지식인의 형상을 이렇게 묘사한 것은 그들에게 역사와 민족과 사회현실에 대한 지식인으로서의 자각과 반성을 통해 새로운 역사창조에 동참하기를 희망했기 때문이다. 이들이 보여준 풍자풍격과 풍자태도는 이 점에 있어서 서구의 풍자와 다르다. 즉, 반제·반봉건의 현실 속에서 피압박, 빈곤, 무지, 미신 등 영혼의 탈식민화 추구라는 사명감을 지닌 중국 지식인 작가들은 침략자, 압박자로서의 일부 서구 풍자작가들이 '유희'나 '놀기 삼아 끄적거리기' 위해 풍자를 채택한 것과는 전혀 다른 목적과 이유가 있었기 때문이다. 다시 말해, 20세기 중국 풍자작가들은 반제·반봉건운동을 성공적으로 이끌고 부강하고 현대화된 국가를 건설하고자 하는 이상과 희망을 달성하기 위한 방법으로 풍자를 선택했다. 때문에 동서양간의 풍자가 그 태도나 목적과 기능에 있어서 다르게 나타나는 것은 당연한 결과일 수밖에 없다. 바로 이것이 20세기 중국풍자문학의 특징을 결정하는 요소 중의 하나이다.

결론적으로, 풍자는 20세기 중국 현대화의 총 목표를 실현하기 위해 채택된 하나의 '정신'이자 방법이었다. 이를 '풍자정신'이라 부를 수 있다. 이 '풍자정신'은 '민족해방', '계급해방', '인간해방'이라는 중국현대화의 현실적, 사회적, 역사적 과제를 해결하는 중심적 역할을 해왔다. 방법으로서의 '풍자'는 각 작가들에게서 각기 다른 꽃을 피웠다. 루쉰은 신랄한 풍자, 라오서는 유머스런 풍자, 첸종수는 기지풍자라는 꽃을 피웠다. 이들 꽃은 각기 독립적이면서도 상호보완적으로 어우러져 20세기 중국풍자문학사의 거대한 줄기를 다채롭게 만들었다. 계몽과 구국의 주제를 구현하고, 인간의 존엄과 민족의 자존을 세우고, 중국문학의 세계화를 위한 역할과 임무를 충실히 수행한 '풍자문학'은 20세기 중국문학사에 빠져서는 안될 중대한 성과를 보여주었다. 그러나, 이 성과는 문학사 내부에서만 존재하는 것은 아니다. 또한 인류의 영혼 속에 내재된 총체적 식민성을 돌파하는 유용한 방법으로 작동했을 것이다. 과거는 물론 오늘과 미래에 이르기까지 우리 인류의 삶을 진선미로 나아갈 수 있도록 교정해주는 소중한 등대일 것이다. 그리하여, '풍자정신'은 인간의 '이성'이 존재하는 한 시대와 지역을 불문하고 영원히 존재할 것이다.

7 · 영혼의 탈(脫)식민주의

"때로는 더욱 절박한 생각들이 떠올랐다. 원래 죽는다는 것이 이렇다면 그리 고통스러운 것이 아니다. 그러나 운명하는 찰라는 이렇지 않을지도 모른다. 그렇지만 평생에 한번밖에 없는 일이니까 어쨌든 견뎌낼 수 있을 것이다."(「죽음死」, 「차개정잡문 말편且介亭雜文末編」, 6-612)

그는 이미 죽음을 예감하고 있었다. 「죽음」은 1936년 9월 2일에 쓴 그의 일생에 있어서 마지막 잡문이다. 1936년 10월 19일 새벽, 상하이의 징윈리景雲里 23번지 거처에서, 폐병으로 시달려 38.7kg에 불과한 유해를 남긴 채 눈을 감았다. "되도록이면 빨리 나를 입관해 묻어 버리고, 그 어떤 추모사업도 하지 말라!"라는 등의 일곱 가지 항목의 꼼꼼한 유언을 남겼다.

1. *장례식에 참석한 누구에게서든지 돈 한 푼 받지 말라. 그러나 오랜 벗의 것은 예외다.*
2. *속히 입관하고 매장해 버려라.*
3. *그 어떤 기념행사도 치르지 말라.*
4. *나를 잊고 자기 생활을 돌보라. 그렇게 하지 않는다면 참으로 얼빠진 사람이다.*
5. *아이가 커서 재간이 없다면 절대로 실속 없는 문학가나 미술가로 만들지 말고, 다른 자그마한 일을 하며 살아가게 하라.*
6. *다른 사람이 당신에게 무엇인가 주겠다고 하는 것을 곧이듣지 말라.*
7. *남을 손상시켜 놓고도 오히려 보복을 반대하고 관용을 주장하는 자들과는 절대로 가까이 하지 말라.* (6-611)

한때 제자였던, 아내 쉬광핑許廣平(1898~1968)과 쉰 살에 얻은 아들 조우하이잉周海嬰을 두고 떠나는 사람의 무뚝뚝하지만 깊은 걱정과 배려가 느껴진다. 그의 '끈질김'은 유언의 마지막 구절에서도 예외가 아니다. 마지막 순간

까지도 자신의 비판 세력들을 향한 투쟁을 멈추지 않았다. 그는 견결히 다짐했다. "그들이 나를 증오하면 하라지! 나도 단 한 사람도 용서하지 않을 테니까!" 라며 적들에 대한 투쟁의지를 결코 굽히지 않았다. 운집한 조문객들은 루쉰의 관에 "민족혼民族魂"이라는 세 글자가 씌여진 명정銘旌을 덮었다. 한 치의 흐트러짐도 없이 가장 치열하고도 뜨거운 삶을 불처럼 살다간 루쉰. '민족혼'은 루쉰에게 보내는 최고의 찬사였을 것이다.

의학도를 지망해 일본의 의대로 유학 떠났던 그가 의술로는 몇 사람의 생명을 구할는지 몰라도 썩어 문드러진 중국인의 국민성을 치유할 수 없다는 깨달음을 얻은 후 중국인의 열근성劣根性 개조를 위해 문학에 투신했다. 영혼속 깊이 뿌리내린 2천년 봉건의식을 깨치고 나와 진정한 주체성을 회복하지 않고서는 중국의 미래를 꿈꿀 수 없다는 판단이었다. 서구 열강이 중국땅을 갈갈이 찢어 발겨 제국주의의 식민지로 전락해 가는 조국의 현실과 2천년 봉건잔재에서 벗어나지 못한 재 허우적거리는 마비된 중국인들의 사상의식에 참담한 절망감을 느끼며 시작한 반제·반봉건 계몽운동은 루쉰의 삶을 송두리째 옭아맨 운명이었다. 제국주의와 싸워야 했고 봉건 관료의 사상의식 속에 뿌리박힌 봉건의식과 싸워야 했다. 루쉰은 이를 '열근성'이라 명명하고 이를 깨기 위한 치열한 계몽운동을 전개해 갔다. 루쉰에게 있어서 관건적 과제는 주체성을 상실한 중국인이라는 존재를 어떻게 계몽할 것인가 하는 것과 현실 타파를 위한 문제의식을 결여하고 있는 지식인들을 어떻게 비판할 것인가 하는 문제였다. 그는 삶 속에서 봉건적 사회 구조와 그 구조 속에서 권력을 가진 자들과 치열하게 투쟁하지 않으면 안되었다. 우매하지만 사랑하지 않을 수 없는 중국인과 중국청년들, 그리고 중국의 미래 희망을 위한 투쟁이었다.

루쉰의 작품에 등장하는 수많은 인물형상에서 공통적으로 확인할 수 있는 것은 자신의 생각이나 판단은 없이 타인의 생각을 빌려서 살아가는 비독립적이고 비주체적인 사유방식을 심각하게 노정하는 인물들이다. 즉, 봉건 관료나 민중은 물론 일부의 지식인에 이르기까지 자기 사고나 행동의 주인으로서 자유롭고 독립적인 판단과 행동이 원천적으로 망각 또는 제거된 채 살아가는 사람들이다. 이들은 하나같이 봉건 사상의식에 젖어 억압과 굴종 그리고 부자유가 오랜 동안 의식과 몸 속에 내재화된 상태이다. 즉, '나'의 주인이 '나'가 아닌채, '자아'와 '의식'이 분열된 존재들이다. 지금까지는 이를 '국민성 개조' 또는 '열근성 개조'의 계몽운동 차원에서 논의해 왔지만, 넓은 의미에서 '식민성' 개조, 즉 '탈식민주의' 운동 양태로 이해해야 할 것이다. 왜냐하면 식민주의나 식민성이 제국의 식민지라는 구체적이고 물질적인 체험에서만 발현되는 것이 아니라, 주체가 상실된 마비된 인성과 의식에 더 깊이 각인되어 있기 때문이다. 정치적 무질서나 억압, 경제적 빈곤, 사회적 불평등, 문화적 예속 같은 모든 문제는 식민통치의 결과이긴 하지만, 정치, 경제적 예속뿐 아니라 문화적으로도 독립성을 확보하지 못하게 된 것은 봉건의식의 침윤浸潤에 의한 경우가 훨씬 더 크고 많다. 뿐만아니라, '식민성'은 다양한 층위로 발현한다. 주체가 박약할 경우 문제의 요인을 자기 내부가 아니라 외부의 탓으로 돌리기 일쑤다. 마비된 의식은 무지, 무책임, 비겁함, 판단유예나 책임 모면하기로 바쁘고, 방황하는 영혼은 '정신승리법'이라는 묘약으로 자기 합리화에 급급하다. 삶의 가치나 의미가 진선미의 추구에 있을진데, 전도된 가치는 가악추를 좇는다.

　20~30년대 중국은 여전히 근본적 의사소통이 불가능한 격절의 시대를 관통하는 중이었고, 그래서 중국 현실상황에 대해 모든 중국인들이 스스로 각성해 '무쇠로 만든 방'을 뛰쳐나와 함성을 지르기를 고대했다. 루쉰은 이해할 수 없는 '그로테스크'한 당시 사회의 역사 현실에 부합하는 인물형상을 빚어내 조롱하거나 풍자함으로써 중국인의 정신적 태도를 의학적으로 분석 해부했다. 또한 이를 통해, 중국인의 '국민성'을 적나라하게 들추어냄으로써 '자

기성찰하게' 했다.

그렇게 빚어진 수많은 인물형상 중에서도 발군은 역시 아Q다. 어쩌면 과거에 존재했던 인물이지만 현재에도 존재하고 있고, 또한 미래에도 존재할 인물일지도 모른다. 아Q는 개명하지 못한 채 혼돈상태로 존재하는 암담하고 무능한 인물의 전형이다. 환경에 맞서 대항하지도 못하는 고루한 포로이자, 자존감이나 자아인식 또는 주체의식 등을 전혀 가지고 있지 못한 노예일 뿐이다. 아Q에게는 제국주의 식민주의나 봉건의식의 전부면이 하나도 빠짐없이 고루 구비되어 있다. 기억하고 싶은 것만 기억하고 저항의 동력은 거세되었고 주체인식조차 마비된 잉여인간으로서, 망각이라는 중국의 전통적 전래 보물을 답습하고 있는 존재. 지독한 콤플렉스에 치유불가의 열등감에다가 자기위안과 합리화의 최대 무기인 '정신승리법'까지 장착한 수퍼울트라 파워맨이다. 게다가 적절한 자기비하나 자기보다 못한 대상에 대한 징벌적 화풀이도 빠질 수 없다. 그럼에도 불구하고 물질에 대한 탐욕이나 중국인 특유의 자고자대自高自大 또한 만만찮다. 아Q의 존재방식은 철저한 무시, 회피, 합리화, 근거없는 우월적 지위라는 '자위', 권력에 무릎 꿇는 노예근성 등이다. 아Q의 굴욕과 비극은 저항과 굴종 사이에서 끊임없이 부유하는 존재의 '식민성'에 기인한다. 루쉰이 우려하고 근심했던 '열근성' 개조의 염원은 바로 '탈식민주의'를 통한 주체적 인간으로의 변화로 나아가 진정한 '민족혼'이 되기를 간곡히 희망했던 것이었다. 루쉰의 작품에는 봉건관습에 대해 저항하면서도 '식민성'에 대한 내부혁명을 철저히 인식하지 못한 국민들에 대한 답답함이 배어 있다. 루쉰이 갈망했던 것은 다름 아닌 영혼의 식민성 극복이라는 문제였다. 루쉰은 아Q를 통해 영혼의 탈식민주의를 위해 정형화의 부당성을 간파하고 이에 포섭당하지 않는 저항이 필요함을 보여 주고자 했다. 아Q의 비극성은 웨이쫭의 통치계급이 아Q를 구획, 배제, 규정, 분류, 명명함으로써 피지배의 틀 속에 안존하게 만든 데 있다. 성추행범, 도둑놈 심지어 마적단의 일원이라는 누명으로 상식적이고 보편적인 농촌시민사회의 시민권마저 박탈함으로써 그를 형장의 이슬로까지 인도하게 됨을 아Q는 끝까지 깨닫지 못했다는 점이 아Q의 비극이다. 루쉰은 '아Q'에서 '광인'까지, 그리고 그 밖의 수많은 인물형상을 통해 봉건역사에 찌든 사상의식을 통렬히 비판함으로써 탈식민주의를 강조하고자 했다. 이를 위한 방법으로 '풍자정신'을 동원한다. '통렬한 풍자', '눈물을 머금은 풍자' 등 다양한 풍자를 통해 가악추를 타파하고 새로운 진선미의 세계를 보여주고자 했다.

탈식민주의의 핵심은 어쩌면 탈脫이라는 개념 자체가 같은 다양한 함의일 것이다. 즉, '넘어서기'라는 의미에서의 단순한 포스트post라기보다는 그 속에 더 깊이 내장되어 있는 저항성, 역동성, 운동성 등을 체현한다는 의미가 훨씬 의미심장하기 때문이다. 탈식민주의는 근본적으로 고통으로부터의 해방과 독립을 지향한다. 식민화, 예속화, 노예화는 굴욕이며 상처의 고통을 주고, 심각한 후유증을 남긴다. 주권의 박탈, 정신의 식민지화, 열등의식의 내재화는 절망과 넋두리로 이어진다.[1] 루쉰의 사상 전편에 점철된 서구 제국주의의 사상의식에 침륜되지 않은 탈식민주의 사상 구현과 이를 위한 방법으로서의 '풍자정신'에 대한 가치와 의미를 다시금 곱씹어 볼 기회가 아닌가. 영혼에 잠류하는 식민성의 극복없이 진정한 세계인의 탄생은 요원할 것이기 때문이다. '우리 안의 아Q'를 털어내기 위하여……

---

1) 박종성 앞의 책, p92.

사람은 영원히 꿈을 좇는 자이다.

깊은 밤,

사람은 꿈을 꾼다.

그러나

대낮에 훨씬 더 아름다운 꿈을 꿀 수 있다.

人永遠是個尋夢者. 深夜, 人能做夢. 白天也能做更美好的夢.

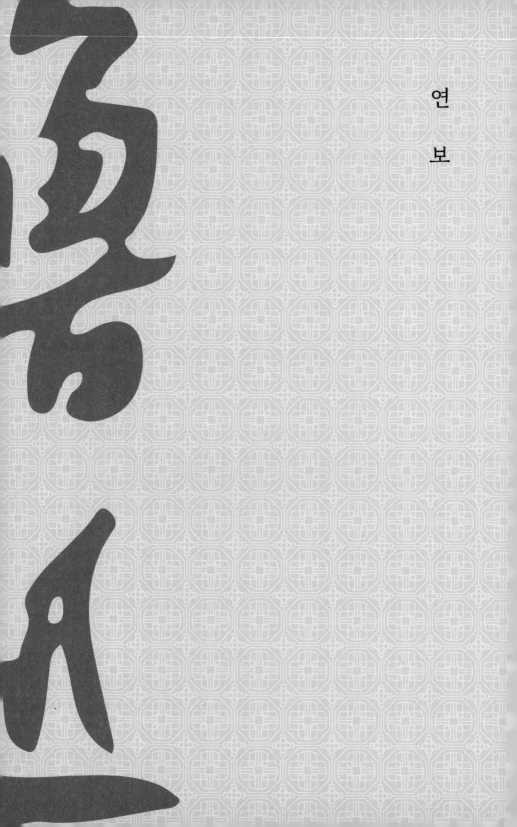

연

보

▌1881 (1세)

9월25일, 浙江省 紹興 城內 東昌坊口 周氏집안에서 출생. 이름은 樟壽, 字는 豫山. 조부 周福清(1837—1904)은 翰林院 庶吉士로 江西 金谿縣 知事를 역임한 바 있음. 당시 北京에서 內閣中書를 맡고 있었음. 부친 周伯宜(1860—1896)는 秀才로 집에서 머물렀으며, 사상이 자못 개방적이었음.

▌1887 (6세)

叔祖로부터 공부를 시작함. 周氏 문중에서 설치한 私塾에서 글공부함. 조부의 의견에 따라 글자학습 외에 주로 《鑒略》을 읽었음

▌1890 (9세)

집안에 내려오는 다량의 책은 화첩이나 도서 수집의 흥취를 유발시킴.

▌1892 (11세)

2월, 이른바 紹興城內에서 가장 엄격하다는 私塾 "三昧書屋"에 들어가, 壽鏡吾 선생에게 글공부를 함. 수업 외에 經史읽기와 小說 및 畫譜를 읽고, 점차 소설책에 삽도 그려넣기나 책 배껴 쓰기에 취미를 들이게 됨.

▌1893 (12세)

가을, 조부가 科場舞弊사건에 연루되어 杭州府獄에 투옥. 연좌를 피해 동생 周作人과 함께 친척집으로 피신.

▌1894 (13세)

겨울, 부친이 병으로 쓰러지자, 맏아들된 도리로 가계를 맡게 됨. 글공부를 하는 틈틈이 전당포와 약방을 드나들며, 냉대와 수모를 견뎌야 했음.

▌1896 (15세)

10월 12일, 부친 사망으로 가세가 급격히 기울자 친척마저 멸시함.

▌1898 (17세)

5월, 紹興을 떠나 남경의 江南水師學堂에 입학. 이름을 "樹人"으로 개명.
11월, 江南水師學堂의 부조리에 분노해 자퇴하고 귀가함.
12월, 會稽縣의 縣考에 참가해 500여 명 중 137등.

* 9월 28일, 戊戌維新運動 실패, 譚嗣同 등 6군자 처형. 譚嗣同(1865-1989)은 자가 復生, 호는 壯飛, 湖南 瀏陽人. "詩界革命"을 제창했음. 哲學著作 《仁學》外, 《石菊隱廬筆識》·《寥天一閣文》·《莽蒼蒼齋詩》·《遠遺堂集外文》등의 저작이 있음.

▌1899 (18세)

1월, 다시 南京으로 가 礦路學堂에 입

학. 방과 후 승마에 몰두.

1900 (19세)

*義和團運動 발생.

1901 (20세)

礦路學堂에서 공부하는 동안 《時務報》 등 신사상을 선양하는 신문잡지 탐독하면서, 아울러 嚴復이 번역한 《天演論》과 林紓 번역의 外國小說 탐닉.

1902 (21세)

1월, 1등으로 礦路學堂 졸업.
3월, 紹興을 떠나 일본유학. 먼저 동경의 弘文學院에서 일어학습.
10월, 弘文學院의 학우 許壽裳과 中國國民性의 病因 및 그 해결방안에 대해 늘 토론함. 동시에 항상 東京中國留學生會館에서 진행되는 反淸革命者의 강연회에 참가.

*2月 8日, 梁啓超의 《新民叢報》가 요코하마에서 창간.

1903 (22세)

10월, 陶成章 등과 함께 반청단체 "浙學會"에 참가. 이는 나중에 저명한 反淸組織인 "光復會"의 전신중 하나임.

1904 (23세)

4월, 弘文學院 졸업. 9월, 일본 동북부에 위치한 仙台醫學專科學校에 입학해 의학 공부를 시작함.

1906 (25세)

3월, 仙台醫學專科學校 자퇴하고 동경으로 돌아옴. 독어 공부하면서 각종 유형의 문학작품 탐독.
6월, 모친의 명을 받들어 紹興에 돌아와 朱安과 결혼하고 며칠만에 다시 周作人과 함께 동경으로 돌아 옴.
가을, 許壽裳·蘇曼殊 등과 《新生》잡지 출판을 준비함. 자금 조달과 투고 부족으로 포기.

1908 (27세)

여름, 동경에서 독어 공부. 여름부터 매주 일요일마다 章太炎의 동경 집으로 가 강의를 들음(반년 정도).

1909 (28세)

3월 2일, 周作人과 공동으로 《域外小說集》제1권 출판.
7월 27일, 《域外小說集》제2권 출판.
8월, 가정경제를 부담하기 위해 7년의 유학생활을 접고 귀국. 杭州의 浙江兩級師範學堂의 〈生理와 化學〉교사 겸 일본인 교사의 통역업무를 맡음.

1910 (29세)

5월, 조모가 숙환으로 별세하자 귀가해

구식장례 절차를 주관함.
7월, 杭州의 兩級師範學堂 교사직을 그만두고 紹興으로 돌아옴.

1911 (30세)

7월, 紹興府 中學堂 직무도 포기한 채 집에서 머뭄.
10월, 武昌起義가 발발해 혁명열기가 전국을 석권. 紹興도 혼란 경과. 府中學堂 學生들의 요청에 따라 잠시 학당으로 돌아와 교무직 수행.
11월, 학생 연설대를 대동하고 거리로 나서 혁명을 선전하며, 민심을 안정시킴. 얼마 후, 신임 紹興軍政府 都督 王金發의 청탁으로, 山會 初級師範學堂 監督에 취임.
겨울, 단편 문언소설 《懷舊》발표.

* 10월 10일, 武昌 閉城에서 공산당원 대규모 체포. 武昌革命軍 起義,
12월 29일, 17개 省代表가 南京에 모여 孫中山을 中華民國 臨時 大總統으로 선출.

1912 (31세)

2월, 山會 初級師範學堂 監督職 사직하고 教育總長 蔡元培의 요청을 받아 南京 中華民國 臨時政府의 教育部 관리가 됨.
5월, 教育部가 북쪽으로 옮겨감에 단신으로 북경으로 감. 宣武門 밖의 紹興會館에 거주.
8월, 北洋政府 教育部 僉事 겸 제1과

과장이 됨.

* 1월 1일, 중화민국 건립 선포, 孫中山이 上海에서 南京으로 감. 밤10시 中華民國 臨時大總統에 취임 선서. 《宣言書》·《告全國同胞書》발표.

1913 (32세)

袁世凱 政府의 공포통치에 대항해 글 배껴쓰기, 책 편집을 시작함. 그후 비문 배껴쓰기, 불경 읽기를 시작. 教育部 출근과 서점 돌아다니기를 제외하고는 기본적으로 會館을 나서지 않음. 매일 밤, 등불 하나 밝히고 홀로 앉아 있는 생활을 몇 년 동안 지속.

* 6월 22일, 袁世凱 '尊孔祀孔'令 발표, 황제 복벽반대 여론몰이 추동.

1915 (34세)

* 5월 9일, 당일 01시 袁世凱가 外交總長 陸徵祥과 次長 曹汝霖을 직접 日本大使館에 보내 문서를 전달하게 함. 日本에 대해 각 항을 요구하는 최후 통첩.
9월 15일, 陳獨秀가 《靑年雜志》(월간)를 창간(上海 群益書社 발행, 제2권 제1호부터 《新靑年》으로 개명하고 아울러 新靑年雜志社도 설립.

1916 (35세)

* 26일, 蔡元培 北京大學 校長 취임

수락, 1917년 1월 4일 정식취임.

▌1917 (36세)

7월 7일, 魯迅이 張勛의 복벽에 분노해 교육부 직을 사직함.
11월 7일, 러시아 10월 혁명 승리.

▌1918 (37세)

4월 2일, 백화 단편《狂人日記》를 《신청년》에 투고.
5월,《狂人日記》가 《신청년》4권 5호에 게재. 15일,《신청년》에 백화시《夢》발표. 7月, 장편논문《我之節烈觀》발표.
8월 29일,《신청년》의 "隨感錄"란에 계속 투고. 겨울, 단편《孔乙己》창작.

1월,《新靑年》이 조직개편해 李大釗·魯迅 등을 편집위원회에 참가.

▌1919 (38세)

4월 25일, 단편《藥》창작.
5월, 수감록《現在的屠殺者》와 《聖武》(《신청년》6권5호) 발표.
8월 19일, 西直門內 八道灣 11號의 가옥 구입.
11월 21일, 周作人가족과 함께 八道灣11호 새 집으로 이사.
10월, 단편《明天》을 《新潮》2권1호에 발표.
12월 1일, 紹興에 가 12월 29일 모친과 朱安 및 셋째 동생 周建人 식구들을 다 대리고 北平으로 돌아와 八道灣 새

집에서 대가족 생활 시작.

2월,《可愛的人》(러, 체홉 작, 周作人 역,《신청년》6권2호에 발표. 세계 공산당 제1차 세계대표대회가 모스코바에서 개최. 제2콤윤 성립.
5월 4일, "5·4" 애국운동 발발.
6월 3일, "6·3"운동, 중국노동자 계급이 역사무대로 등장. 29일, 북양정부 학생운동 진압하면서 학생체포, 이에 항거 상해에서 파업·휴교 투쟁 전개.
10월, 孫中山이 중화혁명당을 중국국민당으로 개편 선언.
12월,《齒痛》(러, 안드레예프 작, 周作人 역,《신청년》7권1호 발표.

▌1920 (39세)

1월,《一個靑年的夢》(일, 武者小路實篤 작,《신청년》7권2 – 5호 연재).
8월 5일, 단편《風波》창작. 6일, 북경대학 국문과 겸임강사 초빙에 응해 1926년까지 주로 中國小說史 및 廚川白村의 저작《苦悶的象徵》을 교재로 해 문예이론 강의. 동시에 北京高等師範專科學校의 兼任講師로 中國小說史 강의.

▌1921 (40세)

1월, 단편《故鄕》창작. 12월 4일,《晨報附刊》에 중편《阿Q正傳》연재 시작.

1월, 중국 최초의 신문학단체인 文學

研究會가 北京 中山公園 今雨軒에서 정식성립. 발기인은 茅盾·葉超鈞·許地山·王統照 등 12인.

5월, 郭沫若·郁達夫·成仿吾·張資平 등이 일본 동경에서 創造社를 조직. 5일, 孫中山 大總統에 취임하면서 취임선언 발표. 이십여 만 명의 광주시민들이 축하시위.

7월, 中國共産黨 성립해 제1차 전국대표대회 개최.

1922 (41세)

1월, 北京大學 研究所 國學門 委員會 委員. 《兩個小小的死》(러, 애로센코 작, 《東方雜志》19권2호) 번역.

6월, 단편 《端午節》과 《白光》창작.

7월, 《一個靑년的夢》(일, 武者小路實篤 작, 商務印書館) 번역.

10월, 단편 《社戲》창작.

11월, 단편 역사소설 《不周天》창작.

12월 3일, 《《吶喊》自序》씀.

1923 (42세)

7월 14일, 周作人의 妻 羽太信子와 심각하게 충돌한 그날 밤 자기방에서 석식을 한 후 다시는 주작인 일가와 식사를 하지 않았음. 19일, 周作人이 직접 가져 온 절교편지를 받은 후 형제는 절교.

8월 2일, 八道灣11호의 집에서 이사나와 朱安과 함께 西城의 磚塔胡同 61號로 거처를 옮김.

10월 1일, 연일 고열과 기침을 해 사실상 폐병이 도져 한 달 이상을 끌다가 점차 회복됨.

12월 11일, 《中國小說史略》(상)이 由新潮社에서 출판됨. 26일, 北京女子師範學校에서 《娜拉走后怎樣》라는 주제로 강연함.

* 12월, 胡適·徐志摩·梁實秋 등이 北京에서 "新月社" 창립

1924 (43세)

2월 7일, 단편 《祝福》창작. 16일, 단편 《在酒樓上》창작.

3월 1일, 일본인 병원 山本醫院에서 진료. 이후 1개월 동안 13차례 통원 진료를 통해 발열과 기침 및 각혈 등을 치료. 22일, 단편 《肥皂》창작.

5월, 단편 《在酒樓上》을 《小說月報》 15권5호.에 발표. 25일, 阜城門內 西三條 胡同21호로 이사.

6월 11일, 八道灣11호 옛집에 책과 잡동사니를 가지러 갔다가 周作人 부부와 다시 충돌 발생.

7월 8일, 西安 西北大學에서 주최한 하계방학 특강 초청에 응해 8월 12일까지 강의하고 귀경함.

9월 15일, 《野草》의 첫작품인 산문시 《秋夜》창작. 22일, 《苦悶的象徵》번역 시작해 10월10일 종료. 24일, 산문시 《影的告別》창작.

11월, 잡문 《論雷峰塔的倒掉》를 《語絲》1기에 발표. 13일, 《記"楊樹達"君的襲來》창작. 17일, 《語絲》주간 창간에 참여.

12월, 《苦悶的象徵》(일, 廚川白村

231

작, 미명총간)번역. 20日, 산문시 《復仇》와 《復仇(其二)》창작.

▌1925 (44세)

1월 1일, 산문시 《希望》창작. 28일, 산문시 《好的故事》창작.

2월 10일, 《靑年必讀書》창작, 《京報副刊》의 질문에 답함. 28일, 단편 《長明燈》창작.

3월 2일, 산문시 《過客》창작. 11일, 女子師範大學 國文系 학생 許廣平과 통신시작.

5월, 단편 《高老人子》를 《語絲》26기. 발표 잡문집 《燈下漫筆》을 8일과 22일 《莽原》주간에 발표. 27일, 女子師範大學 교원 6인이 연명으로 《京報》에 《關于北京女子師範人學風潮的宣言》을 발표해 女師大學生의 楊蔭楡 교장 반대를 공개적으로 지지함.

6월 16일, 산문시 《失掉的好地獄》창작. 25일, 許廣平 등을 식사에 초대해, 취기로 너무 즐거운 나머지 許廣平의 머리를 손으로 만지기까지 함. 이후부터 許廣平과의 통신내용이 변하더니 친밀감 표현에 전혀 거리낌이 없어짐. 29일, 산문시 《頹敗線的顫動》창작.

7월 12일, 산문시 《死后》창작. 거의 동시에 韋素園·李霽野 등 6인과 문학단체 "未名社"를 조직하고, 《未名》(반월간)과 《未名叢書》를 출간함.

8월 14일, 女師大學生 지지로 敎育總長 章士釗로부터 敎育部 僉事 직무를 파면당함. 22일, 北洋政府 平政院에 소장을 제출해 章士釗가 違法적으로

파면했음을 항소함.

*5월, "五卅"참사 발생. 上海에 노총 탄생. 1일, 폐병 재발해, 몇 개월 후 비로소 회복. 17일, 단편 《孤獨者》창작. 21일, 단편 《傷逝》창작.

11월, 단편 《離婚》을 《語絲》54기에 발표. 6일, 단편 《離婚》창작. 이것을 마지막으로 더 이상 소설 창작 중지.

12월, 산문시 《這樣的戰士―野草之十九》를 《語絲》58기에 발표

▌1926 (45세)

1월 17일, 平政院의 章士釗 항소심 승소로 교육부 僉事職 회복.

3월, 《語絲》72기 "三·一八事件" 특집. "三·一八" 참사후 魯迅은 반동파의 미친듯한 광폭함을 더 이상 참지 못하고 일련의 잡문으로 투쟁해 나감. 그는 3월 18일이야말로 "민국 이래 가장 깜깜한 하루"라고 여김. 희생된 열사들을 가슴깊이 애도하며 《紀念劉和珍君》을 발표해 "참된 열사여, 더욱 분연히 전진해 가자(眞的猛士將更憤然而前行)"라고 호소함. 10일, 회고산문 《阿長山與山海經》창작. 25일, 女師大에 "三·一八"참사 사망자 劉和珍·楊德群의 追悼會에 참가했다가 그 닷새 뒤 《紀念劉和珍君》를 발표. 26일, 《京報》에서 段祺瑞정부가 학계 전체에 魯迅 등 오십인에 대한 밀령을 폭로해 西城의 莽原社로 피신함. 29일, 莽原社에서 山本醫院으로 거처를 옮겨 도피.

4월 15일, 直·奉 연합군의 北京진입으

로 정치상황이 더욱 악화 됐음. 山本醫院에서 다시 독일 병원으로 피신했다가 다시 열흘 뒤 프랑스 병원으로 피신, 5월 2일 비로소 귀가해 정상생활로 돌아 옴.

6월, 잡문집 《華蓋集》을 北新書局에서 출판.

7월 28일, 厦門大學초빙에 응해 국문과 교수 겸 국학원연구교수로 부임 차 南下를 결심.

8월, 단편집 《彷徨》을 北新書局에서 출판. 26일, 魯迅은 許廣平과 함께 북경을 떠나 南下하면서 上海에서 수로로 厦門(許廣平은 上海에서 바로 廣州로 감)으로 갔다.

9월 4일, 厦門大學에 도착해 국문과에서 中國文學史와 小說史를 강의. 5일, 厦門大學 교수로 부임. 18일, 회고 산문 《從百草園到三味書屋》창작. 이 두 달간 이와 유사한 산문 여러 편을 잇달아 창작. 27일, 강의를 위해 中國文學史講義를 편찬하기 시작하고 이름을 《中國文學史略》이라 함. 연말까지 이 작업에 매진함.

10월, 《莽原》(반월간)이 북경에서 복간됨.

11월 11일, 《寫在〈墳〉后面》창작. 15일, 許廣平에게 편지를 써 향후의 세 가지 계획을 정중히 서술하면서 선택해 달라고 요청함. 이는 사실상 일종의 구혼임. 19일, 學期末에 厦門大學을 떠나 廣州 中山大學 국문과 교수로 갈 것을 결정함.

12월, 산문 《藤野先生》을 《莽原》23기에 발표. 《語絲》에 《所謂"思想界先驅"魯迅啓事》를 발표.

* 3월 20일, 蔣介石이 革命 교살 음모의 시작인 "中山艦事件" 자작. 7월, 北伐開始. 國民黨 革命軍 결성해 北伐宣言을 발표.

▎1927 (46세)

1월 11일, 열렬한 감정을 표현한 許廣平의 편지를 받은 후 그녀와의 결합을 명확히 결심한 회신 발송. 15일, 배로 厦門을 떠나 18일 廣州도착해 中山大學 문학과 주임 겸 敎務長 부임.

2월 20일, 許廣平과 함께 中山大學에 먼저와 교편을 잡고 있는 許壽裳의 만찬 참가. 이후 함께 산책이나 유희, 혹은 영화를 보거나 식사를 하며 10여일을 지냄.

3월, 잡문집 《墳》이 未名社에서 출판. 29일, 中山大學 文學院長 傅斯年이 顧頡剛을 불러 교편을 잡게 한데 불만을 품고, 許壽裳과 함께 거처를 교외로 옮겨 白云路 白云樓 26호 2루에 기거. 許廣平과의 동거요청.

4월, 단편 《眉間尺》을 《莽原》2권 8·9기에 발표. 15일, 敎務長 신분으로 中山大學 각 학과 주임회의를 소집해 당일 사태로 체포된 학생들의 구명에 힘쓰나 아무도 호응하지 않음. 21일, 中山大學의 모든 직무를 사직하고 白云樓에서 칩거. 中山大學 직무 사직. 26일, 《〈野草〉題辭》씀.

5월 1일, 《〈朝花夕拾〉小引》을 씀. 6일, 일본 기자 山上正義의 인터뷰에 응해 "四一五" 사변에 관한 그의 견해를 표명.

7월, 산문시집《野草》가 北新書局에서 출판. 23일, 國民黨 廣州市 教育局이 주최한 하계 학술강연회에 참가《魏晉風度及文章與藥及酒之關系》제목의 강연.

9월 4일,《答有恆先生》창작. 27일, 許廣平과 함께 배로 廣州를 떠나 上海로. 28일, 중간에 홍콩을 경유할 때 홍콩 세관원의 야만적 검사를 받고 모멸감을 느낌.

10월,《語絲》가 北京에서 사찰을 받음. 魯迅은《革命文學》(10월21일《民衆旬刊》5기)을 발표. 3일, 上海에 도착한 5일후 虹口 景雲里 23호에 거처를 정하고 許廣平과 정식 동거 시작. 25일, 江灣 勞動大學에서《關于知識階級》이란 제목의 강연.

11월 9일, 魯迅은 創造社의 鄭伯奇, 太陽社의 蔣光慈 등과《創造周刊》의 복간협력 문제를 논의함.

12월 18일, 蔡元培의 추천으로 南京 政府大學院 특약 저술가로 부임해 월급을 받기 시작함. 21일, 暨南大學에서《文藝與政治的歧途》강연.

* 4월, 蔣介石이 "四·一"反革命政變을 발동함. 6월 2일, 王國維가 北京에서 투신자살(향년 50세). 12월 11일, 瞿秋白·蔣光慈 공저《俄羅斯文學》출판.《語絲》上海로 옮겨 출판.《莽原》정간.

▌1928 (47세)

1월 8일, 廈門大學 학생 廖立峨가 아내와 형을 대리고 와 魯迅의 "양자"가 되겠노라 요청해 魯迅 집에서 장장 7개월을 동거함.

2월 5일, 內山書店에서 일역판 엥겔스의《社會主義從空想到科學的發展》을 샀다. 이후 이런 류의 책 십여 종을 사서 읽음. 23일,《"醉眼"中的朦朧》씀. 24일, 臺靜農에게 편지를 써《莽原》(半月刊)을 上海로 가져가 출판할 것을 상의함과 아울러 편집을 맡아달라고 요청.

6월,《思想·山水·人物》(일, 鶴見祐輔 작)을 北新書局에서 번역 출판. 6일, 魯迅은 郁達夫와 함께《奔流》(월간)을 上海에서 창간.

8월 12일, 許廣平과 함께 杭州로 뱃놀이 갔다가 17일 돌아옴. 22일, 韋素園에게 편지를 써 "사적유물론으로 문예비평하는 책"은 "직접적이고 상쾌해, 수많은 애매하고 난해한 문제를 모조리 설명할 수 있다"라고 언급함.

9월 9일, 이웃과 옥신각신한 일로 景雲里 18호로 이사.

10월, 잡문집《而已集》을 北新書局에서 출판.

11월, 魯迅이 柔石 등과 上海에서 "朝花社"를 조직.

12월,《果樹園》(러, 斐定 작)을《大衆文藝》4기에 번역 발표. 6일, 柔石 등과 공편해《朝花》(월간)을 창간.

* 1월, 創造社가 종합 이론성 잡지《文化批判》을 창간해 上海에서 출판함으로써 혁명문학 문제에 대한 논쟁을 전개하기 시작함. 魯迅·郭沫若·蔣光慈 등

이 《創造周刊》의 복간을 선언(《創造周刊》1권 8기).

12월, 朝花社가 《朝花》를 편집해 上海에서 창간. 胡也頻 등이 上海에서 紅黑出版社를 조직함. 巴金이 파리에서 귀국함. 30일, 中國著作者協會가 上海에서 설립되어 《中國著作者協會宣言》을 발표.

▌1929 (48세)

1월, 《豎琴》(러, 理定 작)을 《小說月報》20권 1호에 번역 발표.

4월 22일, 루나찰스키의 《藝術論》을 번역.

8월 13일, 변호사를 사 北新書局에 밀린 원고료 지불소송을 제기. 이후 서국은 네 차례에 나누어 밀린 고료 8,000원을 4개월 반에 걸쳐 전부 결산.

9월 27일, 아들 海嬰 출생.

10월 12일, 프레하노프의 논문집 《藝術論》을 번역.

12월 22일, 《我和〈語絲〉的始終》창작

▌1930 (49세)

1월, 《潰滅》(소, 파제예프 작), 《萌芽月刊》1권 1-6기에 번역 연재. 1일, 魯迅이 주편한 《萌芽》월간이 上海에서 창간.

2월 16일, 柔石·馮雪峰 등이 대동한 채 "中國左翼作家聯盟"의 주비회에 참가. 동시에, 공산당이 조직한 "中國自由運動大同盟" 창립대회에 참가해 발기인으로 추천됨.

3월 2일, 中國左翼作家聯盟이 상해에서 창립. "中國左翼作家聯盟" 창립대회 참가해 강연. 19일, 魯迅은 국민당 반동파 "秘密通輯"으로 집을 떠나 北四川路 魏盛里의 內山完造의 집으로 피신. 李何林이 편찬한 《魯迅論》이 北新書局에서 출판. 27일, 章延謙에게 편지를 써 "左聯" 창립행사에서 "상해에 모인 혁명작가들을 일람했으나 내 생각으로는 모조리 가지색"이더라고 말함.

4월 11일, 魯迅이 주편한 《巴爾底山》(순간)이 上海에서 창간. 제4기부터는 朱鏡我·李一氓 등 5인이 편집을 맡았고, 같은 해 5월 21일 정간당함.

5월 7일, 馮雪峰 대동해 爵祿飯店에서 공산당 지도자 李立三을 면담하면서, 장개석에 대해 공개적으로 비판하는 글을 발표해 달라는 요구를 거절함. 12일, 北四川路의 "北川公寓"로 이사.

6월 7일, 공산당 "제3인터네셔널" 조직의 "中國革命互濟會"에 一百원을 기부.

9월 17일, "左聯" 등이 조직한 그의 50주년 생일 축하 파티에 참가해 강연.

12월 26일, 파제예프의 장편소설 《毀滅》완역.

▌1931 (50세)

1월 20일, 柔石 등 5인이 체포되자 식구들을 거느리고 일본인이 연 花園旅店으로 피신했다가 2월 28일 귀가.

11월 5일, 《〈野草〉英譯本序》를 씀.

12월 11일, 주편한 《十字街頭》(격주간) 창간. 25일, 《關于小說題材的通

信》씀, 두 청년작가의 자문에 회신.

*1월 17일, 李偉森·柔石·胡也頻·馮鏗·殷夫 등 5인의 左聯 회원이 체포. 국민당 스파이가 노신 체포에 혈안. 魯迅은 2차 도피했다가, 2월 28일 귀가. 9월, 左聯은 《告國際無産階級勞動民衆的文化組織書》를 발표해 일본의 대륙침략만행을 폭로하면서, 인민들이 떨쳐 일어나 항일에 나설 것 호소. 국민당정부는 진보적 출판물 228종 폐간. 18일, "九·一八"사변 발발하자 蔣介石은 저항하지 말 것 명령 하달. 20일, 中共과 日共이 일본제국주의의 중국침략 반대를 공동선언. 22일, 中共中央은 항일호소 통지 발동. 28일, 北京, 上海 학생들이 집회를 갖고, 南京政府 대문 앞에서 항일을 요구하는 청원 전달. 11월 30일, 蔣介石은 "외적을 물리치기 위해서 반드시 내부를 안정시켜야 한다"는 담화발표.

▌1932 (51세)

1월 30일, "一·二八"사변의 전화를 피해, 식구들과 周建人 식구들을 이끌고 內山書店으로 피신해 잠시 거주. 9월, 잡문집 《三閑集》을 北新書局에서 출판. 10월 10일, 《論"第三種人"》씀. 12일, 칠언율시 《自嘲》창작. 11월 11일, 北京으로 모친병문안 갔다가 30일 上海로. 22일, 北京大學과 輔仁大學 등에서 강연, 輔仁大學 강연 제목은 《今春的兩種感想》임.

12월 10일, 《辱罵和恐嚇決不是戰斗》씀. 16일, 《〈兩地書〉序言》씀.

*1월, 上海인민들이 上海各界民衆反日救國聯合會를 창립. 28일, 上海에도 "一·二八"전쟁발발. 左聯이 北平·天津·武漢·杭州 등에 분회창립.

▌1933 (52세)

1월 6일, 魯迅은 民權保障同盟干事會에 출석해서 창립대회에서 집행위원으로 피선. 左聯은 "일본제국주의 학살과 혁명군중 체포 반대 선언서"를 발표 2월 7일, 《爲了忘卻的紀念》창작. 3월 5일, 《我怎么做起小說來》창작. 4월, 서간집 《兩地書》를 靑光書局에시 출판. 1일, 《現代史》를 씀. 11일, 大陸新村 9호로 이사. 5월 29일, 《〈守常全集〉題記》창작. 10월, 잡문집 《僞自由書》를 上海靑光書局에서 출판. 1일, 《看變戲法》창작. 28일, 《〈解放了的堂·吉訶德〉后記》창작. 30일, 魯迅 《小品文的危機》《現代》3권6기)에 발표. 12월 30일, 오언사구시 《無題》창작

*2월, 쇼펜하우어 방중.

▌1934 (53세)

4월, 魯迅이 宋慶齡 등이 발기한 "中華人民對日作戰綱領"에 참여, 아울러 "中華人民武裝自衛委員會"에 참여. 26일, 《小品文的生機》창작. 30일, 曹

聚仁에게 편지를 써, 周作人의 五十自壽詩가 야기한 공격을 언급하면서, "'예로부터 있었거늘', 문인미녀는 반드시 망국의 책임을 져야 한다……"고 여김.
7월 30일, 일인 친구 山本初枝에게 편지를 써 "내가 태어난 이래, 이토록 참담한 것을 본적이 없네…… 저항하지 않고는 안되겠네."라고 말함.
8월, 역사소설 《非攻》창작. 2일, 《答曹聚仁先生信》을 써, "한자와 대중은 서로 양립할 수 없는 세력이네"라고 단언함. 9일, 발열과 "심각한 가슴통증". 폐병이 상당히 엄중해졌음을 자각함. 20일, 《門外文談》완성.
9월 25일, 《中國人失掉自信力了嗎》창작.
10월 1일, 《又是"莎士比亞"》창작.
11월 15일, 《答〈戲〉周刊編者信》창작. 21일, 《中國文壇上的鬼魅》창작.
12월, 잡문집 《准風月談》을 上海 興中書局에서 출판. 9일, 許廣平에 바치는 시에 《芥子園畫譜》라는 제목을 붙임. 11일, 《病后雜談》창작. 17일, 《病后雜談之余》창작. 18일, 楊霽云에게 편지를 써 적과 '전우' 사이에 끼어 '가로서 있는 처지'라고 자칭함.

* 10월 16일, 紅一方面軍 일·삼·오·팔·구 군단 및 중앙기관 총 8만여 명이 長沙·寧化와 瑞金 등지로부터 각기 나뉘어 출발함으로써 長征이 시작됨.

▌1935 (54세)

1월24일, 《中國新文學大系·小說二集》선고를 시작함.
2월15일, 고골리의 장편소설 《死魂靈》 번역 시작.
3월, 魯迅이 선정한 《奴隷叢書》출판 개시. 2일, 《〈中國新文學大系〉小說二集序》창작.
4월 23일, 蕭軍·蕭紅에게 편지를 써, "가장 간담이 서늘하고 참담하게 하는 것은 등 뒤에서 날아오는 우군의 화살이다. 부상 후에, 같은 진영의 즐거운 웃음 띤 얼굴". 29일, 《在現代中國的孔夫子》창작.
5월, 잡문집 《集外集》이 上海 群衆圖書公司에서 출판.
9월, 《壞孩子和別的奇聞》창작(러, 체홉 작, 三閑書屋. 《文學》5권3호) 번역. 《答文學社問》, 《雜文月刊》3기. 12일, 胡風에게 "左聯"의 모 지도자를 "등 뒤에서 채찍으로 날 때리는" "십장"에 비유.
11월, 《死魂靈》(러, 고골리 작, 文化生活出版社) 번역. 6일, 주상해소련영사관에 가서 영화 관람. 미국기자 스메들리 등이 그에게 출국 요양을 권유했으나 정치적 경제적 난관들을 고려해 그녀가 납득할만한 의견을 주지 못함. 20일, 《陀斯妥耶夫斯基的事》창작. 29일, 역사소설 《理水》창작.
12월, 7언율시 《亥年殘秋偶作》창작. 역사소설 《采薇》와 《起死》창작.

* 10월 22일, 長征 성공적 종결.

▌1936 (55세)

1월, 역사소설집 《故事新編》을 文化生活出版社에서 출판. 노신 등이 《海燕》(月刊)을 上海에서 창간. 3일, 폐병 재발.

4월 1일, 회고산문 《我的第一個師父》 창작. 7일, 《寫于深夜里》창작.

5월 2일, 徐懋庸에게 편지를 보내 "나는 이것이 마지막 편지가 되어 옛일들이 모조리 여기서 끝나길 희망한다."라고 말함. 3일, 曹靖華에게 편지를 보내, 傅東華·鄭振鐸과 茅盾 등을 모두 비평함. 14일, 曹靖華에게 편지로 "최근 들어 늘 쉬고 싶은 마음이네."라고 말함. 18일, 발열이 내리지 않음. 31일, 스메들리가 당시 상해에서 가장 잘하는 폐병전문가에게 진단을 요청한 결과 魯迅의 병태가 위독하다는 판단과 함께 "만약 유럽인이었더라면 아마도 5년 쯤 전에 이미 죽었을 것이다"라는 말을 들음.

6월, 《蘇聯作家二十人集》번역해 良友圖書公司에서 출판. 9일, 병중에 《答托洛斯基派的信》구술하고 이를 馮雪峰이 받아 적음. 10일, 《論現在我們的文學運動》을 구술하고 馮雪峰이 받아 적음. 15일, 茅盾·曹靖華 등 63인이 연명해 《中國文藝工作者宣言》 발표.

8월 1일, 병원진료, 체중이 겨우 38.7Kg. 5일, 《答徐懋庸并關于抗日民族統一戰線問題》집필완료. 극도로 체력이 저하되어 이 글을 구술하고 馮雪峰이 執筆하면서, 魯迅 다시 사흘의 시간 동안 수정 완료했다. 23일, 《這也是生活》창작.

9월 5일, 《死》창작. 19일, 회고산문

《女吊》창작.

10월 9일, 《關于太炎先生二三事》창작. 18일, 발작 끝에 호흡곤란. 19일, 상오 5시25분 서거.

▌1937

7월, 《且介亭雜文》《且介亭雜文二集》·《且介亭雜文末編》등이 三閑書屋에서 출판.

* 7월 7일, 蘆溝橋 사변발생. 전국적 항전폭발.

8월 13일, 일군이 상해로 진군, 중일전쟁 전면폭발.

12월, 남경함락하면서 일본침략군이 대도살사건 진행. 12일, 西安事變.

▌1938

8월, 《魯迅全集》二十卷紀念本, 上海復社.

▌1981

《魯迅全集》16卷本, 人民文學出版社.

다시 루쉰에게 길을 묻다 : 탈식민주의와 풍자정신
ⓒ 2017, 김태만

지은이 김태만
초판 1쇄 발행 2017년 8월 18일
펴낸곳 호밀밭
펴낸이 장현정
디자인 STORYMERGE Design
등록 2008년 11월 12일(제338-2008-6호)
주소 부산 수영구 수영로 668 화목O/T 1209호
전화 070-8692-9561
팩스 0505-510-4675
홈페이지 www.homilbooks.com
전자우편 homilbooks@naver.com
트위터 @homilboy
페이스북 @homilbooks
블로그 http://blog.naver.com/homilbooks

Published in Korea by Homilbat Publishing Co, Busan.
Registration No. 338-2008-6.
First press export edition August, 2017.
Author Kim, Tae Man
ISBN 978-89-98937-57-7 90820